U0523234

云南大学 | 少数民族民间文学调查资料丛刊

云南大学 1962—1964 年彝族、哈尼族、壮族民间文学调查资料集

Collection of 1962–1964
Yi, Hani, and Zhuang People Folk Literature
Survey of Yunnan University

云南大学文学院 编

商务印书馆
创于1897 The Commercial Press

本书出版获云南大学一流大学"中国语言文学"学科建设项目资助

本书系国家社科基金项目"云南少数民族民间文学稀见资料整理与研究（1958—1983）"（20CZW059）阶段性成果

云南大学 少数民族民间文学调查资料丛刊

顾　问

张文勋　李子贤　李从宗　张福三　冯寿轩

编委会（按姓氏笔画排列）

王　新　王卫东　伍　奇　杜　鲜　李生森
杨立权　张　多　陈　芳　罗　瑛　段炳昌
秦　臻　高　健　黄　泽　黄静华　董秀团

云南大学少数民族民间文学调查资料丛刊
前　言

王卫东

　　这套丛书的整理出版是一件偶然的事——准确说，是源于一件偶然的事。2006年5月的一天，杨立权冲进我的办公室，兴冲冲地对我说："王老师，挖到宝了。"他迫不及待地告诉我，在四楼中文系会议室旁边小房间的乱纸堆里发现了云南省民族民间文学调查的资料，我和他跑上去，看到杂物堆上的少数民族民间文学调查资料，有署名"云南大学中文系少数民族语言文学教研室编"的1964年和1979年版的《云南民族文学资料集》，有署名"云南大学中文系"的1979年12月版的《民族文学作品选》，有署名"云南大学中文系少数民族文学概论师训班编"的1980年6月版的《民族民间文学资料》，有署名"云南大学中文系"的《云南民族文学资料》，还有署名"云南大学中文系印"的1980年4月版的《云南民族文学资料》、署名"云南大学中文系翻印"的《云南民族文学资料》，此外还有很多"云南大学中文系翻印"的各少数民族文学作品选，最为珍贵的当然是云大中文系调查整理的云南少数民族民间文学资料。大家都非常高兴，这纯属意外之喜。2005年8月份我任中文系主任后，有两项重点工作：文艺学博士点申报和教育部本科合格评估。博士点获批，我就全力以赴做评估的准备。除了常规的教学档案整理之外，我希望借此机会把我之前做的科研档案扩展为人员档案和中文系系史，于是就请杨立权把中文系资料室和其他地方的东西清一清，图书杂志造册上架，供师生查阅；教材著作如果数量多，部分留存后可以给愿要的学生，不必堆在那里浪费；涉及中文系历史的资料分类整理，作为历史档案保留。没想到整理过程中惊喜连连，在图书杂志之外，发现了很多会议记录、规章制度，还有讲义、教案、课程表、历届学生名单、毕业论文、学年论文、课程作业，甚至还有入党申请书……出乎意料又令人惊喜的是，还发现了《阿诗玛》的多个版本。这次的发现，更是令人想不到的大喜事。杨立权带着学生把四楼和一楼彻底清理后，将名为"云南民间文学资料"的油印版单独归类，我和他审查后确认，主要有1964年、1979年和1980年三批。随后我和杨立权给中文系所属人文学院院长段炳昌老师汇报了这事。段老师对中文系的历史以及民间文学调查比我和杨立权更为熟悉，也更了解这些资料的价值。我也给黄泽兄说了这事，他是专家，为此很是高兴。过了一段时间，我和段老师去见张文勋先生，告诉他这个发现。张先生极为兴奋，说1964年中文系印出来以后，部分进行交流，大多用作教学。这套资料主要留存在云大中文系和云南省文联。"文革"期间，省文联的全都流失不存，中文系的也不见踪影。他也曾动过寻找的念头，但"文革"后百废待兴，1984年初他离任中文系主任后不再参与管理，中文系的办公室、资料室地点屡迁，资料室人员变动频繁，他以为这些资料已经消失，没想到竟然从杂物堆里打捞了出来。

资料有了，下一步就是整理和出版的事。但就在这个环节大家出现了分歧。我力主出版，认为署名不是问题，少数民族民间文学调查是政府主导，各个单位安排的，属于职务成果，不是任何个人的，统一署名云南大学中文系调查整理，把所有署名者列出即可。但不少人还是有所顾虑甚至是顾忌，担心到时出现署名权的争议。编纂出版是出于公心，是为云大，是为学术，但最终责任由个人承受，这就不值。2004年至2005年曾任文学与新闻学院党委书记，时任云大宣传部长的任其昆老师认同我的看法。但当时有顾虑的人毕竟更多，这事也就搁下了。

虽然出版被搁置，但这套资料的价值在那里，谁都清楚。杨立权还带着学生整理，段炳昌老师和董秀团老师等会讨论这书的处理方式，老先生们也不时会提到这事，主要是李子贤先生。每年去见李老师时，他都会说到这套书。他基本同意我的看法，但也担心出问题，毕竟有前车之鉴。一次，我与何明兄聊天时说到这事，他马上就表态，经费由他担任院长的民族研究院解决，中文系和民族研究院联合整理出版，作为中文学科和民族学学科的共同成果。遗憾的是最终没有落地。那些年虽然我在很多场合都在说这套书，告诉大家这是不可复现、不可再得的，强调它的唯一性、不可替代性，说明它在史学、文学、民族学、社会学以及学术史等方面的学术价值和社会价值，但出版的事一直拖而不决。2015年学校给中文系50万的出版经费，我准备抓住这次机会把书出了，不再左右顾虑。请学校把出版经费直接划拨给云南大学出版社，同时把全部资料给了他们，希望他们先录入，再组织人员进一步整理、出版。但没想到年底，学校进行教学科研机构调整，我调到云大艺术与设计学院主持行政，这套书自然就离开了我，虽然我还时时惦记着它。

没想到，这套书确实与我有缘。2020年，学校把我调回文学院主持行政。在了解文学院近几年的情况时，我得知这套书仍未完成整理，决定借助云南大学百年校庆把这事解决了。在学院党政联席会上我提出文学院百年校庆的活动内容，包括编写院史、口述史和整理出版这套书，这个想法得到文学院班子的支持。几经波折，这套书的整理出版终于露出了曙光。

在文学院校庆活动的会议上，确定由何丹娜副书记具体负责院史，陈芳副院长负责口述史，张多、高健负责这套书的整理，我整体统筹。后因资料从出版社取回后由张多管理，张多做了很多的整理工作，还以此申报2020年的国家社科基金项目并获批，就由张多具体负责，并以百年中文课题立项的形式组建团队进行整理、录入和校对。

我原来希望这套书由云南大学出版社出版，但由于云大出版社五年内换了三任社长，社内领导班子也几经变动，编辑变化很大，直到2020年再次启动时，这套书与2015年我离开时几无区别。（负责这套书的副社长伍奇老师在2015年底调整时调离了出版社，也无法再管这套书的整理出版，更不清楚这套书的着落，直到2021年她还提醒我把资料从出版社取回以免遗失。）我担心云大出版社在 2023 年百年校庆时不能完成这套书的编辑出版，有老师推荐商务印书馆。应了好事多磨这话，这套书确实否极泰来，遇上了一个好编辑，冯淑华老师了解到这套书的情况后，以极高的效率完成了报批，使这套书进入出版程序。虽然这两年中诸多波折，但冯老师都以她的超常耐心和毅力，忍常人所不能忍，迎来了最终的圆满。在此对冯淑华老师致以最高的感谢！

这套书能够面世，首功当归杨立权老师。他是当时不多、现在罕见的只为做事不问结果的人。他发现了这些资料，才有了这套书的出版。包括这套书在内的所有中文系少数民族民间文学调查资料最初都是他带着学生整理的，从杂物中找出来，分类归档，标明篇目，顺序陈放。没有杨立权老师，就不可能有这套书。

另外要感谢张多老师。这套书整理的工作量和难度是没参与的人难以想象的。首先是工作量，当初谈论这套书的整理，大家都认为应该以 1964 年版为基础，1979 年、1980 年版为参考和补充。段炳昌老师和我们也讨论过，认为应以云大中文系师生调查整理的资料为原则，至少是云大中文系师生为主调查整理的文本才能纳入，杨立权老师找到的资料从 1958 年一直到 20 世纪 80 年代中期，除了 1977 年以后是云大中文系师生调查整理的，参与调查整理的人员来自云南省的各个地区和单位，全部纳入，体量太大。即便如此，内容仍然十分庞杂，一则上述三个资料集之外的资料还有很多，二则三个资料集以及其他资料都混杂着不同单位的搜集整理者的文本，有一些并没有云大中文系的师生参与，需要仔细甄别。这就需要了解和熟悉那个时期云大中文系师生以及他们参与调查、整理的情况。其次是难度，编辑整理这些资料对学术水平的要求很高，要有学术眼光，有学术史的标准，有严谨的学术态度，有细心和耐心。整理时应该忠实于材料，尽可能呈现出最初的样貌，不能依据自己的立场观点，或者为了文雅、结构的"合理"、避免"重复啰唆"等随意增减删改，否则就成为改写本，这也是对整理者的考验。（其实，民间文学中的重复是其非常重要的结构特点，是文本的必要构成。我在给学生讲课时，曾提及《诗经》的"风"和后来的"乐府"诗，保存了民间歌谣，但有得亦有失，得是如果没有当时官府的搜集整理，我们无法窥见当时的民间文学；失是人们见到的文本都是经过雅化的，这就大大降低了这些作品的价值。1964年版的"前言"里说"对这些原始资料，除字句不通加以适当修改外，一律不予删改，保持原始面貌，以提供研究之用"，这体现了老一辈学者的学术智慧。）此外，1964年的版本是手刻油印的，1979年、1980年版部分文字是当时的简化字，没有经过那个时代教育的师生可能不认识，等等，这也增加了录入和校对的难度。感谢张多老师和他的团队，给我们呈现出一个较为理想的文本。

还要感谢李子贤先生。我和黄泽兄管理中文系后，于教师节以中文系的名义去慰问两位老师，又让中文系办公室恢复了他们的信箱，请他们参加中文系的活动，李老师也就顺势回到中文系。（2005年他告诉我，以后他的会议就由中文系主办，之后他主导的学术会议确实都交给了中文系。）整理这些资料时发现1964年、1979年、1980年版各有问题，1979年版少了两册（已记不住哪两册，好像是18册和21册）。幸运的是，去看望李子贤老师时，说起这事，李老师说他家里也保存了一部分，放在老房子里，刚好有这两册。这又是一个意外之喜，看来老天爷也想促成此事。之后几年去看他，他都与我谈起这些资料，支持整理出版。2015年底，我调到云大艺术与设计学院。随后几年我与李老师和任老师联系较少（李老师给我打过电话），直到2020年确定回文学院，我给李老师打了个电话。他听到我的声音，第一句话就是"卫东，这么多年，你终于想起我们了"。听我说回到文学院后准备出这套书，他叹道："早就该出了。"

感谢张文勋先生。张先生是云南省民族民间文学调查的全程参与者，也是1977年以后把少数民族民间文学调查作为毕业实习主要项目这个传统的决定者。1979年、1980年版的资料集，1980年为"全国《少数民族民间文学概论》师资培训班"编印的《民族民间文学资料》都是在他任上编印的。

感谢段炳昌老师和黄泽老师。他们从学理上明确了这套书的学术价值和现实意义，提出了不少有关整理的原则和方法。段老师一直是这套书整理出版的推动者。

感谢董秀团、高健、伍奇、段然各位老师。他们在不同时间、不同程度，以不同方式参与了这套书的整理，推动了这套书的出版。尤其是段然老师，由于出版单位的变换，给她的工作带来了不便和冲击，但她了解到整个过程后，表示对调整的理解。我们以1980年为界，之前的交由商务印书馆出版，之后的云南少数民族民间文学调查资料以及所有年代的影印版交给云大出版社。感谢小段老师的理解和支持。

还要感谢云南大学校领导的支持。校党委林文勋书记今年7月到文学院调研时，我把这套书的出版经费作为第一项诉求，得到他的明确表态支持。感谢于春滨和张林两任"一流办"主任，得知这套书的价值后，他们都表示支持。张林兄去年年底上任后就把这套书作为重点支持项目，这次在省财政经费未足额下拨的情况下，他把这套书的出版经费单列，才保证了这笔钱没在最后关头被争先恐后的报账者们"抢走"。

最后，要感谢上世纪三十年间进行云南少数民族民间文学调查的各位前辈，是他们不畏艰辛，克服重重困难，才给后人留下了一批无法复现、不可替代的一手资料，让我们能隔着半个多世纪的时光，触摸到那个时代的脉搏，感受那个时代人们的情感，得以重现那个时代的社会面貌。那个时代的人们借助于这些资料而复活，各位调查整理的前辈因了这些文字而永恒！向各位前辈致敬！

六十年，这套资料从口头文本到纸质文本；十六年，这套资料从重新发现到出版。与这套书结缘的人或有始无终，或有终无始，只留下我经历从重新发现到出版的始终。终于得以出版，为这套书做出贡献的所有人也可以心安了！

2022年12月23日于云南大学映秋院

编纂说明[1]

张 多

2023年是云南大学建校满100周年的重要节点，同时也是云南大学中国语言文学学科办学100周年。民间文学是云南大学文科的重要组成部分和特色专业方向，自1937年徐嘉瑞先生到中文系[2]执教开始便一直贯穿在中文系教学、科研、文化传承的脉络中。

民间文学注重到民间去采风，或曰搜集整理。这里主要指的是将民众口头讲述或演唱的散韵文学，转化成书面文字，这其中包含录音、记音、听写、记录、誊录、移译、转译、整理、汇编、校订、注释、改编等若干技术性手段。当然，对云南来说，对各民族书面典籍的搜集整理和翻译也同样重要。

云南大学中文系在20世纪开展了若干次大规模少数民族民间文学调查，积累了一大批原始资料。这些资料有的已经先期单行出版，有的被纳入了一些民间文学选集，但遗憾的是一直没有集中公开呈现。这套"云南大学少数民族民间文学调查资料丛刊"便是弥补缺憾的一项重要工作。

---

[1] 本文撰写承蒙段炳昌教授指导，专此致谢。
[2] 云南大学中文、历史二科在很长时期内为合并建制，或为文史学系，或为人文学院。这一时期即为文史学系。

一、影响深远的几次大调查

1940年,时任云大文史系主任徐嘉瑞(1895—1977)完成了我国第一部研究云南民间戏曲花灯的专著《云南农村戏曲史》[①]。在写作过程中,他开展了广泛的实地田野调查,常请昆明郊区农村的花灯艺人讲剧本。徐先生1945年的大著《大理古代文化史》也具备系统的田野调查基础,包含大量民间文学资料和分析方法。这种实地调查的传统在云大中文系特别是民间文学学科一直保持至今。

在这一时期,云大文科各系的学者如闻宥、方国瑜、陶云逵、邢公畹、光未然、岑家梧、杨堃等,都开展过或多或少的民间文学实地调查,并且兼备语言学、历史学、社会学、民俗学的方法,这对当时文史学系的学生产生了重要影响,其中包括后来的著名民间文艺学家朱宜初、张文勋等。

1958年9月云南省委宣传部牵头组织了大规模"云南民族民间文学调查"。这次调查是当时云南省最大规模、最专业的一次民间文学调查,由来自云南大学中文系、昆明师范学院中文系、中国作家协会昆明分会等单位共计115人组成7支调查队,分赴大理、丽江、红河、楚雄、德宏、文山、思茅(今普洱市)调查。这次调查涉及苗族、彝族、壮族、瑶族、白族、哈尼族、傣族、傈僳族、佤族、拉祜族、纳西族、景颇族、阿昌族、怒族、德昂族等民族。调查队在各地又与地方文化干部、群众文艺工作者、本民族知识分子百余人合作,搜集到万余件各类民间文学文本。云大中文系是这次调查活动的最主要力量,当时绝大多数教师和学生都参与了调查。参加调查的一些成员后来成了云大民间文学学科的重要成员,如张文勋、朱宜初、冯寿轩(当时在省文联)、杨秉礼、李从宗、郑谦、张福三(当时为本科生)、杨光汉(当时为本科生)、傅光宇(当时为昆明师院本科生)等。

---

① 徐嘉瑞:《云南农村戏曲史》,国立云南大学西南文化研究室,1940年。

这次调查云大师生所获成果颇多。比如在采录文本基础上，张文勋先生领衔的大理调查队撰写了《白族文学史》、丽江调查队撰写了《纳西族文学史》初稿，作为"三选一史"①的示范本，堪称中国少数民族文学研究的里程碑。此外还出版了许多单行本，比如彝族创世史诗《阿细的先基》②、纳西族创世史诗《创世纪》③、彝族创世史诗《梅葛》④、彝族经籍史诗《查姆》⑤等。这次调查从搜集文本的数量来说，傣族文本数量最多，比如叙事长诗《千瓣莲花》《线秀》《葫芦信》《娥并与桑洛》等傣文贝叶经和口头演唱文本都得到详细整理。⑥"1958年调查"这一时期，李广田（1906—1968）校长非常重视民间文艺，同时张文勋、朱宜初开始在学坛崭露头角，他们借助大调查，顺势推动了民族文学、民间文学学科建设。

1959年，在著名文学家、时任云南大学校长李广田的主持下，云大中文系开办了中国首个中国少数民族语言文学本科专业，并于1959年、1960年、1964年招收三届学生100余人。这三届学生中走出了秦家华、李子贤、左玉堂、王明达等一批民间文学家。1962年和1963年，少数民族语言文学专业的师生组织了两次毕业实习，也即民族文学调查。由于这两次毕业实习调查去的地方多为"1958年调查"未涉足且交通艰险的地区，因此两次实习得到云南省人民政府和云南大学的强力支持。其中1962年实习分为三个队，赴小凉山彝族地区、迪庆藏族地区和西双版纳傣族地区，由朱宜初、

---

① "三选一史"是1958年中宣部的计划，包括中国民间文艺研究会主持的各地歌谣选、各地民间故事选、民间叙事长诗选，中国科学院文学研究所主持的少数民族文学史。
② 云南省民族民间文学红河调查队搜集翻译整理:《阿细的先基》，云南人民出版社，1959年。
③ 云南省民族民间文学丽江调查队搜集翻译整理:《创世纪:纳西民间史诗》，云南人民出版社，1960年。
④ 云南省民族民间文学楚雄调查队搜集翻译整理:《梅葛》，人民文学出版社，1960年。
⑤ 云南省民族民间文学楚雄、红河调查队搜集，郭思九、陶学良整理:《查姆:彝族史诗》，云南人民出版社，1981年。
⑥ 1958年调查的原始资料现主要收藏于云南大学文学院，另有部分资料藏于云南省民间文艺家协会。

杨秉礼、张必琴、杨光汉等教师带队；1963年实习赴彝族撒尼人地区、独龙江独龙族地区、怒江怒族和傈僳族地区调查，由朱宜初、杨秉礼，以及毕业留校的青年教员李子贤、秦家华带队。这几次实习采风的原始资料，包括彝族撒尼人长诗《阿诗玛》、怒族《迎亲调》，以及钟敬文极为重视的藏族神话《女娲娘娘补天》[①]等，现藏于云南大学文学院。

李子贤是1962年和1963年调查的主要成员。他于1959年考入云南大学首届少数民族语言文学本科专业。1962年2—7月，他以学生身份参加了小凉山（宁蒗彝族自治县）调查队到泸沽湖区采录彝族、纳西族摩梭人的民间文学。正是这次调查改变了他的文学观，他开始将兴趣转入少数民族民间文学，尤其是神话学。1963年他毕业后留校任教，又以教师身份带领独龙江调查队进入独龙族地区。

独龙江流域是20世纪中国疆域内最封闭的地区之一，地处我国滇、藏和缅甸交界处。进入独龙江，需要先进入怒江大峡谷，沿江而上到达贡山县城，再翻越高黎贡山脉，一年中有半年大雪封山。1963年7月到1964年2月，李子贤带领调查队历经磨难进出独龙江峡谷，这是中国学者首次对独龙族民间文学进行专题调查。这次调查成果中比较有代表性的，如1963年11月在独龙江畔孟丁村搜集的，独龙族村民伊里亚演唱的韵文体《创世纪》史诗文本，[②]这一口头演述传统在今天已近乎绝唱。

同一方向上，朱宜初、杨秉礼带队进入怒江大峡谷，对沿线傈僳族、怒族民间文学开展调查，取得丰硕成果，为研究怒江民间文学存留了宝贵历史档案。当时进入怒江大峡谷交通条件极为危险，调查队员向峡谷深处走了很多村落，一直到丙中洛的秋那桶村（近滇藏界）。这样的调查力度，即便在今天也是不容易办到的。

[①] 钟敬文：《论民族志在古典神话研究上的作用——以〈女娲娘娘补天〉新资料为例证》，《北京师范大学学报》（社会科学版）1981年第2期。

[②] 李子贤：《再探神话王国——活形态神话新论》，云南人民出版社，2016年，第207—227页。独龙族《创世纪》原始调查资料现藏于云南大学文学院。

另一边，秦家华带队到宜良、石林一带彝族撒尼人中间，不仅采录了经典叙事长诗《阿诗玛》的有关文本，还对撒尼民间文学做了全面搜集，留下宝贵资料。

在1978年之后，云大的民间文学学科得到恢复，时任中文系主任张文勋先生大力支持民间文学学科的发展，在原有师资朱宜初、李子贤、秦家华[①]的基础上，先后调入冯寿轩、张福三、傅光宇等，大大加强了师资力量，有效地支撑了民间文学调查和研究。

正是在民间文学研究特别是少数民族民间文学人才培养和研究方面的突出成就，加之1956年到1964年间的大规模调查成绩，1980年教育部委托云大中文系举办"全国《少数民族民间文学概论》师资培训班"。[②]1980年3月，来自中央民族学院、吉林大学、吉林师范大学、中山大学、新疆大学、贵州大学、西藏师范学院、青海师范学院、西北民族学院、西南民族学院、广西民族学院等16所高等院校的20多名中青年教师参加了学习。钟敬文亲临昆明为学员授课，发表题为《谈民间文学的收集记录整理和出版问题》的演讲，他认为"收集就是田野调查"[③]，是科学性的体现。为了配合师训班，云大中文系又编选了28卷《云南民间文学资料集》，将上述几次民间文学调查的文本加以汇编。此次师训班的学员还在朱宜初、冯寿轩、杨秉礼、秦家华等云大教员的带领下，到德宏和西双版纳进行了民间文学调查，采录到一批傣族、阿昌族、景颇族、德昂族等的口头文本及贝叶经，比如《九颗珍珠》《遮帕麻和遮米玛》《神鬼斗争》等。后来，《少数民族民间文学概论》经过两届学生试用后于1983年正式出版，[④]系中国首部该选题教材。

此后，从20世纪80年代到90年代初，云大中文系的每一届本科生，

[①] 秦家华先生此时主要在云南大学《思想战线》编辑部工作。
[②] 1978年教育部召开文科教学工作座谈会，即决定委托云大举办该师训班。
[③] 钟敬文：《谈民间文学的收集记录整理和出版问题》，1980年6月30日，手抄本，云南大学文学院藏。
[④] 朱宜初、李子贤主编：《少数民族民间文学概论》，云南人民出版社，1983年。

都进行过民间文学搜集整理的专业实习。中文系教师朱宜初、李子贤、张福三、傅光宇、冯寿轩、杨振昆、邓贤、周婉华、李平、刘敏、段炳昌、秦臻、张国庆、木霁弘等教师先后作为带队教师，参加了民间文学调查。当时，朱宜初先生已年近六旬，仍远赴丽江、德宏等地的偏远山村，早起晚归，亲力亲为，率领学生深入调查。这一时期每次实习调查的时间通常在一个月左右，所获不少，留下了一批调查资料。

后来，民俗学、中国少数民族语言文学、中国民间文学专业的硕士研究生，以及中国少数民族艺术、中国少数民族语言文学、中国民间文学专业的博士研究生，在他们的学位论文研究过程中，也积累了一些新采录的民间文学文本。也就是说，到民间去调查、采录民间文学的传统，在云南大学中文系一直没有中断过。

二、1964年和1979年的内部油印本

1958年调查所搜集整理的数以万计原始资料，仅有少数得以出版或内部油印。1963年以中国科学院云南分院的名义内部出版了《云南民族文学资料》，选用了部分文本。1964年云南大学中文系内部油印了21卷《云南民族文学资料集》，多为手写字体，选辑了较多高质量文本。1976年到1979年云南大学中文系内部陆续油印了20余卷《云南民族文学资料集》，主要是在1964年基础上增补了白族等的文本。这批油印本主要是1979年印制，个别是在1976年和1977年印制。1964年、1979年的两批资料集成为当时中国重要的少数民族民间文学一手资料，但因油印数量少，不易得见。

本次集中出版的文本，正是以1964年和1979年两批油印本为主要底本，整理过程中也参考了原始手稿。这其中筛除了个别不合时宜的文本。①

在1964年油印本每册的扉页上，都印有一段"前言"，说明了编选的基

---

① 例如不是云大主导的团队的文本或者有碍民族团结等的文本。

本原则和工作方式。"前言"落款为"云南大学中文系少数民族语言文学教研室",时间是"1964年5月中旬"。其原文如下:

> 在党的领导下,我教研室教师将几年来调查的各族文学原始资料汇编成目,并选其中较好的作品以及具有较显著民族风格的作品油印成册。对这些原始资料,除字句不通加以适当修改外,一律不予删改,保持原始面貌,以提供研究之用。因此,这些资料只宜供少数做研究工作的同志用,不宜广大读者传阅。在研究时也应根据毛主席关于批判继承文化遗产的精神,分清精华与糟粕,加强我们研究工作中的战斗性与现实性。使我们所编选的这些原始资料在研究工作者的手中,能为社会主义服务,能为今日的工农兵服务。
>
> 我们对编选各族文学原始资料,还缺乏经验,其中一定还存在着不少缺点,还希望同志们提出意见。
>
> 并希望你们单位如果有少数民族文学、社会历史、风土人情等方面的资料,也请寄给我们。

也就是说,这次编选的原则是"选其中较好的作品以及具有较显著民族风格的""能为社会主义服务,能为今日的工农兵服务",因此原始手稿中许多与此相悖的文本未选入,这些筛选痕迹在原始手稿档案中都有记录。当时的少数民族语言文学教研室,1978年升格为"云南大学中文系少数民族文学研究室",一词之易,却是当时比较前沿的尖端系设研究机构。后来,研究室的建制几经调整,形成了今天文学院的民间文学教研室、西南少数民族文学研究所、神话研究所的"一室两所"格局。

1979年油印本也有一个扉页"说明",原文如下:

> 编印《云南民族文学资料》,目的在于:为民族文学工作者和爱好者提供原始资料,使它在整理云南民族文学遗产和发展民族新文学这

个艰巨又光荣的任务中，起到垫一块砖的作用。因此，我们在编辑时，对原始记录材料一般不作更动，精华糟粕并存，除非原文确实看不懂，或有明显的记录笔误，我们才做些变动。

资料的内容，包括云南各民族传统的和现代的有重要价值或有一定价值的叙事长诗、民歌、情歌、儿歌、神话传说、民间故事、历史故事、寓言、戏剧、曲艺等文学作品，以及对研究云南民族文学有相当价值的部分其它资料。

资料集今后将陆续编印出版。我们希望搜集和保存有这类资料的有关单位和个人，将你们的资料寄（或借）给我们编印；并且，希望你们对我们的工作随时提出批评和改进意见，我们将是非常欢迎和感谢的。

从这里可以看出，1979年油印本更强调学术价值，并且对公开出版已经有了规划。但遗憾的是，这一公开出版的工作计划，一直持续了40年都未能付诸实施。

三、"丛刊"问世的始末

1979年油印本实际上是在为1980年的全国"师训班"做准备，因此只选了小部分文本。而1956年以来若干次少数民族民间文学调查的原始手稿资料，多达数千份，还沉睡在中文系资料室。有鉴于此，历次调查的亲历者张文勋、李子贤、秦家华、冯寿轩、张福三，以及此时进入民间文学学科任教的傅光宇教授，都很看重系里这一笔资料遗产。但囿于经费和人手、资料规模庞大且千头万绪、出版条件制约等因素，在1980年"师训班"结束后，一直没有启动资料整理工作。这一阶段资料保存在东陆园的熊庆来、李广田旧居，这是会泽院后面的一幢中西合璧的小别墅。

1997年中文系参与组建人文学院，2004年又改组文学与新闻学院。这一阶段包括这批资料在内的中文系大量旧资料，已经转移到英华园北学楼，但由于资料管理人员变动频繁，此时已经无人知晓民间文学资料的确切情况，处于"消失"状态。

2006年，中文系再次参与重组人文学院，由段炳昌教授任院长、王卫东教授任中文系主任。正是2006年在杨立权博士的清理下，这批民间文学资料得以重见天日。这一阶段及此后数年，段炳昌、王卫东、黄泽、秦臻、董秀团等教授，都为这批资料的整理和出版计划贡献了很大心力。人文学院的建制一直维持到2015年底，其间还涉及学院整体搬迁到呈贡新校区。但因为中文系办公地点几经变更、出版意见存在分歧、经手工作人员也几经易替，资料的整理一度搁浅。

直到2015年12月，以中文系为主体组建文学院，学院又搬回东陆校区，进驻东陆园映秋院办公。李生森、王卫东两任院长以及李子贤、段炳昌、秦臻、黄泽、董秀团教授再次将这批资料的整理和公开出版提上议事日程，列为学院重点工作。为此，学院多次召开座谈会，张文勋、李子贤、李从宗等老先生在会上回忆了当时调查和整理的情况，并为出版这些资料献计献策。在资料识别录入工作早期，由时任云南大学出版社编辑伍奇博士经手整理；后期高健博士做了大量工作。

2019年，笔者正式接手主理此项工作。在上述老师以及赵永忠、陈芳、王新、黄静华、杜鲜、罗瑛等老师的支持下，组织本科生、研究生开展大规模的系统整理。并且，我们通过多种途径补齐缺漏文本、建立了档案和目录体系、在映秋院建立了资料贮藏室。在这一过程中，文学院李道和、何丹娜、卢云燕老师，云大出版社的王昱沣、段然老师，云大档案馆的宋诚老师，都不同程度提供了帮助。尤其是高健博士2021年接任民间文学教研室主任后做了很多幕后贡献。商务印书馆的冯淑华、张鹏、肖媛等编辑老师也在最后阶段给予了专业的支持。

从2004年算起，该项整理工作，先后获得了云南大学211工程项目、云南大学一流大学建设项目、国家社科基金项目、国家"十四五"出版规划项目、云南大学文学院"百年中文"项目、云南省"兴滇人才支持计划"青年人才项目、云南大学高层次引进人才支持项目等的资金支持。

需要说明的是,"1958年调查"有一部分文本出于不同原因未纳入"丛刊"的首批出版。第一种情形是先期已经公开出版。例如纳西族史诗《创世纪》在1960年由云南人民出版社出版,1978年、2009年再版。第二种情形是搜集整理工作不是云南大学师生主导(但有不同程度参与)。例如《查姆》主要是云南师范大学师生搜集整理,但其中云南大学学生陶学良、黄生富等人参与了整理。而《阿细的先基》则主要是云南师范大学中文系师生搜集整理。第三种情形是后人重新整理,但原稿不全。例如壮族逃婚调《幽骚》,系刘德荣(云大中文系1970届毕业生)、张鸿鑫(云师大中文系1959届毕业生)在1958年调查油印本资料的基础上,于1984年重新搜集整理出版,但原稿已残缺。这些文本清理和研究也很重要,留待日后再做。

"云南大学少数民族民间文学调查资料丛刊"第一辑的分册安排如下:

《云南大学1958年白族民间文学调查资料集》,主要是1958年云南省民族民间文学大理调查队(张文勋先生领衔)搜集整理的白族民间文学文本,但实际上该册白族文本采录的跨度是从1950年到1968年。1956年到1958年的少量文本采录为"1958年调查"奠定了基础,1959年到1963年的调查实际上是"1958年调查"的延续,有些也是在撰写《白族文学史》的过程中的补充调查。其中也包括怒江地区的白族勒墨人、白族那马人的文本。

《云南大学1958年傣族民间文学调查资料集》,主要是1958年云南省民族民间文学西双版纳调查队(朱宜初先生领衔)、红河调查队在西双版纳、临沧、普洱、红河等地区搜集整理的傣族民间文学文本。

《云南大学1959—1962年傣族叙事长诗调查资料集》,主要是"1958年调查"西双版纳调查队于1959年在西双版纳采录的叙事长诗,以及1962年云南大学中文系中国少数民族语言文学专业本科毕业实习,在傣族地区采录的长诗,包括《章响》《苏文》《乔三冒》《苏年达》《千瓣莲花》《召香勐》《松帕敏》《姆莱》《召波啦》等长诗。

《云南大学1962年藏族民间文学调查资料集》,主要是1962年云南大学中文系中国少数民族语言文学专业本科毕业实习，在迪庆、怒江等藏族地区采录的民间文学文本。

《云南大学1963年怒江民间文学调查资料集》，主要是1963年云南大学中文系中国少数民族语言文学专业本科毕业实习，在怒江和独龙江流域傈僳族、独龙族、怒族地区采录的民间文学文本，本册还包括迪庆州维西县傈僳族的资料。

《云南大学1962—1964年彝族、哈尼族、壮族民间文学调查资料集》，主要是1962年、1963年云南大学中文系中国少数民族语言文学专业本科毕业实习，在宁蒗、石林、红河、金平等地采录的彝族、哈尼族、壮族民间文学文本。

《云南大学1980年德宏民间文学调查资料集》，主要是1980年"全国《少数民族民间文学概论》师资培训班"教师和学员，到德宏傣族景颇族自治州采录的傣族、阿昌族、德昂族、景颇族民间文学文本。此外还附有田野调查笔记。

四、跨越70年的师生代际协作

20世纪五六十年代的几次大调查，是师生合作的成果。那个时代，研究和教学条件简陋，外出调查的交通和后勤条件非常艰苦。但在青年教师和青年学子的通力合作之下，这几次调查反而是取得成果最丰硕的。20世纪七八十年代及此后的调查，大体也采取师生合作的方式。

从1964年和1979年油印本的署名情况来看，可以大致整理出从1958年到1963年参与历次调查活动的师生名单，这也是本"丛刊"所收入文本的来自云南大学的调查者名单。需要说明，由于当时具体调查人员的细节难以考全，以下名单是不完全名单。

时任教师：

张文勋、朱宜初、张必琴、张友铭、杨秉礼、李子贤、秦家华、郑谦、徐嘉瑞[①]等（当时还有其他教师参与，暂未考出）

本科生：

1944级汉语言文学：陈贵培

1947级汉语言文学：朱宜初

1948级汉语言文学：张文勋

1951级汉语言文学：杨秉礼

1954级汉语言文学：赵曙云

1955级汉语言文学：张福三、杜惠荣、杨天禄、魏静华、喻夷群、李必雨、王则昌、李从宗、杨千成、史纯武、景文连、朱世铭、张俊芳、戴家麟、向源洪、吴国柱、刁成志、杨光汉、佘仁澍、戴美莹、"集体署名"[②]

1956级汉语言文学：周天纵、余大光、李云鹤、"集体署名"

1957级汉语言文学：高连俊、余战生、陈郭、唐笠国、罗洪祥、仇学林

1958级汉语言文学：陶学良、陈思清、吴忠烈、陈发贵、黄传琨、黄生富

1959级中国少数民族语言文学：李仙、李子贤、秦家华、曾有琥、田玉忠、李荣高、郑孝儒、马学援、杨映福、周开学、吴开伦、马祥龙、符国锦、罗组熊、李志云、翁大齐、梁佩珍、朱玉堃、王大昆、段继彩、杞家望、陈列、孙宗舜、卢自发、曹爱贤、雷波

1960级中国少数民族语言文学：杨开应、李承明、马维翔、胡开田、吕晴、苗启明、李汝忠、左玉堂、张华、吴广甲、肖怡燕、何天良、李蓉珍、

[①] 徐嘉瑞在1958年这一时期，已经调任云南省文联主席，但他对云大师生的"1958年调查"亦有诸多指导和帮助。

[②] 也即署名了班级，未署名具体人员。

董开礼、夏文、张西道、冷用刚、李中发、李承明、陈荣祥、杨海生、张忠伟

2019年底接手整理工作之后，文学院专门划拨实训场地存放这批资料，又以百年校庆和百年系庆为契机，为组织学生参与整理提供了制度和资金支持。在突遇新冠肺炎疫情全球大流行的困难条件下，首批出版整理工作到2022年夏天正式完成，并提交商务印书馆。在这一阶段，笔者带领学生，将科研与教学相结合，高效推进了文字电子录入、校对的巨量工作。参与资料整理、录入、校对的学生名单如下：

本科生：

2018级汉语言文学：张芮鸣

2019级汉语言文学：高绮悦、常森瑞、施尧（白族）、李江平（彝族）、张乐、王正蓉、李志斌（回族）、丁斯涵、赵潇、王菁雅、赵洁莉（壮族）、杨丽睿、任阿云、张芷瑄

2019级汉语国际教育：陈佳琪、张海月、李姗炜（白族）、黄语萱、黄婉琪、顾弘研（彝族）、林雪欣（壮族）、罗雯、万蕊蕊

硕士研究生：

2018级民俗学：郑裕宝、陈悦

2018级中国现当代文学：田彤彤

2019级民俗学：刘兰兰、龚颖（彝族）、晏阳

2019级中国少数民族语言文学：王旭花（彝族）

2020级民俗学：梁贝贝、周鸿杨、张晓晓

2021级中国少数民族语言文学：赵晨之、曾思涵、冉苒、茜丽婉娜（傣族）、宋坤元、郑诗珂、夏祎璠、吴玥萱、闵萍、杜语彤、黄高端

2022级中国民间文学：满俊廷、徐子清

博士研究生：
2020 级中国少数民族语言文学：王自梅（彝族）
2021 级中国少数民族语言文学：杨识余（白族）
2022 级中国民间文学：杨慧玲

上述学生，全部听过民间文学有关课程，他们都对民间文学有或多或少的兴趣。在整理工作的第一阶段，本科生对文字录入有重要贡献；整理第二阶段，早期硕士生对校对工作贡献较大；整理第三阶段，后期硕士生和博士生对细节编辑工作贡献了力量。

从 20 世纪 50 年代的师生合作调查，到 21 世纪 20 年代初的师生合作整理，这些半个多世纪以前的文本再次发挥了科研和育人作用。如果从徐嘉瑞先生算起，从调查、油印到再整理、出版的过程，中间大约经历了本系七代学人。目前所呈现的"丛刊"是正式出版的第一批文本。当然，调查、整理的成果和荣誉是属于几十年来参与此项工作的全体师生的，而出版环节如有失误和瑕疵则由编者负责。

五、整理和编辑说明

"丛刊"的整理、研究和出版，经历了一个非常艰难的过程。其"艰难"主要是由于这批历史资料游走于口语和书面、民族语和汉语、原始记录和整理文本之间。对待这种特殊性质的历史文献档案，不仅要具备民间文学和少数民族文学的基础理论素养，还要有对云南现代社会文化史、行政区划史、民族关系史的相当把握。许多学生在整理资料的过程中，不断暴露出知识盲区，这是课堂教学所不具备的锻炼机会，同时对笔者来说又何尝不是呢。

"丛刊"编辑的过程中有一些情况，需要做如下说明：

（一）年份问题

由于 20 世纪下半叶本系经历过多次民间文学调查，规模大小不一，地区远近不等，因此有些民族的调查时间跨度比较大。比如白族的调查资料时间跨度从 1950 年到 1968 年，其中以"1958 年调查"的资料为多，其前期预备工作其实从 1956 年就开始酝酿，那时候中国民间文艺研究会、云南省文联都参与过有关工作。"1958 年调查"是从 1958 年底开始的，一直到 1959 年底结束。而后来为了编写《白族文学史》又进行过若干次补充调查。在这样的情况下，虽然资料搜集整理的时间年份不一，但由于"1958 年调查"这一事件是核心，因此资料集以"1958"为题，以彰显"以事件为中心"的民间文学学术史理念。其他几册的情形也基本如此，年份命名都以学术史眼光来加以判定。

（二）篇名问题

民间文学书面整理文本的题目，或曰篇名，基本上都是搜集整理者根据文本情况起的，多数并不是民间口传演述的题目。在民间演述过程中，往往也不会刻意起一个题目。因此在 1964 年、1979 年油印本中，有很多篇目的标题相互嵌套，比如《开天辟地神话》《开天辟地的故事》《关于开天辟地的传说》，同时使用了三个文类概念。对这种情况，编辑者一律将其改为"神话"，如遇到重名，则采取"同题异文"的编排方法，在同一篇名下区分"文本一""文本二"。有少量标题比如"情歌""儿歌"之类，大量重复，为了区分则用起首句子重起标题。

（三）地名问题

由于从 20 世纪五六十年代至今，云南省的行政区划发生了巨大变迁，地名变化较多，本次"丛刊"统一采用 2022 年的地名和行政区划。在必要时对原地名和原行政区划做出标注，以利研究。地名标注统一使用全称，例如红河哈尼族彝族自治州、耿马傣族佤族自治县等。云南省地市级行政区划的地名变更主要涉及"思茅地区——普洱市""玉溪地区——玉溪市""丽江地区——丽江市"，县级行政区划的地名变更主要涉及"中甸县——香格里拉市""路南彝族自治县——石林彝族自治县""潞西市、潞西县——芒市""碧江县——泸水市、福贡县"等。乡镇级行政区划调整主要是合并、撤销居多，统一使用当前区划名称。

（四）族称问题

德昂族在20世纪80年代之前被称为"崩龙族"，本书中一律使用现称"德昂族"。独龙族在20世纪80年代之前被称为"俅族""俅人"，本书中一律使用现称"独龙族"。

对于现有56个民族之下各民族的支系，有的支系在学术研究上常常单另看待，这部分民族支系统一采用"某某人"的写法，例如白族勒墨人、彝族撒尼人、壮族沙人。

（五）语言问题

"丛刊"在整理过程中，语言和文字的识别和订正是最大的障碍。

第一，1964年、1979年油印本使用了大量"二简字"，"二简字"系中国文字改革委员会1960年向全国征集意见、1966年中断制订，到1972年恢复制订、1975年报请国务院审阅，1977年12月20日正式公布的汉字简化方案。"二简字"于1986年6月24日废除。因此，大量笔者以及学生都没有使用过"二简字"。识别并更正"二简字"造成了极大工作量，对2000年前后出生的学生来说更是极大挑战。

第二，许多少数民族民间文学翻译成汉语的时候，采用了云南汉语方言词汇，例如"过了一久""老象""咯是"等。笔者相对精通云南方言词汇，整理过程中全部保留了原词，必要时加注释解释意思。

第三，有些民族语词汇翻译时采用了不同的汉字，比如"吗回""玛悔""妈瑞"都是"穷小子智救七公主"故事的标题，这种情况都保留了原用字，并加以说明。有个别地方采用了通行用字。

第四，油印本中的用字不规范之处，皆予以更正，比如"好象"改为"好像"，"一支老虎"改为"一只老虎"等。

第五，由于油印本年代较久，保存状况较差，有些地方由于纸张破损、墨迹晕染、墨迹淡化、手写字迹潦草等，无法辨认。对无法辨认的字，如果能根据上下文还原的，皆予以补全；如果无法还原，则用脱文符号"□"占位。

第六，由于云南各少数民族普遍通用包括汉语在内的多种语言，故有的文本是用民族语讲述后经过翻译的，有的文本则是讲述者用汉语讲述的，这一点在部分文本原稿中并没有明晰的记录，故无从查证。

第七，本"丛刊"有很多文本涉及傣语、彝语、白语、藏语等民族语的词汇，有的如果用汉语思维去理解会有逻辑瑕疵。对此，我们尽量保留原文面貌，交给有语言背景的读者去判断。

第八，有的同一个词语，原整理者在不同篇章作注，表述上略有差异。为保持原貌，予以保留。

（六）体例问题

"丛刊"文本大多数都有采录信息，包括讲述者、记录者、整理者、翻译者、时间、地点、材料来源等数据项目。这些信息对研究来说意义重大，因此全部保留，有些信息还根据资料整理成果予以补全。个别文本没有任何采录信息，为了体现油印本的收录全貌，也都予以保留。

凡标注为"编者注"的脚注，都是"丛刊"编者所作，没有标明的都是原整理者所作脚注。

（七）表述问题

原文本中，有些文类划分、文类表述有歧义，比如"寓言故事"。这一类问题皆按照当前最新的民间文学理论加以订正，力求表述清晰。对于材料来源的表述，没有特别说明的，都是口头演述。

原文本中有些表述，在今天的学术伦理中属于原则问题的，皆予以删除。例如有一则故事的附记是"内容宣传×教，作反面材料"。这显然是不符合当前学术伦理的。还有有关历史上多民族起义事件的传说，也涉及一些不符合当前民族宗教表述伦理的语汇，也予以删节。

（八）历史名词伦理问题

在个别文本中，原搜集记录者标出了讲述者的"富农""贫农"身份，这是特定历史时期用来区分人的手段，带有对讲述者的政治出身评判，因此出于学术伦理的考量，一律删去。

（九）署名和人员问题

纳入本"丛刊"的文本，都与云南大学中文系有关，或是由云大师生搜集整理，或是由云大组织调查，或是搜集整理工作与云大师生有合作关系。但是涉及的具体人员未必都是云南大学的，例如刘宗明（岩峰）是西双版纳州文化馆工作人员、金云是宜良县文化馆工作人员、杨亮才是中国民间文艺家协会著名学者等。这些民间文艺工作者居功至伟，特此致谢。

1980年"师训班"赴德宏等地的调查人员中也有来自其他高校的学者，这部分学者已尽可能注明其单位。

由此牵涉出的所谓"版权"问题，在此作如下说明：第一，中国民间文学的知识产权划分问题到目前为止并没有形成立法共识，学界、法律界和全国人大为此已经开展了若干次大讨论。如果从有利于传承中华优秀传统文化的角度来说，民间广泛流传的口头文学（包含与口头法则有关的书面民间文学材料）的知识产权不应只属于特定个人（尤其不应专属于搜集整理者），因为"专利化"不利于民间文学在广大人民群众中的再创编、传播、流布和共享。第二，"丛刊"已经尽最大努力还原每一篇文本的讲述者、翻译者、整理者，并标出姓名，如有读者能够提供未署名部分的确凿证据，编者十分欢迎并致力于还原学术史。第三，"丛刊"致力于为学术界、文化界和广大群众提供历史资料，如有读者引用、采用本"丛刊"文本，恳请注明出处和有关署名人员。

有些文本，在云南大学中文系前辈手中经过了二次整理，例如傣族的《岩叫铁》于1958搜集整理，到1985年张福三、冉红又对其重新整理。对此，"丛刊"尽量将两个文本都加以呈现，并对新整理文本有关人员也予以署名。

编者衷心希望和欢迎历次调查、整理的亲历者提供资料。如条件许可，后续我们将继续编选《续编》，出版此编以外的散佚资料和20世纪80年代以后的文本。在此，也要向在调查、整理和编纂各个阶段发挥巨大作用的张文勋、朱宜初、李子贤、秦家华、傅光宇、张福三、冯寿轩等先生致以崇高敬意。在出版过程中，商务印书馆的编辑冯淑华、张鹏、肖媛三位老师付出了许多心力，使得"丛刊"避免了诸多讹误。在此特致谢忱。

2023 年 2 月 22 日于云南大学东陆园

目　录

第一编　彝族民间文学

一、神话和创世史诗……003
　　关于天地来源……003
　　石勒五特……007
　　古火此……009
　　天地的来源（一）……017
　　天地的来源（二）……023
　　洪水记（一）……026
　　洪水记（二）……033
　　开天辟地……036
　　神药……037
　　月莫补帕……038
　　月父马罗……040
　　客赊补帕……041
　　水稻为什么只结在穗上……042
　　端午节的来源……043

二、民间传说……045
　　石林的来源……045
　　白花张四姐……046
　　撒尼人怎么来到海宜……046

摔跤的来源 ... 047

密枝节的来源（一） ... 047

密枝节的来源（二） ... 048

算日子 ... 049

撒尼人姓"毕"的是怎样来的 ... 049

撒尼人姓"何"的怎样搬来的 ... 050

木志比尼泡 ... 051

阿丈城 ... 052

大先生的传说 ... 055

三、民间故事 ... 058

竹叶常青 ... 058

牛的上颚为什么没有门牙 ... 060

猴子和蚂蚱的战争 ... 061

两个姑娘 ... 062

百鸡衣 ... 063

弟弟战妖魔 ... 064

三兄弟 ... 065

三个姑娘 ... 067

神拐棍 ... 069

金玉林和王玉林 ... 070

小白牛（一） ... 072

小白牛（二） ... 073

一棵松树 ... 075

狐狸和猫 ... 076

兄弟二人骗猴子 ... 076

憨姑爷 ... 077

聪明的小媳妇 ... 078

四、歌谣和长诗 ·· 081

 阿依阿支 ·· 081
 麻茨母茨 ·· 084
 阿姆妞惹 ·· 086
 阿嫫阿妮捏 ·· 092
 阿姆纽纽呢 ·· 094
 彝汉是一家 ·· 097
 春天的歌 ·· 097
 阿里乌撒 ·· 098
 木嘎牛牛 ·· 099
 阿牛尼巴 ·· 100
 乌妞 ·· 101
 阿衣绕旦 ·· 101
 阿斯乌妞 ·· 103
 乌各杜微 ·· 103
 咕噜 ·· 104
 阿妈日呢 ·· 105
 阿摩惹妞 ·· 106
 阿戛拖扎 ·· 107
 阿衣巴底 ·· 108
 诉苦歌 ·· 109
 乌格拉马 ·· 110
 阿希依和谢马尼 ·· 111
 阿哥依 ·· 113
 阿依哩哩呢 ·· 115
 阿果依 ·· 116
 挡冰雹 ·· 117
 谷谷陆丁（一） ·· 118
 谷谷陆丁（二） ·· 118

阿依罗木..................119

乌甲——奴隶..................120

短歌三首..................121

弄弄格是..................122

阿歌阿依..................123

不为水来不为山..................124

阿古格..................125

阿嘎姊姊..................126

布七乐乐..................127

阿七阿来..................128

阿戛鸡唧..................129

阿依嘎嘎..................131

五嘎拉妈..................136

阿嘎吉吉..................137

册格..................138

阿果彝（打冤家调）..................139

包底里..................141

包底..................147

巴地..................149

都惹..................149

阿依莫嘎..................154

姆嘎纽纽..................155

娶媳妇的歌..................156

日午牛牛（婚歌）..................157

开亲..................158

撵鬼..................159

喊魂..................160

撒尼人短歌一组..................161

打猎记..................163

因不愿出嫁（库吼调）..................165

离别（撒尼溯源诗片段） 166
哭丧调（撒尼毕摩经片段） 167
牧羊小黄 168
撒尼哭嫁歌（一） 170
撒尼哭嫁歌（二） 171
结婚调 173
撒尼毕摩经（成亲片段） 179
撒尼情歌五首 184
撒尼民歌二首 187
诗卡都勒马——叙事诗"阿基左即"之一 188
哥哥送妹出嫁调——叙事诗"阿基左即"之一 190

五、彝族撒尼人叙事长诗《阿诗玛》 192
《阿诗玛》毕摩调演述文本 192
《阿诗玛》毕摩经彝文译本 210
《阿诗玛》民间调演述文本 229

六、彝族撒尼人谚语四十则 237

七、彝族撒尼人谜语三十八则 240

第二编　哈尼族民间文学

一、民间故事 245
什么最宝贵 245
可惜了一泡屎 248
七仙妹 249
哥哥和弟弟 251
兄弟俩 255

二、民间传说 ···257
　　一块金砖 ···257

第三编　壮族沙人民间文学

一、神话 ···263
　　关于开天辟地的事 ···263
　　开天辟地的神话 ··264

二、民间故事 ···268
　　祭山龙的故事 ···268

三、民间传说 ···270
　　汉族帮助壮族的传说 ······································270
　　关于壮族沙人迁徙的传说 ································271

第一编

彝族民间文学

一、神话和创世史诗

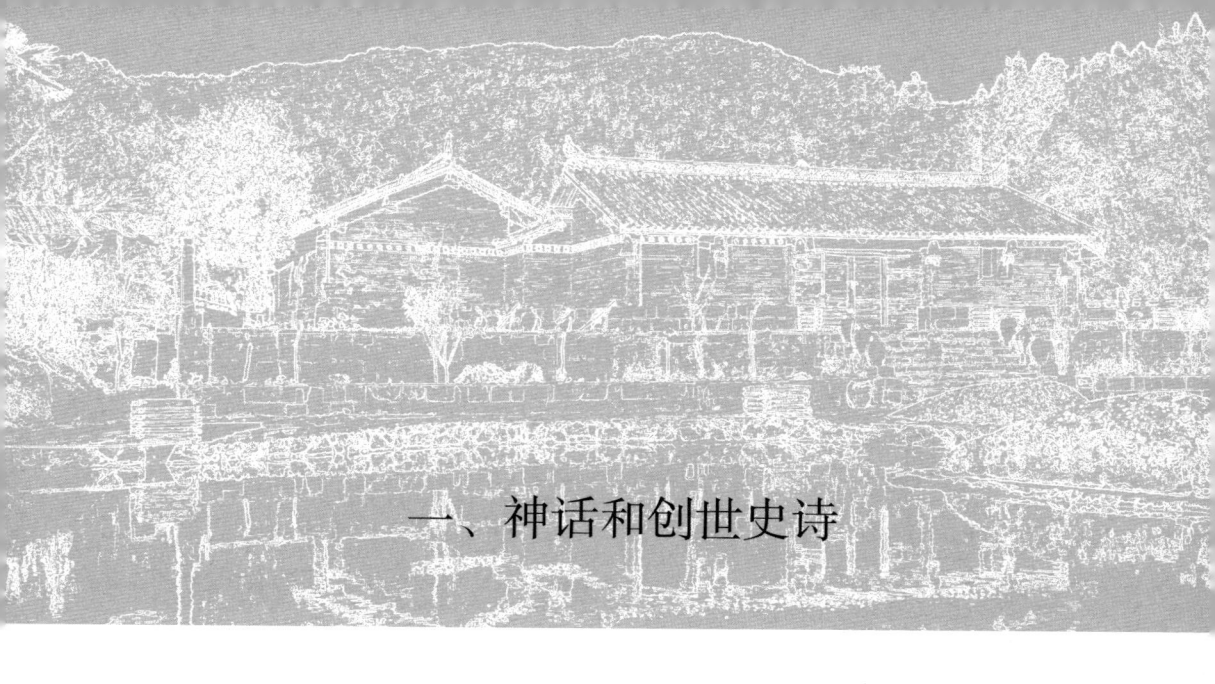

关于天地来源

演述者：嘿热八诺
翻译者：阿牛
记录者：梁佩珍
时间：1962年
搜集地点：云南省丽江市宁蒗彝族自治县羊安山村

很早以前天地不分开，
后来盘古开天地。
天上没有星星和月亮，
没有水，没有树。

九个人来做地，
五个做高山，四个做平坝，
平坝做好扭一下又成高山。
树和草从玉皇那里拿下来，
地上一半有草，一半没有，
地上一半有树，一半没有。

大水从天上来，
地上的东西淹没了。
后来又放出人，
猴子也生出来了。
先用牛来祭天，
东南西北来祭天。
后用鸡、羊在昆仑山祭天，
东南西北来祭天。

太阳有六个，月亮有七个，
地上蚊子有斑鸠大，
蚂蚁有狗大，
蛇有一围粗，
竹子有一围粗。
白天有太阳，竹子会分开，
晚上背太阳，竹子又合拢。
人就在竹子里睡，
不然蚊子会咬死。

从前天上有六个太阳，
九辈人死完了，
只剩下一个女人。
草都死完了，只剩一蓬"拉丁草"，
女人用红、白、蓝、青的线织成
了裙子穿。

天上飞来一只老鹰，
滴了一滴血在裙子上，
女人生了一个儿子，
长到九岁会使弩，
他用弩射太阳，射月亮。

太阳、月亮剩一个，
一个太阳、月亮吓跑了，
天地又黑了。
用牛、用羊、用鸡来献天，

九天九夜，太阳、月亮又出来。

月亮用金针刺它的眼睛，
金针软，月亮如今能看见，
月亮成太阳。
太阳用银针刺它的眼睛，
银针硬，如今的太阳不能看，
太阳很害羞。

用牛、用羊、用鸡来祭天，
星星出来了。
前辈人不知天黑和天晚，
叫母鸡，叫太阳，
母鸡不愿意，告诉公鸡听：
"我有七个冠子娃娃多，
你有九个冠子忘记就不对。"
现在公鸡一叫太阳出。

从前水会讲话，石头和狗会讲话，
儿子打蚊子，蚊子打小了。
儿子打蚂蚁，腰打断了，蚂蚁打小了，
九辈人死完是因为不祭老祖宗。
信老祖宗人就又有了，
三代人生下来不见爹和妈。

秧雀生人头顶上抱蛋，

蚊子生在人鼻上。
蚂蚁生在肚脐里,
麻蛇①生长在脚上。

天上把毕摩放下来,毕摩来念经,
秧雀从头顶飞走了。
手上"麻伤"②不见了,
毕摩把什么都送走了,
人就能生存了。
老人死了要做法事人才能发展,
有儿有女要杀羊子祭,死后不变鬼,③
没有姑娘儿子做道场,死了就变鬼,
鬼要来害人。

从前天上没有人,
样样东西都从天上扎下来(丢下来的意思)。
天又下大雪,
雪化变泥巴。
泥巴变蜢子(会吓人的一种虫),
蜢子变火烟。
看见烟子出,听见人说话,
可是不见人。

人和鸡、猪从海子④里出来,
人是哑巴不会说话,
找饭吃找不着,
跌死后剩一个。
这个人变四个,
四人来犁地。
用野猪来犁地,
今天犁好明天又还原。

一个白发老妈妈悄悄躲着看,
看见野猪来翻地。
她用铜扫把、用铁扫把扫,
把地扫还原,
现在地上才长草。

大哥要杀老妈妈,
二哥要打老妈妈,
三哥要捆老妈妈,
四哥来问她。
她说:"七天七夜后鸭蛋要烂了,
天要下雨下雪涨大水。"

大哥听了做金船,

---

① 麻蛇:云南汉语方言对蛇类的统称。——编者注
② 麻伤:一种虫,这里是音译。
③ 如今彝族死了人要做道场。
④ 海子:在云南指湖泊。——编者注

二哥听了做银船，
三哥听了做铁船，
四哥听了做木板船。

金船、银船、铁船沉下水，
四哥板船漂水上，
漂到黑狐狸睡的山包包。
水没有，柴没有，
流水冲来大烟杆一根。
四哥用来烧火，
救了水上白老鸦、黑老鸦的命。
因为有了火，
样样鸟雀救起了。

四哥讨了玉皇的姑娘做媳妇，
生了三个儿子，三个儿子是哑巴。
叫麂子去问玉皇，玉皇不说打麂子；
叫燕雀去问玉皇，玉皇不说在火塘里打燕雀（估计是燕子），
如今燕雀黑白各一半；
叫喜鹊去问玉皇，玉皇杀猪吃，
玉皇用猪血打喜鹊，
现在喜鹊的嘴红黑各一半；
叫"Kaō"钉钉①去问玉皇：

"Kaō"钉钉在筷子筒里躲起来。

听见玉皇媳妇问玉皇：
"你的姑娘三个儿子成哑巴，
你怎么不把哑药告诉她。"
玉皇说："我冒火不告诉她，
只要砍三十三根竹子用火烧，
哑巴就会说话。"
"Kaō"钉钉说："我听见了！我听见了！"
从此尾巴被打掉。

三个哑巴从此会说话，
三个哑巴成三族。
汉族说 māliqē，
彝族说 āziqi，
摩梭人说 piāzili。②

三兄弟要分地，
彝族编草草来钉在地上，
汉族用木墙钉在地上，
摩梭人用石头堆在地上。

三兄弟吵架用火烧，

---

① "Kaō"钉钉：此地是汉译名，彝族音译应是 ā pài jio，一种一寸长左右的小雀，没有尾巴。
② 此处均为第一次发音。

草草烧光了彝族没有地,搬到深山里。
木墙剩一半,

石头烧不烂,土地被摩梭土司占完了。

石勒五特

演述者：依火古哈
翻译者：阿力拉史
记录者：朱玉堃
时间：1962 年
搜集地点：云南省丽江市宁蒗彝族自治县

天下人有十二种,
辽人做土司有吃又有穿。
百姓娃子丫头吃饭不吃饭,
由他自己,
晚上得睡不得睡由他们自己。

千千万万的人都是由我管,
最苦的一个人唱。
第一道管事是土司,
第二道管事是黑彝,
第三道管事的是木匠、铁匠,
第四道管事的是东巴毕摩①,
第五道管事的是百姓。

古时土司出生大凉山,
古时百姓出了十六家,
出在大凉山金区拉打,
后来原有的人都是东北下来的。

四家黑彝出在大凉山,
地名就跟着人的名字起。
一个妈妈有三个儿子是辽人,
四川、云南都得他们管。
地上的树木、山水、花草都是他们的,
原有的人也是他们的。

他们兄弟三人,
坐看一样高,站起来不一样,

---

① 东巴毕摩：东巴是纳西族祭司，毕摩是彝族祭司。——编者注

大的是辽人，
小的是辽人。
只有老二不是辽人，
原有的文字都是老大、老三用。
老二不得用，朋友不得找，
娃子丫头不得使。

老大做毕摩比土司还大，
别人见了土司要让位，
老大见了土司稳稳坐。
红碗是土司的菩萨用，
花漆碗是土司用，
白碗是土司的老婆用，
黑碗是丫头娃子用。

土司是数着年过日子，
百姓娃子一年数十道。
丫头娃子的日子一天数两次，
屋里锅庄土司坐，
锅庄下面百姓坐。

还有一个堂屋专是丫头娃子坐，
丫头娃子的娃娃也是土司使的人。
不要只看得上土司，土司也是人，
不要看不起百姓，百姓也是人。

漂亮的人不要看得起，
不好的房子不要看不起。

猪圈也是木头做，
生翅膀的不要只看得起雀鹰。
不要看不起小雀，
小雀也会同样飞。

土司是在家中坐，
丫头娃子在外什么都知道。
原来土司不会收租子，
狗腿教他牧羊又收租，
百姓娃子家样样抽一半，
土司就向百姓要吃又要穿。
马没草吃啃马槽，
土司没有吃穿给①百姓要。

早上好睡被喊醒是最苦，
漏屋下雨风吹是最苦。
在家粮食耗子吃着不好收，
马关在圈里是最苦的事。
两口子不和不好在一屋，
男人不要打女人。

女人被土司压迫又要受男人打，

---

① 给：此处为方言发音，意为"跟"。——编者注

我们夫妻兄弟被拆散。
土司把我卖东又卖西,
说也说不清,打也打不赢,
心中仇恨永远记在心。

原来各兄弟各管各,
土司压迫,我们结成伙。
结伙起来互相帮,
土司从此不敢再抢人。
千千万万团结成一家,

坏人不准在里边。

若有坏人来捣乱,
大家远远把他赶出去,
任他孤独冒火自己受,
远亲抵不得近邻。
远亲又抵不得同村人,
最好的同村人抵不得自家的,
无人照管的自由地,
抵不得有火钳翻捡的火塘。

古火此①

演述者:阿约杰热
翻译者:阿西务
记录者:陶学良
时间:1962年
搜集地点:云南省丽江市宁蒗彝族自治县

最初那一辈人和第二辈人,
天也不分,
地也不分,
天地分不清。

天王恩体古兹不把人放下来,
天王亲自打铁又打铜,

天王用铁锤铜锤打吃人的蚊子,
天王用铁锤铜锤打吃人的野兽。
天王叫雷打铁,
天王又叫雷打铜,
天王才把人放下来。

木鲁古尔就是第一辈人,

---

① 创世纪。

这辈人在天上地下都敬菩萨。
天也不动，
地也不动，
人可以在地上生活。

天王把种子撒在地上，
分下三个儿子到地上。
老大到西方，
老二到南方，
老三到北方，
从此一代一代往下传。

恩体古兹说：
"地上格马阿尔家，
独户人家住地上，
未免太孤单，
没有一个伴，
一天叫到晚。"
天神听到了，
叫北方生出得补阿尔，
叫西方生出得歇师资。
请出太阳和月亮，
绕着土尔赫瓦卡山旋转。
可是天不分地不分，
仍然没办法。

为了商量分天地，

天王叫师慈祖宗，
师慈祖宗喊土兹的年，
土兹的年喊得歇师日，
得歇师日喊肉慈古达，
肉慈古达喊暑热拉达，
暑热拉达叫茶颇十尔，
茶颇十尔叫阿古五慈。
到根木阿家集中，
商量开天和辟地。

集中根木阿家，
开了九天九夜会，
九天说到黑，
九夜说到亮，
杀了九条牛，
喝了九罐酒，
九天九夜没有商量好。

根木阿家又开了七天七夜会，
杀了七条牛，
喝了七坛商量酒，
还是没有商量好。

根木阿家又开了五天五夜会，
杀了五只大羖羊，
喝了五坛商量酒，
商量开天和辟地，

仍然没有商量好。

又与恩体古兹重新商量，
开了三天三夜会，
杀了三条大肥猪，
喝了三罐酒，
开天辟地还是没有商量好。

又与天王家再商量，
开了一夜会，
杀了一只大阉鸡，
喝了一罐商量酒。
恩体古兹同意来开天，
恩体古兹同意来辟地，
恩体古兹把铜铁滚下来，
铜铁滚到耿木阿尔（全能之人）家。

耿木阿尔会打铜铁锤，
耿木阿尔请来九个小伙子，
共同来打铁。
耿木阿尔打了三个铁扫把，
交给三个姑娘。

耿木阿尔打了四个铁铲子，
交给四个小伙子，
耿木阿尔打了四个地球，
交给四个青年。

耿木阿尔把铁扫帚、铁球、铁铲
打好后，
耿木阿尔写信给天王，
可以开天，
可以辟地。
又一封信写给九家商量的人，
可以开天，
可以辟地。

铁铲交给天上生的莫么土月，
铜铲交给南北的土兹的年，
又一个铜铲也交给莫么土月。

天通了一个洞，
耿木阿尔拿了铁铲和铜铲，
用四个铲子来顶天，
耿木阿尔拿了铜球和铁球，
用四个铜球、铁球来滚四方。

最初天不蓝，
最初地不黄。
四个姑娘拿了四个铁扫帚，
四个姑娘来扫天，
天被扫得蓝茵茵，
四个姑娘来扫地，
地被扫得红通通。

地上没有百草，
阿娥树布上天去，
向天王恩体古兹要草种，
天王恩体古兹给了草种，
天王恩体古兹给了柴种，
阿娥树布回到地上。
撒下了草种，
撒下了柴种。
有了森林，有百草，
地上从此方有水。

天上没有太阳，
天上没有月亮，
天上没有星星，
阿虐独子喊太阳，
阿虐独子喊月亮。

阿虐独子拉了一头牛，
到突耳波窝山顶上，
盖了一所金子、银子的房子。
用金碗、银碗做酒盅，
杀牛来祭天菩萨。
切了九盘牛肉，
斟满九杯火酒，
来喊太阳和月亮。

喊了九天九夜，

太阳、月亮不敢出来。

阿虐独子又杀了一头白杰牛，
切了七盘肉，
斟了七坛酒，
喊了七天和七夜，
太阳、月亮才出来。

阿虐独子嘛，
心中智慧多。
阿虐独子到"突尔巴脚"山腰上，
砌了木头房子一幢，
共有九间房。
切了三盘肉，
斟了三杯酒，
来喊天上的星星，
喊出天上的七姐妹，
喊出三三两两的星星，
接着喊出了无数的星星。

阿虐独子呵，
还喊出了七个太阳，
六个月亮。

地上不生柴，
地上不长草。
阿娥树布忙上天，

向天神恩体古兹要种去，
要来柴种撒地上；
又向天神恩体古兹要清水，
要来清水流山间。

阿娥树布头上戴篾帽，
手中摇着扇子，
怀中藏着书信，
骑着一匹大花马，
到了天神恩体古兹家，
开了九天九夜的会。

阿娥树布站在天王的房子边，
眼睛睁睁看地上，
水也有点，
柴也有点，
草也有点，
可惜稀疏疏。

阿娥树布带下三条草根，
从此草根密麻麻，
草丛中静悄悄。
恩体古兹放下兹都小麻雀，
绿茵茵的草坪上，
兹都小麻雀"兹脚、兹脚"鸣，
阿娥树布出门看，百花开得鲜艳，
兹都叫得迷人。

阿娥树布说：
"兹都安家在草棚上，
从此兹都做窝在草上。"

阿娥树布站在天上看，
四方没有树林，
阿娥树布撒下柴种，
山中长着树林。

山林中什么也没有，
树林太单调，
阿娥树布把老熊拉到树林中，
绿茵茵的森林中，
从此有了老黑熊。

老熊任意在密林里跳，
阿娥树布嘱咐老熊在森林中安家了。

阿娥树布站在天上细细看，
地上树林稀疏疏，
因此地上没有水，
还向天王要水去。

要了三股水，
洒在大地上，
水流向四方，
水流向低处。

可惜水中什么也没有，
撒条水獭在河中，
水獭自由自在在河中，
荡起水波波纹。
阿娥树布说：
"水獭呵，给你安家在河中。"

阿娥树布站在天上看，
地上还没有石头，
阿娥树布撒下三个石头种子。
石头种子散四方，
石头满山坡，
从此遍地峻岭高岩。

悬岩上什么也没有，
阿娥树布又给了三个蜂子种，
石岩有花的，
石岩有白也有黑，
蜂子看漂亮的石岩，
蜂子叫嗡嗡，
阿娥树布说：
"蜂子爱石岩，给你安家在石岩上。"
从此各种蜂儿住石岩。

阿娥树布站着再看看，
地上还没有竹子。
阿娥树布折回年年八乌（这是天王

恩体古兹家）去，
要了三根竹种来，
撒在地上，
竹子长得满山箐。

可惜竹丛中没有什么，
阿娥树布啊，
拉下马鹿、麂子来，
青中又有数点红（有马鹿了），
马鹿、麂子最自由，
阿娥树布说：
"马鹿、麂子安家在竹丛中。"

天是哪个开？
天是土兹的年开。
地是哪个辟？
田颠月祖来辟地。
还有哪个喊星星、月亮和太阳？
那是阿虐独子喊出来的。
地上万物怎样生？
那是阿娥树布撒下来的。

他们四人来商量，
粮食不会熟。
要了一个大火，
烧了九天九夜。
火烟飞上天，

要成雨和云。
火烟飞到山顶，
变成团团白雾。
从此才有水，
从此庄稼才成熟。

恩体古兹讲，
烧后的渣子变成金银，
只有金子和银子。

没有吃的还是不行，
因此还是要粮食。

天王只给铜和铁，
天王只给百草和树林，
没有粮食，
人还是活不下来。

天王只得答应：
"好。给你们一点荞子。"

他们四人又要求，
天王才给点稻种。

这辈人仍然活不起来，
有了荞种和谷种，
人终于慢慢地繁衍，

有了五谷，人才得发展。

天上下大雪，
庄稼必然好。

天王又给三股雾，
有了雾绕山，
庄稼就会好。

坪子下大雪，
山顶有白雾，
才有粮食五谷，
才有人活起来。

人是怎么生出来，
大雪下到地上后，
生出一个日补热给来。
第一代人只有坐起那样大，
第二代人只有站起那样大，
第三代人有竹子那样高，
第四代人有松树那样高，
第五代人有抛树那样高，
第六代人有山包包那样高，
第七代人有天与地中间那样大，
第八、九、十代人有天样高。

头发上喜鹊做窝，

鼻子上"丝线"（麻雀）安家，
胳肢窝上"浔勒"（鸟名）安家，
肚脐上"吉子"（灰色白头）安家，
脚下蚂蚁打洞。

这个大人啊，
耳朵有扇子大，
鼻子有百斤的盐锤大。
这个人可以做白①，
一个也不敢来做白，
只有去请毕摩。

特勒去请毕摩，
遇上天王的姑娘在门口织布。
天王姑娘说：
"哪有人做白的道理？"
举着手中梭子打特勒，
特勒学了织毛布，
而今人人会织羊毛布。

野鸡又把天王问：
"什么可以来做白？
什么可以做毕摩？
我野鸡是否可以做毕摩？"

天王气后说：
"野鸡你也来做毕摩。"
火山一盆涨开水，
迎头一瓢就把野鸡泼，
而今野鸡满脸红通通。

兔子去把天王问：
"拿人做白行不行？"

恩体古兹怒火生：
"天下哪有人做白！"
当头就是一棒，
正好打着兔嘴唇，
而今兔子嘴皮打成三片。

四王来商量，
四人来讨论，
让蜘蛛去天王家请毕摩。
蜘蛛能背起绳子上天，
蜘蛛能背起绳子下地，
蜘蛛是最好的善人，
蜘蛛屁股吊起一条绳子上天：
"拿人做白行不行？"

天王火气生：

---

① 白：在彝语中有"祭祀""献祭"之意，此处及下文指的是人类不宜用来献祭。——编者注

"哪有人做白?"
顺着腰杆一棒,
蜘蛛被打成两截,
幸好肚中有一条绳,
勉强把头和肚子相连,

而今蜘蛛腰细原因就在这里。

恩体古兹说:
"只能人做毕摩,
人不能做白。"

附记:这是根据彝族的书面文字翻译的,是老毕摩阿约杰热的藏本。

天地的来源(一)

整理者、翻译者:金国库(五十六岁)
记录者:马维翔
时间:1964年
搜集地点:云南省昆明市石林彝族自治县圭山镇海宜村

最古的时候,
造的这块天。
哪个造的天?
阿真造的天。

甲子年栽树,
阿真栽的树,
是棵蓝色的树,
树身长得高,
叶子长得大。

这棵蓝色的树,

天天向上长,
树梢顶着天,
树叶遮着天。

阿真站在树下面,
用力吹口气,
叶子吹上天,
蓝色的叶子,
变成一块天。

天是怎样来的?
就是这样来的。

地是怎样造的？
地是哪个造的？

阿者造的地，
丑年造的地。
他栽一棵树，
树叶黄生生。

这棵黄色的树，
天天向上长，
阿者的身子有树大，
他睡在树上。

黄树不会长，
黄树被压平，
黄生生的地，
就是这样造的。

天上的太阳，
天上的月亮，
天上的星星，
地上的大山和石头，
地上的森林和草木，
是哪个造的？

天上的太阳，
果字神造的。

天上的月亮，
德白神造的。

天上的星星，
阿端神造的。
蚂蚁造的山——
抬的泥巴如同山。

老鼠造石头，
老鹰种的草——
它的身子绿茵茵；
老鸦栽的树——
它睡在森林。

老鸦的窝巢，
是树枝丫做的。
牛马和牲口，
陀罗神和昌罗神，
造世上的牛马。

人是怎样造的？
天上陀罗神，
天上昌罗神，
属虎那年造的人。

在山脚下面，
拿一点黄土，

拿一点黑炭，
拿一点白泥，
把三样拿来，
造人的眼睛。

陀罗神和昌罗神，
俩人造了男人。

陀罗神和昌罗神，
从男人身上抽筋骨，
造女人的身子，
女人身上有男人的筋骨，
这样造了女人。

男人和女人，
已经造好了，
他们不会动，
在太阳下面，
晒了几天几夜。

到了第七天，
已经会动了，
还不会呼吸。
陀罗神和昌罗神，
在他们嘴上吹一口气，
俩人会呼吸。

不会出声音，
陀罗神和昌罗神，
在俩人面前喊一声，
俩人也会喊。

俩人不说话，
陀罗神和昌罗神，
讲话给俩人听，
俩人会讲了。

俩人不会唱，
陀罗神和昌罗神，
唱给他们听，
俩人学会唱了。

所有的话会说了，
就是不会种庄稼。
穿的是树皮，
吃的是野果。

天上阿方神，
撒下了种子，
打开了天门，
种子撒下来。

他们不会栽，
跟着蜜蜂学。

蜜蜂叫嗡嗡，
站在花瓣上。

蜜蜂采花蜜，
花上蜜蜂缀。
蜜蜂采花蜜，
藏在蜂房里。

人跟着蜜蜂，
十二大山上，
他们犁荒地，
他们撒下种。

种子发了芽，
禾苗长得高，
一天又一天，
叶子同黑云，
开花绵羊大。

果子结得多，
长得黄生生，
十二大平地，
庄稼收回来，
他们不会煮。

神农这个人，
凿木起了火，

火烧红通通，
粮食用火烧。

烧熟就会吃，
熊熊的火堆，
烤火暖乎乎，
当时的屋子，
只是些窝棚。

在窝棚里面，
三个石头支口锅，
水盛在锅里，
甑子放上去。

甑子蒸生饭，
锅下火熊熊，
锅里水沸腾，
蒸气热腾腾。

生饭煮熟了，
从那时开始，
就会煮饭吃，
会用火取暖。

他们不点火，
夜里麻蛇多，
夜里老虎多，

点火照路上。

走路不怕黑,
从那时开始。
男人是怎样来的?
女人是怎样来的?

人是怎样活在世上?
最古的时候,
最先造的两个人,
在他们生成的山脚下,
他们成了亲。

他们两个人,
生了五个儿子,
生了五个女儿,
儿子长大了,
女儿长大了,
相配来成亲。

"所有世界上,
没有别的人,
陀罗神和昌罗神,
我们长大了,
可不可以成亲?"

陀罗神和昌罗神说:

"世界上没有人,
你们可以成亲。"
四个儿子配四个姑娘,
已经成了亲。

他们成了亲,
走到山上去开荒,
第五个儿子,
第五个姑娘,
他们年轻犁不动地,
俩人到处去游玩。

一天又一天,
他们两个人,
走到大山上。
果字神造的太阳,
从山后面升起,
金光射四方。

他俩在山上看见:
金果和银果,
阳光放金光,
金子、银子闪闪亮——
这是天神造。

第五个儿子,
第五个女儿,

看见很喜欢。
一天拾金果，
一天拾银果。

金果拾三颗，
银果拾三颗。
他们两个人，
听了天神的话：
"拾多要不成。"

回家走进房，
拾得了金果，
拾得了银果，
大哥大嫂问：
"金果和银果，
哪里拾来的？"

第五个儿子，
第五个女儿，
说出一句话：
"果字神造的地方，
一天的早晨，
太阳从后山升起，
从那里拾来的金果，
从那里拾来的银果。"

大哥和大嫂，

到了果字神造的地方，
拾金果和银果。
贪心拾得多，
激怒了天神。

那达大山上，
石崖立得高，
高处栽着一棵树。
天神放黄鸟站树上，
黄鸟振羽展开翅，
遮住太阳光。

金果和银果，
从此看不见，
天地黑昏昏，
良心不好的哥哥嫂嫂们，
一边吵一边叫。

春天和夏天，
秋天和冬天，
从此分不出。
我们这些人，
天天家里睡，
家里的粮食被吃光。

他们去犁地，
所有地上的人，

一样也看不见，
只有蜜蜂叫嗡嗡。
一群群地飞，
酿蜜忙又乱。

听到蜜蜂去采蜜，
他们跟着去犁地，
蜜蜂采蜜回了窝，
他们也跟着回家。
最古的时候的人，
就是这样犁地。

造太阳的果字神，

心肠实在好。
黄鸟被太阳晒死，
它身子也烤烂了。

黄鸟的身子，
变成了群山，
那一对翅膀，
一块块掉地上，
变成了大地。

果字神造太阳，
心肠实在好，
从此太阳又发光。

天地的来源（二）

记录者：胡开田
搜集地点：云南省昆明市石林彝族自治县圭山镇

空中有个阿颠神，他在子年造了天。他在空中栽了一棵树，树儿高大叶儿蓝，这树长得飞快，它的树叶伸向无限远，它还拼命地长，一直长得天空这样宽。阿颠这个神，吹了一口气，把它送到天空去，从此有了这个蓝色的天。

地是怎样造的呢？

空中有个阿志神，他在丑年造了地，他在空中栽了一棵树，树儿粗壮叶儿黄，这树长得非常快，它的枝叶伸向无限广。阿志这个神，像树一般壮，他就坐在这棵大树上，使它的枝叶不能向上长。阿志这个神，像树儿一般肥，压得这棵树向下垂，一直垂到底，从此，我们就有这黄色的地。

天上的日、月、星和地上的山、石、草木到底是怎样造的？

天上的太阳是哥自神造的。月亮是德怕神造的。星星是阿继神造的。山是蚂蚁造的，你看蚂蚁的洞上堆起很高的土。野鼠是造石头的，你看野鼠一直住在石洞里。鹦鹉是栽草的，所以草的颜色和鹦鹉的颜色一样。乌鸦是栽树的，所以乌鸦住在树林里，乌鸦的巢也是用树枝筑成的。

牛羊五谷是天上的托罗神和沙罗神造的，天上的阿发神从天上天门里把五谷种子抈到地上。

人是怎样造的？

天上的托罗神和沙罗神他俩是在寅年造人的。他俩走到地上一个山脚下，那山脚一处是黄土，一处是黑炭，一处是白泥。托罗神和沙罗神先拿黄土造人身子，用黑炭和白泥造人眼睛，托罗神和沙罗神造好了男人，又来造女人，托罗神和沙罗神这样从男人身上抽出一根肋巴骨加在女人的肋巴骨上。男女已经造好了，可是不会动，放在太阳底下七天整，人就会动了；可是不会呼吸，托罗神和沙罗神在他们嘴里吹了一口气，他们就会呼吸了；可是不会出声，托罗神和沙罗神对着他们大声叫，他们学着叫，就会出声了；可是，不会说话，托罗神和沙罗神对着他们说话，他们跟着学，学会了说话；可是不会唱，托罗神和沙罗神对着他们唱，他们跟着唱，学会唱歌了；可是不知道怎样到地里去工作，他们穿的是树皮、树叶，吃的是树叶、草。

那时天上的阿发神已经将五谷种子从天上抈到地上来了，但人们还是不会栽种，后来看到蜜蜂嗡嗡地到花间采蜜，看到蜜蜂做蜜，人们就到山坡去开荒地，把五谷种子种下去，人们收获了五谷，可是不知道怎样把它们弄熟。天上的些尼神，把天上的火种传到人间，人们才知道用火煮饭，用火取暖，在黑夜点起火来，可以赶走野兽和毒蛇，用来照明。

人们怎样生儿女，怎样过生活呢？

最初造的两个人，就在造他们身子的山脚下，成了亲，他们在那里生了五个儿子和五个女儿，儿女慢慢长大了，照样应该成亲，那时天地间没有别的人，他们就问托罗神和沙罗神："我们长大了，我们要结婚，可是现在天地间没有别的人，我们兄弟姐妹能不能结婚？"托罗神和沙罗神说："你们结婚吧。"四个大儿子配四个大女儿，从此配成亲，他们结婚后，便到山上去开荒。第五个儿子和第五个女儿因为年纪小，不能去开荒，整天到处去游荡。

有一天他俩走到一个大山上，哥自神造的太阳每天早晨从这后面出来，用它的光明照四方，他俩看见这山上有大堆的金锞和银锞，太阳照在上面，放射出金光和银光，他们俩看看很好玩，便要拾起来带回家。这时天神出现了，告诉他们俩，每天每人只能拾三颗金锞和三颗银锞，如果多拾了，便要受罚，他们听了天神的话。回到家里，哥哥嫂嫂看见他俩拾得金锞和银锞，他们很吃惊，他们争着问，是在什么地方拾得的，他们说是在太阳每天出来的山上拾得的。哥哥嫂嫂们听得这样说，也就爬上那个太阳每天出山的地方拾金锞和银锞，可是他们拾多了，激怒了天神，招来了灾祸。

在那个大山上，有一个很高的山峰，在那个很高的山峰上，有棵很大的树，天神叫一个很大的黄鸟站在这棵大树上，这鸟的翅膀非常大，张开可以遮住太阳，天神为了责罚地上的贪心人，便叫大黄鸟张开翅膀遮住了天上的太阳，让地面上变成一片黑暗和凄凉，让地面上贪心的人看不到金锞和银锞，他们就不能够拾了。但是太阳光热了，把黄鸟晒死了，黄鸟不飞，地面永远是一片黑暗。这贪心的哥哥嫂嫂们一面咒骂着，一面爬着摸到家。可是天空是这样的黑暗，分不清冬天或夏天，分不出白天和黑夜。他们只有天天在家里睡着，家里的粮食吃完了。他们应当去耕地，可是地这样黑，什么也看不见，只好等到蜜蜂嗡嗡地飞出去采蜜的时候，他们也就吆喝着牛马带着农具到山上去开荒。直到蜜蜂嗡嗡飞回蜂房的时候，他们才赶着牛马回家休息。据说那时人们就是这样开荒的。哥自神造的太阳心肠实在好，它的光那样强，黄鸟就被晒死了，它的光那样热，黄鸟的尸体腐烂了，变成了山，黄鸟的翅一片一片落在地上，变成了泥土。哥自神造的太阳心肠实在好，是它替人把黄鸟去掉，它的光明又能照到人间。

洪水记（一）

根据传说编诗：金国库
记录者：马维翔
时间：1964 年 1 月 11 日
搜集地点：云南省昆明市石林彝族自治县圭山镇海宜村

最初的俩人，
在造俩人身子那里，
大山脚下成了亲。

他们两个人，
在大山脚下面，
生了五个儿子，
生了五个女儿。

大的四个儿子，
大的四个姑娘，
已经成了亲。
第五个儿子，
第五个女儿，
他俩还年轻。

哥哥和嫂嫂，
身强力又壮，
一天又一天，

赶马带锄头，
背着粮食去开荒。

开了一片荒地，
在开荒的地方，
太阳升起放光芒，
照出银子亮闪闪。

他们用力来开地，
不顾辛苦和疲劳，
太阳高高升当顶，
热烘烘的太阳照着，
烤着他们的身子。

他们不停地挖，
在深深的大坑里，
挖出金银宝具。
他们不停地挖，
一直挖到天黑，

天黑才回家。

在他们开荒的那里，
他们犁过的地，
是天神离不开的地方。
来了一个天神，
用石头把荒地盖上，
又像没有犁过。

第二天早上去看，
荒地变了样，
还没有犁过的样子。
到第三天晚上，
他们一家人，
在开荒的地方守着。

辛辛苦苦犁一天，
身子酸又疼，
等到了半夜，
一样也没有见，
他们走到土堆上，
伤心了一场。

睡在石堆上，
星星出来了，
又出一弯月亮，
像圆圆的银子闪光。

来了一个老人，
戴着金银的帽子，
银发银光亮，
到了开荒的地方，
用手里的旱烟斗，
把犁过的地皮翻过来。

大哥大嫂看见了，
一齐大声喊：
"拉着他！拉着他！"
拉着老人就要打。

第五个儿子，
第五个女儿，
知道老人是天神，
说出一句话。

"这一个老人，
不是普通的人，
是天上的神仙。"
哥嫂听了话，
放了这老人。

天神说一句：
"你们胆子大，
你们快回去，
不然洪水发，

各人准备逃。"

听了天神的话，
他们跑回去：
大儿子打了金柜子，
二儿子打了银柜子，
三儿子打了铜柜子，
四儿子打了铁柜子。

五儿子一样也没有，
跑到果字神那里，
到了造太阳那里，
一天又一天，
太阳从后山出来。
他对天神说：
"天上的果字神，
请你帮我想办法，
大儿子打了金柜子，
二儿子打了银柜子，
三儿子打了铜柜子，
四儿子打了铁柜子，
这些我都做不起，
天上发洪水，
叫我怎么办。"

天神告诉他：
"我的小儿子，

不怕了，不怕，
金银的柜子，
铜铁的柜子，
你都置不起，
你做木柜子吧。"

第五个儿子，
听了天神的话，
做了木柜子。
柜子做起来，
天上下大雨，
一天又一天，
天越来越黑。

一天一天的，
大雨变洪水，
所有的人们，
一天一天叫起来：
"风调雨顺啊！
风调雨顺啊！"

山崩地倒塌，
小鸟哭凄惨，
虎豹被水淹，
鸟儿飞上天。

大儿子和大女儿，

躲在金柜子里。
二儿子和二女儿，
躲在银柜子里。

三儿子和三女儿，
躲在铜柜子里。
四儿子和四女儿，
躲在铁柜子里。

金银柜子重，
铜铁柜子沉，
掉到水底下，
生命救不了。

第五个儿子，
第五个女儿，
他们带干粮，
躲在木柜里。

风水波浪翻，
木柜随着洪水漂，
天下黑沉沉，
大雨稠又密。

大风呼呼吹，
洪水涨起来。
茫茫的洪水啊！

不停地向上涨。

涨到山头上，
涨到了天上，
天雷响三声，
玉皇大帝知道了。

洪水涨上来，
再要往上涨，
天就破烂了，
玉皇大帝下命令，
叫天神守卫。

天神戴着金银帽，
天神穿着金银衣，
拿着金银的弓箭，
拉弓放出箭，
箭如飞蜂子，
地被射通了。

地被箭射通，
地上的洪水，
落进了地洞。
一日落三分，
十日落三寸，
一天一天落，
干到山头上。

有一棵青松，
挡住木柜子。
他俩说出一句话：
"谢谢青松树，
我们坐在木柜里，
你挡住木柜，
不会淌下地洞。
从此这以后，
到了逢年过节，
永远不会忘你。"

又过了几天，
水干半山坡，
半山坡上松密树，
挡住了柜子。

他俩看一看，
说出一句话：
"谢谢松密树，
挡住我们的柜子，
从此这以后，
到了逢年过节，
永远不忘你。"

又过了几天，
洪水落山脚，
山脚的崖边，

有棵竹节草，
挡住木柜子，
木柜不会掉地洞。

第五个儿子，
第五个女儿，
对竹节草说一句：
"谢谢竹节草，
挡住我们的柜子，
救出我们的生命。
从此这以后，
如同亲生父母，
永远不忘你。"

第五个儿子，
第五个女儿，
打开了柜子，
他俩走出来。

他俩看见山脚下，
一蓬蓬的青草，
岩山一层层。
抓开了竹子，
跳出石岩来，
手被刺伤了，
脚被划破了。

走出一段路,
看见他们的地。
洪水退完了,
太阳放光芒,
晚上出月亮。

喜喜欢欢地,
男人去砍树,
女人去割草,
喜喜欢欢地,
盖起房子来。

一夜到天亮,
各人带干粮,
各人到各人的地方。

他俩坐进柜子,
还是两个娃娃,
洪水退了出柜子,
不知不觉成大人。

世上所有的人都死了,
大地变得宽又广。
走到了东边不见人,
走到了西边无村庄。

回来对天神说一句:

"我们长大成了大人,
我们要成亲,
现在世界上,
没有别的人。
我们两兄妹,
可不可以成亲?"

天神回答一句:
"世界上没有人,
你俩可以成亲。
试试你们的命:
你们两个人,
男人带筛子,
女人带簸箕,
从山上滚下来,
筛子盖在簸箕上,
就可以成亲。
男人背磨上面,
女人背磨下面,
从山上滚下来,
上面盖着下面,
你们可以成亲。"

他们听了话,
走到了山上,
筛子、簸箕滚下来,
簸箕滚在下面,

筛子滚上面。

又拿磨来滚,
男人背的盖上面,
女人背的盖下面,
天神的话如了愿,
从此两人成了亲。

成亲三个月,
女人怀孕了,
到了十个月,
她就生下来,
这不是个人,
是一个南瓜。

舍不得丢南瓜,
女人生瓜很害怕,
摆在床底下。
过了七八天,
女人听见南瓜里,
有人在讲话。

女人对男人说:
"你看一下,
是什么讲话?
我生下的南瓜,
放在床下面,
不敢丢掉它。"

男人拿出南瓜,
用斧子砍开。
南瓜里面很多人,
很快跳出来。

有的是汉族,
有的是苗族,
有的是彝族。
汉族带锄走平地,
苗族进了草原和山林,
彝族带锄和镰刀上了山。

洪水记（二）

记录者：胡开田
搜集地点：云南省昆明市石林彝族自治县圭山镇海宜村

在世界上最初的两个人就在造他们的山脚下面成了亲。他俩在那里生了五个儿子和五个女儿，大的四个儿子和四个女儿已经配成亲了，第五个儿子和第五个女儿年纪太轻。哥哥嫂嫂的力量大，每天吆喝着牛马，背着锄头，带着干粮到山上去开荒，发现了一片花园，立刻挥着锄头，大家拼命干。太阳照在他们的头上，照在他们的背上，满头满身流着汗，他们还是不停地挖，就像要叫泥土里生出什么金银宝贝，就这样一直工作到黄昏，才回家来休息。但是他们所开的荒地是在天神不许开的地方开的，所以等他们回家后，天神就把他们所开的荒地盖上草，又成了原来的样子。

他们开了两天，喘气流汗，可是天明跑去一看，还是原来的样子。到了第三天晚上，他们全家人留在开荒的地方，偷偷地等着看，看谁敢把他们开好的荒地复了原，他们劳动了一天，很疲倦，等到半夜，什么也没有看见，就趴在土堆上，呼呼地睡着了。醒来的时候，看见弯弯的月亮挂在天空，银色的月光照在大地上，一个戴着金银帽子的老人，正在用他的拐杖翻弄他们开好的土地，哥哥嫂嫂们看到了，一齐大嚷："抓住打，抓住打。"老人被他们抓住了，他们动手就打，第五个儿子和第五个女儿看到了，知道是天神，他们哭着叫着说："你们放了吧，你们饶了他吧。"他们哥哥嫂嫂听了他们的话，就把天神放了，天神临走的时候，告诉他们说："你们当心吧，你们快回去，以后天地要发洪水了，你们各自准备防水用具。"

他们听了天神的话，赶快跑回去，大儿子做了一个金柜子，二儿子做了一个银柜子，三儿子做了一个铜柜子，四儿子做了一个铁柜子，五儿子做不起这些东西,他到太阳出山的地方要求天神替他出主意。他说:"大哥做了金柜子,二哥做了银柜子,三哥做了铜柜子,四哥做了铁柜子,这些东西我都置不起,洪水要来了,我怎么办?"天神说:"我的好孩子,你不要着急,金银铜铁的柜子,你都置不起,你就置一个木柜子吧。"第五个儿子听了天神的话,就做了一个木头柜子,柜子造好了,大雨就来了,天空黑暗起来,大雨慢慢来了,洪水泛滥了起来,大地上一天天乱起来了,风吼雷响,山崩地裂,鬼哭狼嚎,洪水高涨。大儿子和大女儿躲在金柜子里,二儿子和二女儿躲在银柜子里,三儿子和三女儿躲在铜柜子里,四儿子和四女儿躲在铁柜子里,但是金银铜铁救不了他们的生命,一起沉到水底里了,只有第五个儿子和第五个女儿带着他们的干粮,坐在木头柜子里,漂到远处去了。

　　天空一天天黑起来了,风声一天天响起来了,洪水一天天涨起来了,地面的水,越涨越凶,从高山头上漫到天空,再涨上去,天底就要被挤破了,他马上叫很多天神,穿上金甲和银甲,带着金箭和银箭,张开金弓和银弓,从天上射到地面,地面射穿了,射成一个洞,地面上的水落进洞,一天落三分,十天落三寸,一天一天落下去,已经落到山顶了,山顶上一棵老松树刚从水里抬起身,第五个儿子和第五个女儿对它说:"受你这棵树的恩,挡住我们的柜子吧!将来逢年过节,我们把你当作年神和月神,不忘你的恩。"松树果然伸出手来,把柜子挡住了,几天以后,水落到山腰,山腰上一棵小梨树抬起头来,向上面瞧,第五个儿子和第五个女儿说:"受你这棵梨树的恩,挡住我们的柜子吧,只要你拉我们一把,将来逢年过节,也把你当作年神和月神,不忘你的恩。"梨树果然伸出手来,把他们的柜子挡住了。一天又一天水落下去,落到山腰的石洞边,洞口很大的竹节草,刚从水里睁开眼,第五个儿子和第五个女儿对它说:"受你这竹节草的恩,挡住我们的柜子吧,只要拉一把,救了我们的命,将来我们就把你当作亲生父母,永不忘恩。"这棵竹节草真的用尽了全身的力气,挡住了柜子,没让柜子落在洞里。第五个儿子和第五个女儿就打开柜子出来,他们看见山脚的下面,包围着一丛一丛的荆棘，填塞着一层层的岩洞，他们鼓起勇气，一步一步向前，拨开竹林，跳过了岩洞，又从荆棘树丛的包围中冲出来，荆棘刺破了他们的手，树枝碰着他们的头，他们不顾一切的痛苦，终于冲出一条生路。这时候才看见大地已经复原了，大水已经退完了，太阳又照到人间。第二天各人带着各人的干粮，各人走到各人的地方，各人去找各人的配偶，因为他们在木柜子里，不知不觉已经长大成人了。

可是这时候，世界已经变了，人已经死完了，世界虽然大，没有别的，他们是兄妹俩能不能成亲呢？天神说："既然是这样，试试你们的命运吧！现在你们俩，男的带着筛子，女的带着簸箕，到高山上，让它们一直朝下面滚，要是簸箕滚在筛子下面，这是吉兆，你们就成亲。"他们按照天神的话做，果然簸箕抱住了筛子，筛子抱住了簸箕，所以他们就成了亲，女人怀了孕，又过些时候生下了，可是生的不是人，是一个南瓜，女人生了大南瓜，自然很害怕，把它放在床底下，舍不得丢开它，过了一天，女人听见床底下的南瓜里有人在说话，她就告诉丈夫说："你看可怕不可怕，我生下一个大南瓜，把它放在床底下，不敢丢掉它，可是现在南瓜里又有人说话了，你说怎么办呢？"丈夫听了这话，就把南瓜从床底下拿出来，放在门槛上用斧子把它剖开，哪知剖开就有许多人从南瓜里跳出来，有的是汉族，有的是苗族，有的是彝族。汉族带着锄头、扁担向平原走去，苗族光着手向草原走去，我们撒尼人带着锄头、镰刀到山上去了。

开天辟地

记录者：马维翔
翻译者：黄玉峰
搜集地点：云南省昆明市石林彝族自治县圭山镇海宜村

给字[①]是天上最伟大的善神，他有三个儿子，准备开天辟地，造出天地人间来。

大儿子说应当用石头造天地，二儿子说天地要用土来做，三儿子又说造天地一定要地塘果根做才行。三人都固执地要用自己的方法造天地才好，于是争执不休，给字的女儿知道了这件事，就对他们三兄弟说："拿石头造地太硬，用土造太软，用地塘果根造又不好，最好是用石头做地的骨头，土做地的肉，地塘果根用来做成筋，这样造出的地就可以种庄稼了。"

给字从天上撒下金色的生长万物的种子，可是太阳很辣，种子不能生长。给字问万物群兽："谁的本领大，遮着太阳的光，让种子在地上生长。"老鸦说它有本事，可以遮住太阳。老鸦飞到太阳的旁边用身子遮着太阳，但是太阳的光太强了，把乌鸦吸住了。乌鸦的整个身子贴在太阳身上，太阳的光线发不出了，整个人间都黑了下来。一直过了七天七夜，万物生活不下去了，就派苍蝇把老鸦挪开，让太阳发光。苍蝇飞到老鸦身上，想把老鸦挪开，但是挪不动，就吃死乌鸦，吃也吃不完，就下一些子，变成蛆，蛆把老鸦吃完了，太阳又发光，但是，有蛆留在太阳上，太阳的光也减弱，也适应万物的生长。给字知道了这件事，奖励给苍蝇一件绿衣服，对苍蝇说："从今以后，不管官和民吃的饭，你都可以先尝，杀的牛羊可以在人吃前先尝。"

---

① 给字：彝族神话中的天神，通常写作"格兹"。——编者注

从此，人吃的食物，杀的牛羊都是苍蝇先尝，给字撒下的金种子也生长成树木。

给字派水牛到世上传令："所有世上的金种子长成的树，都要结果子给人吃，人要到头发白了才死。"

水牛来到人间把话传错了，他说："世上金种子长成的树的三分之一结果子给世上的人吃，老年人头发白的死，头发黑的青年人也死。"从此世上的树只有三分之一结果子，白头发的老年人也死，黑头发的青年人也死。

给字知道了这件事，怪水牛把命令传错了，给人减少幸福，带来了苦难，就把牛罚到人间给人耕地，一天苦到晚。

神药

搜集地点：云南省昆明市石林彝族自治县

给字的第九个儿子，在人间专门用扣子捕捉小鸟。今天去看，扣子上只系着鸟的脚，鸟的身子不见了；明天去看，捕到的鸟也只剩下脚。他就偷偷地躲起来看究竟是怎么回事。原来，当扣子捕到鸟，就来了一条大蛇把鸟的身子吃了。第二天，给字的第九个儿子就用刀倒插在大蛇来的路上，蛇来吃鸟身子，从刀上滑过，被劈成了两半。这时，雄蛇来了，看见雌蛇死了，就转回去，含了一块药，在雌蛇的伤口上擦一擦，死了的雌蛇就活过来了。这时，他大叫了一声，就跑来拿起蛇含来的药想："既然死了的蛇也医得好，恐怕别样病也会医好的。"在回来的路上，他遇到一只死蜜蜂，他用药擦一擦，蜜蜂活过来飞走了；又遇到一条死狗，他用药擦一擦也活过来了。后来，他用这种药医好了很多病人、死人。

有一次，他出外行医，到京城，在城门旁边看到很多人抬着一个死人出来。他上前问是什么人。人家回答说是公主死了，要抬去埋。他说："我会医，我来医。"人家说："你哪里医得好，好多有名的医生都没有医得好。"他说："我把好多人都医活了，怎么医不好？"皇帝知道了就对他说："医好了，公主嫁给你；医不活，宰你的头。"打开了棺材，他用药在公主身上擦一擦，公主便活转来了，结果，公主就嫁给了他。

给字的第九个儿子讨得公主就回家来了。过了一久，他要动身出门，把药放在柜子里，告诉妻不能动。等他走后，他老婆拿出药来看，药上生霉，就拿到太阳下面去看，结果被太阳、月亮偷去了。他回家来知道后，就搭上梯子要带着狗到天上去要药，临行前，叫他妻每天用热水浇梯脚。他爬上去后，过几天，他妻懒了就撒尿在梯脚上，梯脚起锈，梯子断了，他就掉下来死了。他的血洒在甜荞花上，有的甜荞花就成了红的，狗留在天上吠太阳、月亮，有了日食、月食。

月莫补帕①

演述者：金古拉图
翻译者：金古别都
记录者：孙宗舜
搜集地点：云南省丽江市宁蒗彝族自治县

天上落下来铁粑粑一个，
落在大包包顶上，
滚下来一层。
放羊子的两个人，
大的在大包包上，
小的在小包包上。
滚下来时，

小人拾起来给大人看，
大人不知道，
给毕摩看，
毕摩不知道，
拿给铁匠一个看。

铁匠拿来打了三把长刀，

---

① 铁的来源。

三把长刀打得不好。
拿一只鸡来杀，
散铁菩萨①，
还是打不好。

拿来羊子三只，
祭铁菩萨，
还是打不好。
牛三条拿来祭铁菩萨，
还是打不好。
牛血拿来祭菩萨，
东方祭一下，
西方祭一下，
南方祭一下，
北方祭一下，
已经打好了。

打三把挖锄，
拿来搞生产，
生产发展了，
荞子出来了。

拿来打三把火镰，
大镰打火吃烟了，
小姑娘吃烟是，

花烟杆一支，
花烟包包一个。
老人吃烟是，
烂烟杆一支，
麂子皮包包一个。

拿来打三把插刀，
一把背起了，
走到老林里，
遇着三个老熊。
一个砍作三截，
两个砍作六截，
三个砍作九截。
皮子三张拿起来，
一张拿来火塘上边垫，
给黑彝坐，
站起来滑不下去啦。
一张拿来右边垫，
一张拿来左边垫，
给客人坐一边，
给主人坐一边。

到了老林里，
竹子一棵砍起来，
有三筒。

---

① 散铁菩萨：这里指用鸡血祭铁神。——编者注

顶顶拿来做帽子,
给土司戴,
勇士干不过他。
中间拿来做帽子,
给毕摩戴,
死人干不过他。
竹脚拿来编粪箕,
粪箕拿来搞生产,
我干不过它。
插刀一把拿来进老林,
遇着豹子三娘母,
一个砍作三截,
两个砍作六截,
三个砍作九截。

皮三张拿来做一件衣裳,
第一张穿了三年,
很好看。
第二张穿了三年,
个个说好看。
最后在栗花柴上,
挂了三年零九个月,
个个说好看。

月父马罗①

演述者：吉火儿那
翻译者：拉马
记录者：孙宗舜
搜集地点：云南省丽江市宁蒗彝族自治县

马子以前不是马子,
是一个树子,
生得高高的。
长到天上去了,
有一颗雁鹅蛋落下来,

落在一个坪子上,
"沙力"来抱了三年,
抱不出来。

蛋又滚下坪子去,

---

① 马的来源。

雁鹅来抱三年零三个月,
还是抱不出来。
蛋又滚下坪子去,
兔儿抱了三年零三个月,
还是抱不出来。

蛋又滚下去了,
马来抱了三年零三个月,
已经抱出来了。
颜色像雁鹅一样好看,
"沙力"抱了三年三月,
棕毛,尾巴像"沙力"一样好看。
兔子抱了三年零三个月,
耳朵像兔子一样好看。

马抱出来了,
蹄子像石蚌一样,
这个马就生成了。
一个马要拉它的笼头,
马有花的、白的、黑的,
这样才配得上它。
鞍子是一盘花鞍子,
才配得上它。
拿荞子喂它,
它肯吃了,
又胖了,
又乖了,
马也好骑了,
这样马就成了。

客赊补帕①

演述者:金古拉图
翻译者:拉马
记录者:孙宗舜
搜集地点:云南省丽江市宁蒗彝族自治县

在一个荒包包上,
长着一棵白抛树,
高高的被雾罩着,

人都看不见。

有一天,

---

① 跳蚤的来源。

上边落下来一张毛羊皮，
过了七天七夜，
变成跳蚤。

起初跳蚤有毛羊一样大，
咬着人，
人就死了；
咬着牛马，

牛马死了；
咬着庄稼，
庄稼死了。

后来被老变婆看见，
把它杀死。
破碎了，拿筛子筛，
变成小小的现在这个样子。

水稻为什么只结在穗上

时间：约 1963 年底
搜集地点：云南省昆明市石林彝族自治县

原来在天上下来的谷子，是从根上一直结到穗上的，但人心不知足，要让稻子根上结洋芋，枝结苞谷，顶上结稻子，这样打算的时候天神听见了，说："现在人太贪心了。"派了一些天神下来，要把稻子完全采掉时，人养的狗就咬起来。天神就跑了，留下顶上的那点没采掉，所以现在稻子的穗只结顶上一点点。

端午节的来源

编诗并翻译：金国库
记录者：高维翔
时间：1963 年 12 月 12 日
搜集地点：云南省昆明市石林彝族自治县圭山镇海宜村（十层基山）

很古很古的时候，
有这样一个人，
讨了媳妇后，
生了一儿子。

儿子长五岁，
母亲死掉了，
伤心的他爹，
又讨了一个。

讨来的媳妇，
又生一小孩，
长到了三岁，
他爹死掉了。

前妈生的儿，
爹妈死掉了，
后妈生的儿，
还有母亲照养。

一天又一天，
他妈背大儿，
小的用手牵，
出去做活计。

不到的地方到了，
走到半路上，
见着天上的老倌，
白发连白须。

老倌说一句：
"你这个女人，
怎么背娃娃，
大的背背上，
小的用手拉？"

女的说一句：
"不是了不是，
我背的娃娃，

爹妈都死了。
可怜他是孤儿，
所以背上背，
我牵着的娃娃，
是自己的儿子。"

白胡子老倌说一句：
"你这个女人，
良心非常好。
听我老倌一句话：
'五月端午节，
天神要放药，
世界上的人，
一起被毒死。'

"你快快回去，
你家里的人，
全都叫起来，

白荪枝疙瘩帽上插，
雄黄额前擦。
端午蒸粽子吃，
白绳身上戴。"

老倌说话后，
忽然不见了。
女人转回去，
凡是遇到人，
个个都告诉。

五月端午节，
一个也不死，
没有告诉的，
个个死掉了。

五月端午节，
就从这里来。

二、民间传说

石林的来源①

记录者：马维翔
搜集地点：云南省昆明市石林彝族自治县

据说，石林是从北方来的。

很久很久以前，张古老从北方把石头赶着来，张古老骑着一匹小骡子，把石头赶到高谷马，要把宜良变成大海。一对少数民族青年在谈恋爱，石头看见，就不动了，一直到天亮都不走。张古老用马鞭打，就成了石林的石头上横断的印子。

张古老看石林不走，气得一闪担子，把挑的扁担压断了，土倒了出来，变成了双肩山，双肩山现在还在石林附近，张古老骑的骡子变成了狮子。

---

① 系抄录自民间已有文本。——编者注

白花张四姐

记录者：马维翔
搜集地点：云南省昆明市石林彝族自治县

很久很久以前，天上的仙女——白花张四姐在空中漫游，一天，她看见一个年轻的农民在地上种地，从早到晚地劳动。以后她就注意着这个农民。每天每月每年，这个年轻的农民虽然辛辛苦苦地种地，但收成都被地主剥削去了，日子过得很苦。白花张四姐受了感动就下凡跟这个青年农民结婚，婚后，他们虽然辛辛苦苦地种地，但素食布衣，俩人在一起感到很幸福。

一天，地主来收租，看见这个年轻的农民有这样美丽的妻子，心里非常仇恨，就派兵来想抢白花张四姐。这个农民心里很急，问白花张四姐："怎么办？"张四姐说："不怕！"

张四姐拿芝麻一撒，就变成天兵天将，把地主的兵马全部打败了。玉皇大帝把张四姐召回天上去，这些天兵天将就不会动，变成了现在的石林。

撒尼人怎么来到海宜

搜集地点：云南省昆明市石林彝族自治县

撒尼人民原来居住在大理，后来迁居到昆明，一部分住在碧鸡关，一部分在昆明东郊金殿附近聚居，后来不知什么时候兵荒马乱，住不下去了，在昆明东边的大山上望见了圭山，就向圭山走来，一直走到海宜，看见海宜地势好，就住下来了。

住下后的第三代，有一部分撒尼人到丘北，一部分到乍龙一带。人渐渐地增多了，原来只有昂姓、金姓、李姓三家。金家老人死后，告诉他儿子说："要把我埋在后面大山顶上，可以望见昆明附近。"现在他的坟还在海宜村后大山顶上。

从迁到海宜居住的撒尼人算起，到现在已经十五代了，大概有三四百年。

摔跤的来源

搜集地点：云南省昆明市石林彝族自治县

撒尼人喜欢摔跤，这是有原因的，庄稼不好，人不清吉平安，就要摔跤，祭山神，这样，一年一年地就兴起来。

跳狮子、跳叉只能在老人死后才跳，在法场和喜事场合都不跳。

过去，人死了，舅家来了，伤心得很，哭不止，为了让他们止住哭，有人把放在旁边的牛皮披起来跳，逗舅家人停止哭，以后见牛皮不好看，换成披狮子皮跳，一代一代就成了现在的跳狮子。

人死了要给后人戴孝，意思是说他死了没有什么留给后代的，只留下一点自己织的麻布给后人。

撒尼念经送死者，一直要把死人送到阴间去。在撒尼人的传说中，阴间是死人住的地方，不可怕，也没有什么阎王。

密枝节的来源（一）

搜集地点：云南省昆明市石林彝族自治县

一、明朝建文帝被他叔叔赶出来到了撒尼地方，想让撒尼人来反对明朝，经常召集当地头人开会，怕官府发觉，就说是祭树林。拉些羊来杀，后来慢慢兴起密枝节来了。

二、祭密枝节年代很长了。以前森林很大，人少，野兽很多，除了刀耕火种外，有一半时间打猎过活。种庄稼祭庄稼的神，打猎祭猎神。现在也这样：打到猎物请毕摩念响，几天打不到，也要祭猎神。

为了祭猎神，每年冬天就一块来祭，因为猎神在山上，祭祀也要在树林里外开展。密枝神是一男一女，夫妻俩。

现在祭密枝节，要选出十四人来祭，这十四人是从村中清吉平安户中选出的，十四人中有两人扮密枝神，两个人是毕摩。祭时只吃荞麦饭，用木碗，装饭用卜箩（草编的）。杀两只绵羊来祭，祭七天。头两天不算正式的，要杀山羊两只，主要打扫两个密枝林（男女神分别两处），算上这两天就有九天。第七天送密枝神要杀一只山羊。

密枝节的来源（二）

搜集地点：云南省昆明市石林彝族自治县圭山镇糯黑村

在糯黑，有一年兵荒马乱，杀到村子里来。一对年轻的夫妇，带着小孩子逃跑，到了一座山上，看见棵大树，中间有个枝丫，他俩把小孩子放在树丫里，逃跑了。过了几天，强盗走了，这对青年夫妇回来，到了这座山上，在那棵树的树丫里，小孩子还在活着，嘴里含着食指，已经含化了一些。

从那次以后，这个小娃娃成了姓何的祖宗，每年到那时都要杀牛宰猪来祭，一年一年的传下来，就成了密枝节。

算日子

搜集地点：云南省昆明市石林彝族自治县

过去的人不会算日子。

养的猪已经老了，上牙下牙都交叉起来了，养的大公鸡脚上刺都长旺了（即长长了），左右两只脚走路绊起来了。后来没有办法，有人栽柿子树，一棵柿子树有十二个枝枝，一个枝有十二片叶子，一棵树结十二个柿子，一天掉一片叶子，一个月熟一个柿子，这样才会算日子，十二个柿子吃完了就过年。

撒尼人姓"毕"的是怎样来的

记录者：马维翔
搜集地点：云南省昆明市石林彝族自治县

听老人说，撒尼人姓"毕"的是从昆明碧鸡关来的。

过去，昆明碧鸡关在①着兄弟五个，自己的田不够种，租地主的田种。有一年，栽秧的时候，几个去田里放水，跟地主的狗腿子冲突了，吵了一阵，就打起架来。毕家五兄弟把地主的狗腿子打死了，地主告到昆明城。五兄弟在不住了，想逃跑，但这里也有一些田，就商量说："我们兄弟五个各人把名字写了藏好，等事情平息了再回来。"毕家五兄弟开始各人写各人的名字，有的刻在木头上，有的刻在石头上，我家的祖宗的名字写在土基上。

---

① 在：云南汉语方言，意为"在某地方待着"。——编者注

各家的名字刻好，放在一个小龙潭里。毕家兄弟五个就各自分散逃难，到了各个地方，安家立业，生儿育女。

这件事平息以后，五兄弟都回来认田，到龙潭里把刻名字的石头、木头都捞起来了，唯独土基捞不着。其他几个不承认曾经有过这个名字，我家祖宗没有办法，只有讨饭回来，在宜良北羊街住了一些天，在不住，又逃回圭山。

撒尼人姓"何"的怎样搬来的

记录者：马维翔
搜集地点：云南省昆明市石林彝族自治县圭山镇海宜村

有家姓"何"的，原来姓"年"，是撒尼人，原来住在大理北山坡，这家人交不起租，地主几次来催，都拿不出来。地主商议要把他家的男人全杀了，他们家的男人知道后，就躲到山上去，不杀家里的女人，把小孩抱到一处樟木树林里，七天后去看，小孩还活着，嘴里吃着大拇指。他们就说："小娃娃，你再活两三天，我们每年杀头牛给你做生日。"

他们家就从大理北山坡搬到昆明，从昆明西门进去从东门出来。到了宜良牛胃坡住下来，还住不住，又走。过河时，祖先牌位被水冲走了。原来的姓"年"，就只有跟着"河"姓了，从那时起，他们家就姓"何"。到维则住了下来，在月河边，也不好在①，就搬到宜鱼，后来慢慢地迁移到海宜一带。现在撒尼姓"何"的都是这家相传下来的。

---

① 好在：云南汉语方言，意为"宜居，生活得很惬意舒适"。——编者注

木志比尼泡

记录者：胡开田
搜集地点：云南省昆明市石林彝族自治县圭山镇海宜村

　　木志比尼泡巫师的儿子木志比尼饶也是巫师。木志比尼的本事最大，最有威信。他给人家上祭时，能查出八十八方神。有一天到一个地方去，看见在路上有人祭神，摆着祭神物，他骑的大马被吓了一跳。

　　他会八十八种经，可是有九十九种经法，他想不到是谁会九十九种经，因此，自己的本事就没有别人的大了，威信也小了，会九十九种经法的人就大了。

　　原本会九十九种经的是自己的儿子木志比尼饶，木志比尼泡想到自己的儿子很可能代替自己。有一天他和儿子路过一个村子，有一个病人，请他们第二天给病人祭神。

　　夜里儿子听见鸡说："明天不是你祭神就是我去祭神。"母鸡说："我去祭神，你领小鸡。"公鸡说："我不会领小鸡，我去祭神。"公鸡又说："其实不需要鸡祭神，只要用鸡蛋祭神或者把屋檐锯一截就行了。"

　　第二天大巫师祭神要用鸡，小巫师就说："不用鸡，只用蛋或者把屋檐锯一截就行了，病人的病就会好的。"这样一来大巫师就没有吃鸡了。

　　有一天，父子两人到没有村庄的地方，天黑了，住在一个石洞里，无水无火煮饭，儿子说："我去找。"他拿着锣锅到山上用刀砍了老空树，接了一锣锅水，又骑着父亲的马找了些火草在马镫上打着火煮饭吃。

　　父亲整夜睡不着，想着他儿子能听鸡说话，洞里取水，马镫上打火，就怕儿子的本事越来越大，会夺去自己的地位，就在当夜杀了儿子。

　　他回家来，儿子的母亲问儿子为什么不来？他说："儿子到天宫赶街去了（死了）。"母亲哭了，她找了很长时间，头发也白了。回来到半路天黑了，就在半路住，恰是她儿子死的地方。她睡时就见儿子的头发绕在她手上，第二天起来儿子不见了，手上握着枯草，她把枯草做成儿子的样子，念经给儿子。原来撒尼人死时没有念经，之后用枯草做成死人的模样念经给他。人死在外面要念经给他也用同样的办法。

阿丈城

记录者：胡开田
搜集地点：云南省昆明市石林彝族自治县圭山镇海宜村

故事以真人真事流传，现在乍龙村还存有阿丈城、假粮山、阿丈坟等。

故事发生于元末明初。阿丈可能是汉族，也可能是撒尼人，总之，他与撒尼人联系较紧。传说他是个武士出身，头戴金盔，他部下的将士分别戴银盔、木盔来分等级。

阿丈这个人究竟是在撒尼地方发展起来的，还是因为改朝换代不满统治阶级而从外乡逃到这里落草安寨的，也难说，看来后者可能性较大。根据他的名字考证，不像汉人，当地乍龙村的人在新中国成立前夕逃荒所挖掘出的石洞中的金耳环、首饰什物像撒尼人的。

传说阿丈是个有钱有势的大土司，又是一个山大王，他在乍龙村背后的几座石山上建立了城池，名叫阿丈城。他部下有几千人。他的家中有几个儿子，据说只有一个小姐，这个小姐的性情，跟她父亲不同。她看到了她父亲经常派兵去抢劫掠夺附近村寨的财物，要农民交粮纳税，在阿丈城内的分金亭上将这些分给有功人员，天长日久，她就不满父亲的行为了。

在阿丈城东南面的一个寨子里住着一个死去了父母的小伙子，家中很穷，他的名字叫普三。普三爱上了阿丈的小姐，便请了媒人来说亲。但怕山大王动怒害人,特请了寨中的几位老人去说亲,阿丈就是不喜欢也不敢害老人。媒人们到了阿丈城,见了阿丈,便把来意告诉了他。阿丈便随随便便说了挖苦话答复说:"普三是穷人,我们是土司,怕娶了去普三家,他养不活我的姑娘,如果养得活是可以的。"媒人说:"既然答应了,我们是可以养活的,您还有什么条件?"阿丈说:"别的不说,只说她吃的两顿饭就够了,全是鸡、猪、鸭、鹅,要请客更请不起。"阿丈继续说:"别的不说,如果娶我的姑娘,我现在要吃的鸡必须有骨笋油,普三家如能顿顿给她吃鸡骨笋,我女儿就嫁给他。"

一个老人听了很奇怪,便说:"鸡根本没有骨笋。"阿丈答:"你们穷人根本不知道,你们连鸡也没吃过。"在旁的另两位老人明知是阿丈不懂,便插口说:"好的,我们商量了再来回话。"就回到了寨子告诉普三说:"人穷就不要提了,阿丈的条件太苛了……"

普三仍然与小姐相好,他把阿丈的条件告诉了小姐。为了成全他们的好事,老人们商量说:"鸡骨笋可以做,只要用猪油放在麻秆内就可以了,但是油一煮又化了,只有用糯米面包油才能成。"普三家没有,小姐答应回家偷出来。他们杀了三十多只鸡,用鸡和米面做成,煮好了便依然请老人送去,请阿丈吃。老人也陪着他吃,他剥开了鸡肉吃得很香,三十多只鸡没吃完,他就吃饱了,也没什么可说。老人们齐声说:"你答应只要给你吃一顿鸡骨笋便把姑娘嫁给普三。"阿丈心想,自己说过吃了鸡骨笋就嫁给,那是度量普三做不出来,现在虽然吃了,还是不嫁。他说:"你们请我吃了什么,我就请你们吃什么。"

老人们告诉普三,普三说:"我要吃牛蹄筋上的肉,只要给我吃饱,不嫁也算了。"第二日,普三邀请了老人一同去阿丈城。阿丈的牛舍不得多杀,只杀了十多头,十多头牛脚上的蹄筋肉,普三用小刀削了吃。一会吃完了,不够时,阿丈下令再杀,杀好煮熟端来吃,普三仍叫吃不饱。来不及了,阿丈便命用大刀砍下牛脚,只煮蹄筋,普三吃了还是不够。阿丈部下的老人说:"牛不能再杀了,否则要杀完了,已经从杀十多头到三十头,现在一百多头了。"阿丈又想借口害普三，但又找不到借口，便设下缓兵之计，答应愿把小姐嫁给他，但有个条件，就是皇帝招驸马爷要到岳家住一年，一般民间是三至七天，我们也不按皇帝的也不按民间的，只要六个月好了。老人与普三商量，他同意留下来。

阿丈要对普三进行折磨，就把普三交给了打仗抓回来的俘虏小马夫，交代小马夫要交重活给他做，天天扫马厩。阿丈又把姑娘叫到面前教训，骂她不要脸，害了他多少牛，让她嫁给做官的有钱有势的人她不愿。姑娘仍然反抗，阿丈就把她关到城背后的石洞中去织布。

由于阿丈对城附近的农民进行抢劫，长期地剥削压迫，农民们忍无可忍，便到处聚合人马，喝鸡血酒宣誓要攻打下阿丈城。阿丈得了消息，便派人把别山的草皮铲来填平了进入城的大路，另开辟了盘蛇一样的小路，在小路的峡谷中放下了暗弓暗箭，又把城附近的各村各寨的人迁居至城背后，并把这些农民征来挑土，堆成了一座假粮山。阿丈城附近的大山都是原始森林，聚在圭山上的队伍在山顶上可以看见阿丈城，队伍下了山就看不见了。来到城附近什么人也看不到，问路也无从找人，这时队伍开进了深谷，有的进去被暗箭射死，进去的出不来，队伍进攻不了，只好又退到圭山下驻扎，再派人探听消息。

阿丈城内的一部分人知道了队伍来到山下，小马夫与小姐的丫鬟在城内也听到了消息，二人着了慌，商定要设计谋告诉队伍消息。接着的几日，阿丈叫小马夫要天天把战马喂饱，小马夫与丫鬟商量，为了出城只好叫丫鬟去山上找地鼓牛（这种虫只会后退），捉来放进马耳朵，阿丈的这匹战马叫个不停。小马夫告诉阿丈马病了，阿丈问什么病，马夫说，战马天天喂饱又不跑路，可能吃多了，有人说最好出城跑一趟，马就会好了。阿丈说："兵未退。"一会，探子报道说："队伍退出二十里了。"可是这匹马除了阿丈以外，什么人也不敢骑，唯一只有小马夫能骑。阿丈无法，只好让他骑了战马顺城东边跑去。有人向阿丈告密说："小马夫逃跑了。"阿丈便令人从小路追赶，小马夫眼看被追兵追上，便咬破手，说他自从出城，马一直拉不住，手也勒伤了。阿丈只打了小马夫几鞭就算了。

农民队伍的探子听得了马的吼叫声,又看到了脚印,便发现了阿丈城,回报以后,第二次来攻打城,城门关闭,双方坚持了很久。阿丈虚张声势,堆成了假粮山,又扎了草人挂上树林。农民队伍为了回乡去生产,只好退到了海宜地界。

小马夫天天都跑到城后面吹笛子,笛声顺风飘到了正在后退的队伍中,队伍认出笛音说:"粮食吃完了,人口减少了。"农民队伍第三次发起进攻,才冲进了阿丈城,城内被关的农民也暴动了。阿丈眼看大势已去,骑上了战马想要逃命。他跑到了死蜘蛛①,队伍从后面追来,阿丈下马来拾被刺挂掉了的金盔,追兵赶到一箭射死了阿丈,并把他烧掉,埋在这座山上,所以这座山又名火烧阿丈山。

普三也被救了出来,队伍分了阿丈的产业。普三与小姐团圆了,农民队伍也就散伙了。

大先生的传说

过去小圭山有个书呆子,人人叫他"大先生"。

在圭山一带只有大先生识汉字,有一次,官府来了一封信,一个也看不懂,就拿给他看。要念信的时候,他说:"你们听好!"说完拿起信就念,一转眼就念完了,撒尼人不懂汉话,听他念完也不知道说的什么,就问:"大先生,到底你念的是什么?我们听不懂。"

大先生一本正经地说:"嗨!早就叫你们听好,听好!念完了,我也不

---

① 死蜘蛛:地名。——编者注

知道是念些什么。"

一次，他在犁地，牛老是不听话。他就打牛，我老爹说："怪了，你今天犁地一点也犁不出来，到底是怎么回事？"过去一看，原来犁花翻着，千斤扣也没有扣好。我老爹就给它翻过来，把千斤扣扣好。大先生叫起来说："哎！老爹，刚才我把平的放在下面凸的放在上面，你怎么还要把凸的放在下面，那怎能犁得进去？"我老爹说："不怕，你犁。"

大先生又犁，牛也听话了，地一会就犁好了。犁完地，大先生说："嗨！当真好了，到底是怎么回事？千斤扣原来是这样扣的。"说了，又把千斤扣一个个数清楚。

大先生读书的时候，最喜欢赶街。只要海邑①赶街那天，他不读书都要去赶，每次赶街回来都要把帽子打失掉。

他妈说："你这个人不成气，去赶街就把帽子打失掉。"

大先生说："不是我打失帽子，是帽子自己掉的。"

他妈说："帽子掉了。你要来回找找，书呆子！"

大先生把妈的话记在心里了。大先生的妈还是不放心，就缝了一个帽兜给他背着，帽子掉就会掉在帽兜里。

到赶街时候了，大先生又要去赶街。要走时，他妈又重复地跟他说："帽子掉了，来回找找。"

大先生笑着说："妈，你放心，我知道了，帽子掉了，来回找找。"就走出家门了。

从小圭山到海邑的路，要经过菜籽沟，里面树林很深。大先生高高兴兴地赶街，穿过菜籽沟时，帽子被树枝碰落，掉在帽兜里，他也不知道。到了海邑街，才发现帽子不在头上了，急得不知所措，别人劝他好好地想想，会掉在哪里。他突然急中生智，想起他妈的话，"帽子掉了，来回找找"，就赶快跑回去找帽子。半路上遇到赶街的老人，看他走过来走过去的，就说：

---

① 海邑：现圭山区委所在地，离小圭山14里。（即今海宜村。——编者注）

"大先生,你怎么走过来走过去的?"

大先生一本正经地回答:"我的帽子掉了,我妈说'帽子掉了,来回找找'。"

老人笑起来说:"你的帽子,你自己背着。"

大先生往后一摸,原来帽子在帽兜里。

到年关了,陆西的土匪来抢小圭山,大先生吓得就跑,半路上遇着一群放羊的问:"大先生,大先生,你咋个跑得这样快?"

大先生说:"你们不要管,你们不要管。"

放羊的又问:"你要跑到哪里去?"

大先生说:"我不告诉你们,野核桃树有我大哥,我只告诉他,今天晚上小圭山被抢,我也被抢,这些事不能告诉你们,我只告诉我大哥。"

三、民间故事

竹叶常青

记录者：胡开田
搜集地点：云南省昆明市石林彝族自治县圭山镇海宜村

从前撒尼人有一个有权有势的人，名叫波塞志。他有两个儿子，他家是大地主又是大恶霸。

村子里有一个小姑娘名叫史念，她与另外一村的一个小伙子相好，他们相爱到快要结婚的时候，大地主波塞志的儿子瞥见了史念，他与父亲商量，叫媒人仓武去史念家看看，了解史念有没有爱人，生得美不美丽。

媒人回来向地主家说："姑娘史念已有了爱人，那个小伙子叫阿鲁，是个放牛的，要史念与你儿子结婚，就得把他们分开。"

地主拉拢土司、巫师，把附近的山都封了。阿鲁没有放羊的地方，就告诉父母亲，父亲叫他把羊卖掉，阿鲁舍不得卖，说："我从小就放这些羊，舍不得离开它们。"他父亲就叫他把羊赶到很远的南盘江去放。

他从八月间去放羊，要第二年三月间才能回来。他走之前和史念说："山封了，我没有放羊的地方，我到南盘江去放羊，但我们的爱情像竹叶一样常青,像竹根一样坚韧。"

他去后不久,地主家就去说亲,史念不同意,母亲同情自己的女儿,不同意地主家的亲。父亲怕得罪地主家,也有意把女儿嫁给地主家。

地主第一次送来定礼酒,史念不依退了。第二次又送来定礼酒,史念不知道,父亲接受下吃了。史念想自杀,后来,她假答应,等待阿鲁回来。两次地主来请,史念不去。第三次媒人来说:"你愿不愿意嫁给他家?"史念指着门前的竹子说:"什么时候竹叶落光了,我才去;什么时候竹根倒了,我才去。"媒人回来告诉地主说:"姑娘要竹叶落光、竹根倒了才来。"到了晚上,媒人拿着扫把到史念家门前,把竹叶扫光了,第二天媒人来叫史念去,说竹叶已经落光了。史念回答:"竹根还没有倒,不去。"当天晚上媒人又抬着锄头来挖竹根,史念早有准备,告诉伙伴来打野猪,打着的原来是挖竹根的媒人。第三天地主亲自来说:"你家吃了我的酒,就要到我家去。"史念说:"死也不去。"地主说:"要死就给你死。"就把史念放在柜子里抬去。母亲看到自己的女儿就要被抬去,想了办法,拿了一对皮桃和一块盐去见女儿,在和女儿拥抱哭的同时,把皮桃和盐放在柜子里。

姑娘被抬到山上埋了,过了几天,大家认为史念死了。

阿鲁放羊,时时想着爱人史念,想着三月三日朝山时能和史念见面。三月三日,阿鲁回到家关好羊,拿了干粮就去找史念,到史念村,等到第二天,从史念家出来一个小姑娘,阿鲁就问她:"史念在哪里?"小姑娘说:"史念姐姐不愿嫁人,地主在十月间把她埋了,埋在寨子的东边山上。"阿鲁叫小姑娘带他去坟上看看,小姑娘说:"田里的母亲因姐姐被埋了,急病了,要照看的,我拉着我家的马来带你去,到姐姐坟前,马就会失前蹄跪下来。"

阿鲁借了锄头,骑马到了东边山,马果然失蹄跪下,知是史念的坟了。坟上长满青草。这时天色惨淡,鸟雀悲啼。阿鲁自言:"妹是一朵花,哥是一顶帽,我没有保护了你,你死了,我也要看看你。"于是就挖坟,快挖到柜子时,听到柜子响。史念没有死,以为是打春雷,她哭着说:"我这个苦命的姑娘,又过了一个春季了。"

阿鲁听到有声音就努力挖，挖开后，看见姑娘没有死，可是面如黄纸，他把坟依旧埋好，到晚上，还了马和锄头，就把史念背到自己的小房子里，阿鲁没有让自己的父母姐妹知道，照常放羊。柜子里的皮桃没吃完，盐吃完了。

阿鲁回家时，对弟弟说："我房间里老鼠很多，我养着一对猫，你们不能进入里面玩。"

吃饭后，他添一碗饭，弟妹问他："添饭做什么？"他说："喂猫。"

以后史念恢复健康，吃的饭多了，阿鲁就偷冷饭给她吃。好几次剩饭不少，但到下午，就没有了。母亲觉得奇怪。

姑娘是爱劳动的，她要做活，阿鲁就和妈妈说："我要麻搓绳子。"妈妈叫他自己去拿，他就天天拿几捆麻给史念捻。日子久了，母亲发现麻少多了，冷饭也少了，又发现他（儿子）的小房子经常锁着。母亲悄悄地从门缝里看，看见里面有个美丽的女子，后来知道是阿鲁的爱人。阿鲁说了经过和姑娘的遭遇，全家商量后就逃走了，阿鲁和史念在后。地主家知道了，就来追，到半路，被阿鲁和史念射死了。几个地主的走狗，不敢再追。他们就逃到幸福的地方去。

牛的上颚为什么没有门牙

搜集地点：云南省昆明市石林彝族自治县

有一天，牛犁着地，犁了一阵，人就回家了，把牛拴在那里。来一只老虎，笑着对牛说："老牛，你白长这么大，力气比七八个人还大，你不要给人这样使唤，用鞭子抽打，真是废物，笨蛋！"

牛说："老虎呀，你不用这样说，人虽小办法多，斗不过。"

老虎说："人这么大一点，我一爪子就把他抓死了，怕什么！"

牛说："不行，人是斗不过的。"

老虎说:"哪有这么回事?"

牛说:"那你就同人斗一斗嘛!"

老虎一口答应了。过一会,人来了,老虎雄赳赳地坐在牛旁边。老虎对人说:"我今天要同你较量一番,看看是我老虎的本事大,还是你人的本事大。"

人说:"好,你要同我比较,我很喜欢,可是我今天饭没吃饱,吃饱了不用说你一个,就是两个我也不怕。"

老虎说:"你回家去吃吧,你吃得再饱,我也不怕。"

人说:"我怕吃饱回来你跑了。"

老虎说:"我不会跑。"

人说:"我不信,我吃饱回来你一定跑了。"

老虎又保证说:"不会。"

人说:"那我暂时拿犁地的链子把你拴起来,等我吃饱了回来,再把你解开,再斗。"

老虎说:"好嘛,拴起来也行。"

人就把链子套进老虎脖子里,把老虎拴在大石头上,饭也不去吃,拿起犁档子就打老虎,把老虎打得乱叫,牛见老虎被打,高兴地说:"我说人有办法嘛,你还不相信。"

牛高兴地乱跳,一跳起来,嘴碰在石头上,把上面的门牙碰掉了,所以现在牛上颚无门牙。

猴子和蚂蚱的战争

搜集地点:云南省昆明市石林彝族自治县

猴子同蚂蚱争地盘,双方争得很凶,就动起武来。猴子说:"小小的蚂蚱有什么可怕的,一棒就打死几个。"猴子约好后,拿着好多棒子去找蚂蚱。

早晨去了，露水太大，蚂蚱不愿打，到了中午，蚂蚱腾空飞起来，落到猴子头上，猴子拿着棒子就打。你一棒，我一棒，棒子都打在猴子头上，蚂蚱飞走了。一会，所有强壮的猴子都互相打死了，只剩下一只跛脚猴子。跛足猴子很伤心，来到树林里，听到知了的叫声"吱约，吱约"（撒尼语即"揉"的意思），猴子听了，想："知了告诉我不用打，要用揉的办法。"

猴子返回来找蚂蚱，这回用手揉，把所有的蚂蚱都揉死了。

两个姑娘

搜集地点：云南省昆明市石林彝族自治县

以前撒尼地方森林很大，狼很多，有两只狼，年代久了会变人。只要它打一个滚，就会变成一个人。有一天，这两只会变人的狼，变成了两个很英俊的小伙子，到村里找小姑娘玩。姑娘看这两个小伙子生得漂亮，便跟他俩一块唱歌，一起玩，玩得很高兴，就约定第二天晚上在一棵松树下相会。

第二天，两个姑娘高高兴兴地来到一棵松树下，可是约好的这两个小伙子一直没来，一个姑娘就说："姐姐，我们爬上树，听听他们会不会讲我们的闲话。"两个就一块爬上树去。两个小伙子来了，找不到姑娘，一个小伙子就说："哎呀！伙伴，昨晚我就告诉你半夜三更吃掉算了，你又说要等玩几天再说，恐怕人家看破我们不是人，不会来了。"另一个说："不会，不会，她们怎么知道，我们又没露马脚，一定会来的。"

两个姑娘听了吓得面如土色，尿都流出来了，流在狼身上。狼说："下雨了，走算了。"另一只狼说："时间还早。你看松树梢上的星宿还没落呢。"其实，那不是星宿，是姑娘的金耳环，姑娘听了，过了一阵以后，轻轻地用手把头发拉来拴住耳环。过了一会，一只狼看见星宿不见了，便说："时间不早了，走吧！你看星星都落了，这两个姑娘不会来了，吃不成了。"

两个小伙子在地上一打滚，露出了狼的原形，嗥叫着跑掉了。

两个吓坏了的姑娘回到村里，害了一场大病，以后再也不同不熟悉的小伙子玩了。

百鸡衣

搜集地点：云南省昆明市石林彝族自治县

从前有个老人，会看地理，儿子也会看地理。他老了，知道自己快要死了，想要看一个好的地方，死后埋葬，就各地去看。到了一处地方，地理很好，他就埋一个铜钱在地下。回家后，叫他大儿子去看地理好的地方，他的大儿子也看到了他到的那里，就拿一根棍子插在地下就回来了。父子俩去看，棍子正好插在铜钱中间的洞里。老人对儿子说："我们的看法一样，你的本领跟我的差不多了。我死后把我埋在这里，你们有什么要求，只要跟我说，都会办到的。"

老人不久就死了，三个儿子把父亲葬在这块地里，献了酒饭，就许愿。

大儿子说："我想有很多银子，要做有钱人。"

二儿子说："我要很多田地。"

小儿子说："我想当皇帝。"

大儿子、二儿子听了兄弟的话很不满意，就骂起来："我俩都不敢想当皇帝，你怎么可以当皇帝？"小兄弟赶快改口说："要讨一个漂亮的媳妇。"

过了几年，大儿子果然发了财，有很多的钱；二儿子也有了很多田地；小兄弟也娶得一个非常漂亮的姑娘做媳妇。小儿子每天守着媳妇，媳妇说："你不要整天守着我，应该去做活计。"听了媳妇的话，他就去做活计了，不到天黑，就回家了。媳妇问他为什么天还没有黑就回来。他说："我离不开你，想看看你。"媳妇就画了两张自己的像给他拿着下地做活计，两张像挂在地两头，他犁地走过来，回过去都能看见媳妇的画像。不巧，有一天起了大风，把他媳妇的一张画像吹到皇帝面前，皇帝从来没有看见过这么漂亮的女人，马上派人来找。找到了，就把媳妇带走了。媳妇在临走前告诉他："养一百只鸡，三年后把一百只鸡杀了，用鸡皮做一件衣服，到大年初一穿着到京城来。"

三年过去了，他按照媳妇的话做，养了一百只鸡杀了，把鸡皮做了一件百鸡衣穿着，大年初一赶到了京城。

三年来，媳妇没有笑过一次。大年初一这天，皇帝把她带到城头看百姓跳灯，她也不笑。可是当她看见一个穿鸡皮的人走来就笑起来，皇帝把穿鸡皮的叫到皇宫里给她逗笑。她看到穿鸡皮的来到宫里，更高兴地笑，皇帝就叫这个人把鸡皮衣脱下来，自己脱下皇帝的衣冠穿起百鸡衣跳舞。她赶快叫她的男人穿起皇帝的衣服，叫进来卫兵说："这个穿鸡皮衣的在宫中捣乱，把他打死。"卫兵把皇帝绑起来打死了，小儿子做了皇帝。

弟弟战妖魔

搜集地点：云南省昆明市石林彝族自治县

过去有两弟兄，哥哥待弟弟不好，把弟弟赶了出来。弟弟到处走，有一天，来到一个村子，房子盖得很好，田地也很好，就是没有人，他很奇怪，问附近的人，附近的人告诉他："这村子里有妖怪，人都被吃掉了，大家都不敢来住。"

他说："我不怕，我也走不动了，就住在这里。"

人家说："你不行。"

他说："我不怕，我还要把妖怪打死。"

人家说："好，你如果把妖怪打死，房子归你，地也归你收租。"

晚上妖怪来吃他，他就把妖怪打倒了，妖怪变成了蜈蚣，他把蜈蚣关进一个小盒子里，从此就做了村子的主人。

三兄弟

记录者：马维翔
搜集地点：云南省昆明市石林彝族自治县

从前，有一个看风水的先生，他有三个儿子。风水先生老的时候，三个儿子说："爹，你老了，看一块好坟地，将来我们三弟兄运气就好了。"

风水先生说："就是怕你们受不了。"

三个儿子说："受得了的。"

风水先生说："好，你们三兄弟每人到路上去，遇到什么就抢回来。"三个儿子都答应了。

第一天，大儿子到路上拦着，远远见来了一队做生意的。一些人到了他面前，他又不敢抢，就回家里来了。

第二天，二儿子到路上拦着，远远地见一队人来了，等到走近了才看清楚是军队。二儿子吓得跑回来了。

第三天，三儿子去了，看见远远地从路那边来了一队人，他跑上去抢，那些人见有人来抢，吓得就跑，小儿子追上去，抢得一条链子，拿回家里来。

风水先生说："有本事，很好，很好！"

风水先生第二天去看了一块地，不久就死了。三个儿子把爹抬到那块地里，刚把棺材放下地，马上地裂开一条大缝，棺材就陷到地里面了，上面成一个坟，三个儿子第二天来看，坟上长出了一棵桃树，他们就跪下来许愿。

大儿子说："我要做生意，将来成有钱人。"

二儿子说:"我要很多田地,将来做有钱人。"

小儿子说:"我要当皇帝。"

两个哥哥听了,大吃一惊,骂兄弟,不准他许这个愿。小儿子又赶快另外说:"我要讨个好媳妇。"

小儿子到处去补锅,有一天看见一个非常漂亮的姑娘,两个人很快地爱上了,不久就结了婚,生活得很幸福。

不久,大哥去做生意,变成了有钱人。

二哥也有了很多田地,变成了地主。

小儿子有了漂亮的媳妇,一天也不到地里去做活计,天天守着媳妇。媳妇说:"你不要天天守着我,要去种地。"

小儿子说:"我太爱你了,舍不得离开你。"

媳妇画了自己的两张像给男人,他拿着两张像去犁地,把两张像挂在地两头,犁过地来也看得见媳妇的画像,犁过地去也看得见她的画像。

一天,他正在犁地的时候,突然刮起大风来,把媳妇的画像刮走了一张,哪知画像随风飘到皇宫里,皇帝看到画像非常漂亮,就下令到各处去找,找到小儿子家里就来抢媳妇,他不给。

媳妇说:"不怕,我走了,你每天到山上去打猎,把打来的鸟毛做成一件衣裳。穿上去到京城就见得着我了。"

媳妇被抢走后,小儿子每天到山上去打猎,不久,他打了很多鸟,把这些鸟的毛做成一件衣裳,穿着到京城去了。

媳妇到了京城,一天也不笑。

皇帝说:"你怎么不笑?"

她说:"我只有看见穿鸟毛衣服的人来才会笑。"

皇帝派人去找,刚好看见小儿子穿着鸟毛衣服来,就把他叫进宫里,媳妇见了,大笑起来。皇帝见媳妇笑,自己就穿上鸟毛衣服,小儿子穿上皇帝的龙袍。

媳妇大叫:"皇帝疯了,皇帝疯了。"

兵很快地跑来，把皇帝打死。

小儿子从此做了皇帝。

三个姑娘

记录者：胡开田
搜集地点：云南省昆明市石林彝族自治县圭山镇海宜村

有一家王家有三个姑娘，大姑娘、二姑娘听父母的话，嫁到了有钱人家。小姑娘不听父母的话，自己出嫁，嫁给一家穷人家，嫁了三年，她兄弟来喊，叫她去给父母做生日。

大姑娘、二姑娘拿着金子、银子来，小姑娘没有金银拿着来，她的父母就看不起她。大姑娘、二姑娘在耳房里睡，吃得也很好。他们给三姑娘吃猫吃剩的饭，把她安排在马槽里睡，垫些谷草，还说垫垫还要好好地收起来。

三姑爷睡到半夜，拿马铃摇着说："大哥、二哥你们的马跑了。"大姑爷和二姑爷出来看马，他们出来后，小姑爷就屙泡屎在他们的住房里。大姑爷和二姑爷回到他们住的耳房，闻到屎臭，两个人你说我屙的，我说你屙的。

小姑爷买菜回来，叫他丈人、丈母来做客。他整夜不睡，用火烧盐臼，他丈人、丈母来时，他把熟菜放在盐臼里煮，一下子菜就熟了，不多时就煮出八大碗菜来。他丈人看见盐臼好就想买。小姑爷就以一千二百两花银卖给丈人。丈人用皮革包着盐臼背回去，背到家，盐臼不热了，就煮不熟菜了。

小姑爷又到丈人家时，丈人就骂他，说："盐臼是什么东西？没有用处，煮不熟菜。"小姑爷回答说："怕你是在路上歇过一下，否则不会这样的。"丈人说："背不动，歇是歇过一下的。"

小姑爷第三回去丈人家，丈人不开门，把门顶起来，他就在门前睡。到鸡叫天亮时，他抬着大石头跑，丈人开门来说，小姑爷在门外怕是冻死了，结果没有死。小姑爷满身是汗。小姑爷说："我的衣服是冷天穿的，穿着很暖，不会冷。"丈人又喜欢了，就用大棉衣换了这烂衣服。

有一天，小姑爷与妻商量，叫妻子在脸上七画八画的像死人一样，睡在堂屋里。他去告诉丈人、丈母说："你家小姑娘被我打死了。"

丈人、丈母来到他家，他在他妻的身上打了三棒，妻子就活过来了，他丈人喜欢这棒就三百块钱买了。回到家里，丈人和丈母嚷架时，丈人用棒打死了丈母，她却不会再活过来了。

丈人和儿子商量说："我妻子被三姑爷害死了。"两人商量着就把三姑爷装在口袋里挂在河边的树上。

当时下大雨，丈人和儿子的肚子饿，就回家吃饭。来了两个赶猪人，一个眼睛不好，一个是驼背。他们走到河边，看见口袋就说："这口袋是医眼睛的，这口袋是治驼背的，是眼瞎背驼吊。"口袋里的三姑爷听见就说："我不是眼瞎背驼吊，我是医烂眼睛的。"两个赶猪人就说："你下来，让我俩在袋里医眼睛驼背。"三姑爷就下来把两个赶猪人吊在口袋里。

丈人与儿子来杀三姑爷时，口袋里的人就说："我们是医烂眼睛和驼背的。"丈人与儿子不听，砍掉在河里。

三姑爷赶着十五只猪回来了，见着丈人和舅爷，丈人和舅爷说："你被我们砍在河里，为什么又在这儿走着？"三姑爷说："我到龙王家，龙王家分些猪给我赶来。"丈人和儿子说："我们父子俩和你去。"三姑爷答应可以："你俩坐在缸上，到河中心，打着缸喊祭龙，祭龙。"到河中心，打缸打烂了，父子沉入河里淹死了。

神拐棍

搜集地点：云南省昆明市石林彝族自治县

从前有兄弟三人，大的两个去田里做活计、种庄稼时，小兄弟就去打鹌鹑，打了就到塘边去烧着吃，拉胡琴玩，龙王的女儿每天从水里伸出头来听。

有一天，他又到塘子边去了，看见一群放牛娃娃拿着一条蛇要烧了吃，他对小孩说："你们不要烧了，我拿一个鹌鹑跟你们换。"放牛娃娃就把蛇换给他。他把蛇放到河里，蛇昂头望望他说："你有什么事我会来救你的。"就藏进水里去了。小孩看见他把蛇放了，都埋怨他说："蛇天天搅我们的秧田，我们本来要烧了吃，你为什么把它放了？"回到家里，他两个哥哥知道了也骂他，本来就对他不好，这次跟他分了家。他吃的也没有，住的也没有，住在人家碓房里。

有一次他到塘子边去拉胡琴，龙王女儿变成一个姑娘来到他身边。

姑娘说："你跟我走。"

他问："到哪里？"

姑娘说："你会拉胡琴，去拉给我父母听。"

他问道："你家在哪里？"

姑娘回答："在水下面。"

他又问："水里我怎么进得去？"

姑娘说："不怕，你闭起眼睛，拉着我就行了。一会我父母问你要什么东西，你就说要门背后的拐棍。"

他就闭起眼睛，拉着姑娘的衣襟，他睁开眼时，已经到了水下一个漂亮的天井里，看见了白发父母。他拉了一阵胡琴。白发父母问他："我家姑娘几乎被人弄死,你救了她,你要什么东西都给你。"

他说:"金子银子我不要,我要你家门背后面那根拐棍。"

白发父母就把拐棍送给他。他走时姑娘送他出来,对他说:"你想要什么,就问棍子要。"他就拿着棍子回到住的碓房里来了。

哥哥看见他很穷就要想法整他。有一天,两个哥哥来找他。

哥哥说:"父母生日要到了,我们要请客,一人招待一顿。"

他说:"好嘛,先从你俩那里吃起。"

大哥二哥家里请了很多客,吃了饭,该到他了,他还在碓房里睡着。两个哥哥来催他:"客人都快来了,你赶快买菜去!"催了很久,他才爬起来,揉揉眼睛,用棍子往地上一戳,说:"赶快买菜去,盖房子。"房马上变成了四合天井的大房子。他又戳一下棍子说:"快给我办席,要九十九个菜。"马上就出现了有九十九个菜的酒席,客人来吃了,个个都称好。两个哥哥看见这根棍子这么好,便商量说:"我们两个的田地家产还顶不上他那根棍子,我们拿家产同他换了算了。"于是他俩就拿田地家产同他换了,哥俩拿到神拐棍就不灵了,一样也不会变出来。从此,弟弟什么都有了,两个哥哥变成了穷人。

金玉林和王玉林

搜集地点:云南省昆明市石林彝族自治县

从前有两个小孩子,一个叫金玉林,一个叫王玉林。金玉林父母都在,王玉林只有母亲了。他们两个都读书,王玉林学习很好,金玉林学习不好。金玉林的母亲见儿子学习不好,怕王玉林学习好,长大了当官发财,就想下毒计害死王玉林。一天,金玉林的母亲对他俩说:"明早你们哪个先回来,我给他一个饼子。"

第二天早上，王玉林先回来了，金玉林的母亲把毒药放在饼子里，要拿给王玉林吃，玉玉林把饼子刚接过来，就被一只小花狗抢了吃了。小花狗吃了饼子被毒死了，这个毒计没有实现。

金玉林的母亲又想了一条毒计。

过了几天她对金玉林和王玉林说："明早你们回来走后门进来，不要走前门。"金玉林的母亲在后门前挖了一个大坑，里面放了刀叉，上面盖上了土。

第二天早上学校里背书，王玉林学习好，先背完就回来了。刚走到后门，发现有一只鸟跟着他叫，他想拿那只鸟，就用弹弓去打，打也没有打到，就追着鸟跑了。这时，金玉林回来了，刚要进后门就落到坑里，被刀叉刺伤了。王玉林追鸟到了前门，鸟不见了，他也就回家了。金玉林的母亲二次下毒计未成，怀恨在心，整天骂个不休，王玉林的母亲再也住不下去了，就同王玉林离开了家去讨饭去。

王玉林同母亲到了一家农民家里，这家农民只有父女二人。一天晚上他家姑娘做梦，梦见他家磨下面有一只老母鸡，领着一只小鸡。第二天她把做的梦告诉她爹，父女二人就到下面去看，原来王玉林同他母亲在磨下面。后来他们四人就做了一家人。

王玉林一天天长大，聪明起来。一天去犁地，犁着一个石头，犁铧弄坏了五六个，他就拿大锤去打，原来石头下面有一把大刀，他把大刀拿出来，装在盒子里，告诉妻子不能动。

一天，王玉林的妻子把大刀拿出来。把刀口朝向院子里，院里的鸡猪的头都掉下来了。这样，王玉林做了官。

有一次打仗，他说在种荞，把荞子收了才去。这时，敌人占了优势，要杀过来了，他把刀口朝向敌人，敌人的头就掉下来了，仗也打胜了。

小白牛（一）

记录者：马维翔
搜集地点：云南省昆明市石林彝族自治县哑巴山

从前，有一家人，有两个儿子，两个儿子长大后，爹妈就死了。哥哥讨了媳妇，一天也不去做活，闲在家里吃闲饭，让弟弟一个人拉着条小白牛去犁地。

一天，弟弟在田里犁地，晌午时来了一个白发老人。白发老人说："娃娃，你怎么一个人犁地？你哥哥、嫂嫂在家里煮肉吃，做粑粑吃。"兄弟说："我不敢，天不黑回家去，哥哥、嫂嫂会骂。"白发老人说："不要紧，我给你出主意，只要把牛档子敲断，就可以回去了。"

兄弟把牛档子敲断，就拉着小白牛回家了。到了家里，哥哥、嫂嫂正在吃肉吃粑粑。见他回来，哥哥、嫂嫂很生气。哥哥问："为什么天不黑就回来了？"兄弟说："牛档子断了，不能犁地。"

第二天，哥哥又做了一个牛档子给他去犁，弟弟又去犁地。到了晌午，白发老人又来了。

白发老人说："你哥哥、嫂嫂又在家里煮肉做粑粑吃了。"

兄弟说："我不敢回去，昨天回去他就骂。"

白发老人说："不怕，只要你把犁铧敲断就行了。"

兄弟就把犁铧敲断，回家去了。到了家里，哥哥、嫂嫂在吃肉吃粑粑，看见他回来，哥哥、嫂嫂又骂。哥哥问："为什么天不黑又回来？"兄弟说："犁铧断了。"

第二天，哥哥又拿了一个犁铧给兄弟让他去犁地。犁了一天地，又累又饿，弟弟就坐在田埂上哭起来。犁地的小白牛就走到他身边来。

小白牛说:"兄弟,兄弟,不要哭,今天回家去跟你哥哥分家了,你一样也不要,只要我就行了。"

兄弟听了小白牛的话,抬起头来,擦干了眼泪,就回家。到了家里,就对哥哥说:"哥哥,我们分家吧!我一样也不要,只要这条小白牛。"他哥哥就答应了。兄弟骑着小白牛,走了几天几夜,到了一个荒凉的地方。

小白牛说:"我们就住在这里。"兄弟说:"没有田地,没有房子,怎么过日子?"小白牛说:"不要怕,马上就会有。"

说完,小白牛拿角一挑,眼前的荒草地变成良田美景,又用角一挑,田地边竖起了很多房子,里面鸡鸭成群。

兄弟说:"小白牛,小白牛,现在田地有了,房子有了,鸡鸭猪都有了,就是没有水,怎么过日子?"

小白牛说:"不怕,不怕。"说完就钻进一个山洞,一会,山洞里就淌出一条水来,成了一条河,淌到很多村子里。山下村子里的人高兴起来,跑到山上一看,有很多良田房屋,对兄弟说:"你怎么敢住在这里?这是我们的山。"

兄弟哭了起来,对洞里的小白牛说:"小白牛,不要出水了,我要走了。"一说完,洞里就不出水。村子里的人见不出水,赶忙对老二说:"我们要你住的,叫小白牛淌水吧。"

兄弟又对着山洞说:"小白牛,出水吧!"

洞里又流出水来,从此,兄弟住在这里过着幸福的生活。

小白牛(二)

记录者:马维翔
收集地点:云南省昆明市石林彝族自治县哑巴山

从前,有两兄弟,哥哥良心不好,弟弟良心好。分家那天,哥哥分一条小白牛给弟弟就把弟弟赶出家来。兄弟没有地方住，骑在小白牛身上，一边哭，一边走。一天走到一个荒凉的地方，小白牛突然不走了，站在山坡上。

小白牛说："兄弟，兄弟，不要哭，我们就住在这里了。"

兄弟擦干眼泪，抬起头来看看，四周都是高山，山坡上是茂密的森林，从森林里传来叽叽喳喳的鸟叫。

兄弟说："小白牛，小白牛，好倒是好地方，就是没有田地，怎么过活？"小白牛说："不怕，不怕，明天就有了。"

到了第二天，兄弟醒来，睁开眼睛，看见自己在的地方完全变了，四周的高山，好像向后退开了，眼前是一片肥沃的良田，山坡上依然长着苍翠的树木，兄弟高兴得又跑又跳。

兄弟说："小白牛，小白牛，就在这里住吧，可是没有房子。"

小白牛说："不怕，不怕，明天就有了。"

到了第二天，兄弟一醒来，发现自己不是睡在小白牛的身旁，而是睡在床上，他下床来到处走，是一间大房子。兄弟就跟小白牛去耕田，到了傍晚，兄弟说："小白牛，小白牛，田地要犁好了，没有水栽秧。"

小白牛说："不怕，不怕，田犁完了，我的事情也完了，我到山洞里去，就会出水了。"

小白牛说着就跑进一个山洞里面，一会山洞里淌出水来。从此，兄弟过着幸福的生活。不久，他哥哥知道了，就来看，见兄弟有田地，有房子，生活得很好，说："你赶快滚开，这里是我的地方。"

兄弟没有办法就说："小白牛，小白牛，出来吧，我哥哥要来住在这里，我们走。"他的话一说完，洞里就不出水，很快，眼前的田地、房子都不在了，又变成荒山僻野。他哥哥见黑森森的大森林在面前，吓得跑了。

兄弟说："小白牛，小白牛，我哥哥已经走了。"

一会，洞里又出水，良田美景再现，从此，兄弟过着无忧无虑的幸福生活。

一棵松树

记录者：马维翔
搜集地点：云南省昆明市石林彝族自治县哑巴山

古时候，有一棵很大很大的松树，常常嘲笑比它小的树："你们这样小，一辈子也长不了我这样高。"

老虎跟龙是很好的朋友，每天差不多都在一起玩，龙不去找老虎，老虎就去龙的家里玩。大树看龙和老虎经常在一起，心里很忌妒，它想："它们两个这样好，我要把它们挑拨得不讲话，互相打起架来。"

一天，老虎到龙家里去找龙玩，经过大松树面前。

大松树问老虎："老虎，老虎，你到哪里去？"老虎说："到龙的家里去。"大松树连忙说："去不得，去不得。"老虎问："怎么去不得？"大松树说："龙跟我说了，你要去找它，它就把你淹死掉。"老虎听了大惊，也就不敢去找龙了。

第二天，龙到老虎家里去找老虎，经过大松树面前。大松树问龙："龙，龙，你到哪里去？"龙回答说："到老虎家里去玩。"大松树连忙说："去不得，去不得。"龙问："怎么去不得？"大松树说："老虎告诉我，你到它家里，它就把你吃掉。"龙听了大惊，不敢到山上去找老虎。一天，老虎跟龙遇在一起，两个打起架来。老虎把龙咬伤了，龙把老虎拖下水，两个都死在水里。有些人看见龙和老虎都死了，就说："把龙和老虎捞上来煮了吃。"他们就把龙和老虎捞上来煮，没有柴烧，就到山上去找，找来找去找不到，看见大松树，说："这棵大松树，又大又直，砍来煮老虎跟龙才够。"说着，就把大松树砍来做柴烧。

狐狸和猫

记录者：吕晴
翻译者：张仁保
搜集地点：云南省昆明市石林彝族自治县跃宝山

狐狸和猫一块在路上走。狐狸对猫说："老弟，你听说过吗？这条路上常有狗，要小心才行。"

猫说："大哥，你自己呢？难道你不怕吗？"

狐狸说："我不用你操心。我看见过的东西太多了，不管碰上什么，我都有办法。"

猫说："我可比不上你，一碰上什么，只有一个办法：跳。"

狐狸笑了笑说："不是我自夸，你还年轻，什么事都得向我请教，比如说，狗来了，那算不了什么，只要……"

狐狸话没说完，一群狗围了上来。猫见势不对，一跳就爬上树去了，而那狐狸被狗咬死了。

兄弟二人骗猴子

记录者：吕晴
翻译者：张仁保
搜集地点：云南省昆明市石林彝族自治县西街口镇

从前，有一家人，有兄弟两个。哥哥的心很不好，弟弟的心很好。到了他们弟兄两个分家的时候，哥哥分得了牛和地，弟弟只分得一口烂锅和一瓢米。弟弟把米吃完了，就到外面去讨饭。有一天，走了很远，来到森林中，肚子饿了，走不得路了，就躺在地上，不久就睡着了。忽然来了一群猴子，把他当作了祖先，七手八脚把他抬着回家去。抬了半天，走到石岩上，他才醒过来，一会就到猴子住的地方。猴子住在一个大石洞里。到了岩洞，他一看，里面有很多的东西和很多金子、银子。看见这些东西，他想到把这群猴子赶走，就能得到这些东西。他就大喊一声："你们这些猴子在这里干什么？"猴子听见声音，认为祖先发怒了，害怕起来，都跑了出去。

洞里有米饭和肉，等吃饱了，他就用袋子把金子和银子装起来，背回家去了。

回到家，有了钱，不久他就盖了一座很大的新房子。他哥哥看见了就问："你在什么地方得到这样多的金子和银子？"他就一五一十地把事情的经过告诉了他哥哥。

哥哥听后很高兴，马上照样跑到森林睡起来。不久，猴子又来了。照样把他往洞里抬。抬到大岩上，他睁开眼睛一看，很危险，见前头走着一个跛脚猴子就喊："招呼，招呼！"

猴子听见声音，以为骗他们的人又来了，就把他往大石岩上一丢，就摔死了。

憨姑爷

记录者：马维翔
收集地点：云南省昆明市石林彝族自治县圭山镇

过去有三姊妹，嫁给三个男人。大姑爷、二姑爷比较聪明，三姑爷是个憨人，媳妇怎么说，他就怎么做。

老丈人过生日那天，请三个女婿来做客。憨姑爷对媳妇说："我不去了，我不懂礼节。"媳妇说："不怕，你只要去，大姐夫、二姐夫怎么做，你也跟着怎么做就行了。"憨姑爷笑笑说:"好,这样就好办了。他们怎么做,我也怎么做。去了还得吃肥肉喝酒呢。"

憨姑爷到了老丈人家,大姑爷、二姑爷都来了,还来了很多客人,大家围着火塘向①火。憨姑爷一进门,看见大家都在向火,也赶快跑过去挤在一起向火。大姑爷起来到门口吐痰,被马粪滑了一跤,他见了,也跑到门口吐痰,吐了痰再脸朝天地睡在地下,引得客人哄堂大笑。

吃饭了,二姑爷向老丈人敬酒,不注意酒盅掉在地下打碎了。憨姑爷见了,就连忙拿起一个酒盅掷在地下打碎,大家以为他发脾气了。

憨姑爷说:"不怕,不怕,我媳妇说了,大姐夫、二姐夫怎么做,我也怎么做。"大家恍然大悟,又大笑一顿。大姐夫正在吃着粉丝,越想越好笑,不觉粉丝塞进鼻子里去了。憨姑爷见了连忙拿筷子夹起两根粉丝来塞进鼻子,塞也塞不进去,这样学,那样学,都学不像。大家知道他学什么,越发看着大笑。但是,他一点也不笑,一本正经的样子。

憨姑爷说:"不要笑,不要笑,这个难学,你们也学不会。"

说完,就跑回家了。

聪明的小媳妇

记录者:马维翔
搜集地点:云南省昆明市石林彝族自治县哑巴山

从前,有一家人,有四个儿子,大儿子、二儿子、三儿子都娶媳妇了,只有小儿子没有娶媳妇。

一天,三个媳妇要回娘家,他爹说:"你们回娘家,一个人带一样东西回来,大媳妇带火回来,二媳妇带风回来,三媳妇带水回来。"

---

① 向:云南汉语方言,意为"烤",专指烤火。——编者注

三个媳妇走到路上，想不出办法，急得哭了起来，来了一个小姑娘问："你们怎么了？"

大媳妇说："爹要我带着火回家。"二媳妇说："爹要我带着风回家。"三媳妇说："爹要我带着水回家。"三个媳妇说了又哭起来。

小姑娘想了一会说："不怕！"对大媳妇说："你带着烘笼回去。"对二媳妇说："你带着扇子回去。"又对三媳妇说："你带着茶壶回去。"三个媳妇听了，就高高兴兴地回娘家。到了回家那天，三个人都按照小姑娘说的东西带上了。拿到家里，她们爹问："是哪个告诉你们的？"

三个媳妇说："在路上遇着的一个小姑娘。"

他爹就去找小姑娘，把小姑娘找来做第四个儿子的媳妇。结婚那天，花轿从桥上过，把一堆人冲散了，有一个人过来对他爹说："我们正在讲故事，您儿子的花轿从这里过把我们的故事给打断了，我们要你把故事接起来。"

他爹回到家里，急得坐立不安，饭也吃不进去，睡也睡不着。

小媳妇说："爹，你怎么饭也不吃？"

他爹就把事情说了一遍，小媳妇听了说："不怕。"

第二天，那些人来找他爹，要他把故事接起来。小媳妇说："爹不在家。"那些人问："到哪里去了？"小媳妇回答："切马干巴去了。"那些人说："哪里有马干巴？"小媳妇说："没有马干巴，故事的结尾也没有。"

那些人听了，又气又笑，没有办法，只好走了。他爹喜欢得又跳又唱，刚好来了一个小猫，被一脚踩死了。

猫主人说："我家这个猫。别人给一百块钱都不卖，赔猫来。"他爹气得吃不下饭去。小媳妇说："爹，不要怕，我有办法。"

第二天早上，小媳妇拿一个烂勺子，挂在门头上，叫他爹放心地吃一顿饭。

他爹说："一会人家来要猫钱，我哪里会有？"

小媳妇说："不怕，你躲着看。"他爹就躲起来。一会猫的主人进门来了，一进门就把门上挂着的烂勺子撞了，小媳妇一把拉着他说："赔我的勺子来，我的这个勺子人家给几百块钱都不卖的。"

猫主人急得没有办法说："我一个钱也没有，算了，我不要你爹的赔猫钱了，你也别要我赔烂勺子的钱！"说完，赶快跑了，他爹大笑着出来说："你是个聪明的媳妇。"

四、歌谣和长诗

阿依阿支

演述者、翻译者：杨明
记录者：王大昆、李志云
搜集地点：云南省丽江市宁蒗彝族自治县大二地村

阿依阿支啊！
怎么办呀？
回是要回家一转①，
去年呀，
荞子撒下，长到绿茵茵的时候，
我来的。
现在割了荞子，地里黑压压，
阿依阿支呀，
没有回过一次家，
回是要回的。

去年呀，
燕麦撒下，长到白花花的时候，
我来的。
现在割了燕麦，地里黄生生，
没有回过一次家，
回是要回的。

去年种园根（蔓菁），
园根长得白花花的时候，
我来的。

---

① 转：云南汉语方言，意为"次""趟"。——编者注

现在呀，园根收了挂在晒架上，
阿依阿支呀，
没有回过一次家。

阿依阿支呀，
想尽办法回不了家。
阿依阿支呀，
去年河水涨得红通通的时候，
我来的。
现在河水干了，石头白生生，
阿依阿支呀，
没有回过一次家，
阿依阿支一定要回家。

阿依阿支拾回了剩在地里的小麦，
阿依阿支拾回了剩在地里的燕麦，
阿依阿支拾回了剩在地里的荞子，
阿依阿支拾回了剩在田里的谷子，
拾得了三斗三升，
煮成三罐酒。

一罐酒给舅舅（指公公）井舒喝，
舅舅喝了一罐酒，
答也不答应。

阿依阿支问：
"你家姑娘嫁过人没有，回不回娘家？"

一罐酒给大眼睛丈夫喝，
答也不答应。
阿依阿支问：
"你家的姑娘嫁过人没有，回不回娘家？"

一罐酒送给孃孃（指婆婆）布角①喝，
答也不答应。
阿依阿支问：
"你家的姑娘嫁过人没有，回不回娘家？"

阿依阿支呀！
到底怎么办呢？
回是要回的。

不管大雪纷纷下也要回，
不管洪水滚滚挡了路也要回，
不管倾盆大雨也要回。

---

① 布角：牛角酒杯。——编者注

白天草棵①里躲着行，
晚上借着月光走，
霜露冻木了头，
连天连夜走，
脚被石头碰烂完。

阿依阿支呀，
慢慢地向前走着。
走过三个大坝子，
遇着两只"知举"雀。
走过三个大偏坡，
坡上滚下三个大石来。
走过三个大梁子②，
遇着三回下冰雹。
走过三个大丫口，
遇到三阵大旋风。
走过三个大老林，
遇到三只大老虎。

路下叭啦响，
路下噗咚隆，
路下边咔嚓一声，
路上边咔嚓一声。
她又以为有人追来了，
突然出来三只母豺狗，
豺狗齐向她扑来，
头被咬在路上边，
腰被咬在路中间，
脚被咬在路下边，
只剩得一根头发辫。

临死她说啊，
她恨透婆婆家，
父母知道扎实把心伤。
她死了变成了天上的云，
下雨的雾。

---

① 棵：云南汉语方言，指"丛"。草棵意为"草丛"。——编者注
② 梁子：在云南，该词常被用来命名山峰。——编者注

麻茨母茨

演述者：政五子
记录者：梁佩珍
翻译者：政五子
搜集地点：云南省丽江市宁蒗彝族自治县

妹妹嫁到远远的地方了，
哥哥很想见阿牛妹妹。
哥哥最想妹妹，
哥哥心里想：
"今年我一定要去见妹妹了。"
哥哥天天找最漂亮的哦特得帕①，
准备送给妹妹。
哥哥心里想：
"今年我一定要买床双披毯，
准备送给妹妹。"

哥哥叫来女娃子做炒面，
哥哥叫来男娃子备骑马②。
备好马鞍子，
骑马备好了。
马鞍子拿来了，
哥哥嫌不好看。

哥哥又找了一匹骑马，
放上马鞍子，
哥哥说"这回就好看了"。
上也跑得起，下也跑得起，
哥哥骑着马去见妹妹了。

出到门口见着爹爹，
爹爹叫哥哥不要去，
哥哥不听爹爹的话，
哥哥一定要去见妹妹。
不上坡不下坡，
朝直直的大路走了三天。

大风遇着三次，
三次大风叫哥哥不要去。
哥哥不听，
哥哥要去见妹妹。

---

① 哦特得帕：类似小伙子的包头。
② 骑马：此处指可供骑乘的马。——编者注

过了三条沟，
遇到三个石头滚下来，
叫哥哥不要去，
哥哥一定要去见妹妹。
过了三个梁子，
下了三次雨，
叫哥哥不要去见妹妹，
哥哥一定要去。
哥哥看见三个放羊的小伙子，
哥哥问放羊的：
"我的妹妹睡在哪里？你们知道吗？"
放羊的说："还有九天路。"

哥哥的粮食快吃完了，
哥哥又见到三个放牛的，
哥哥问放牛的："见到我的妹妹吗？"
放牛的说："还有五天路就到了。"
哥哥的粮食只剩一点了，
哥哥怕去不到妹妹家，
哥哥又不能回自己家。

哥哥又走了，
哥哥见着三个放猪的小孩。
哥哥问放猪的娃："见到我的妹妹吗？"
放猪的说："还有三天路。"

哥哥粮食吃完了，
哥哥到了妹妹的家乡。

哥哥见着一个姑娘在坝子里坐起，
姑娘在织羊毛布，很像妹妹。
"衣裳穿得好好的像我的妹妹，
裙子穿得好好的也像我的妹妹。"
哥哥拿着家谱去找妹妹，
翻了第一张，
妹妹不清楚，
妹妹随便给哥哥烟一杆。

妹妹问哥哥：
"我家房下有一棵大树。
现在还在吗？"
哥哥说："现在还有。"
妹妹问清楚，
妹妹眼泪下。

妹妹拿银子烟锅给哥哥吃，
好的兰花烟装给哥哥抽。
妹妹唱给哥哥听：
"牛厩里面有牛吗？
有就拉来杀给我的哥哥吃。
猪厩里面有猪吗？
有就拉来杀给我的哥哥吃。

鸡厩里面有鸡吗?
有就拉一对线鸡①来杀给我哥哥吃。
马厩里有马吗?
有就拉来给我哥哥骑。
马鞍子拿来放好给哥哥。"

哥哥回家了,
妹妹送哥哥。
送了三天路,
哥哥叫妹妹转回婆婆家,
哥哥说:"不要来送我了。"

妹妹送哥哥过了一道江,
哥哥叫妹妹回到婆婆家。
妹妹跳到江里面,
哥哥拿七根柴来捞,
捞起妹妹的尸体。

哥哥坐在江边哭。
哥哥说:"我回去白啦啦②,
妹妹死掉了。
没有好话告诉爹和妈,
我咋回家去?"

阿姆妞惹

演述者:勒鸟姑都
翻译者:甲日到哈
记录者:李志云
搜集地点:云南省丽江市宁蒗彝族自治县

妈妈的女儿呀,
生了一年,妈妈抱着吃奶奶③;
生了两年,爹爹喂她饭和肉;
生了三年后,父母就死了。

妈妈的女儿呀,
孤苦无依靠。
叔叔带着她,
年幼坐不稳。
抱着铜椿才能坐,

---

① 线鸡:阉鸡。
② 白啦啦:云南汉语方言,意为"白搭"。——编者注
③ 奶奶:云南汉语方言,此处意为"母乳"。——编者注

扶着柱子才能起。

四岁五岁了，
才能穿上一件麻布衣，
系上一条烂红裙，
披上一领烂披毡，
戴上一顶烂篾帽。

六岁七岁了，
才能穿上好裙子，
戴上银耳环。
长到七岁八岁了，
她就上山去放猪。
早上将猪放进老林里，
猪儿失落了。

妈妈的女儿呀，
这回急坏了。
跺脚捶胸只是哭，
不敢进林去寻找。
不敢回到叔叔家，
整整坐了一下午。

太阳西沉月亮上，
一群黑黑的猪儿回家了，
妈妈的女儿呀，

这时也回到家，
将猪失落的事来和叔叔说，
叔叔知道她很饿，
端了几个洋芋给她吃。

妈妈的女儿呀，
长到十岁十一岁，
叔叔赶她上山去放羊，
她臂下夹着一个小竹箩，
里面装羊毛。
她坐左高坡上，
左手抽羊毛，右手捻着线。
满眼羊群似白云，
姑娘口里哼着歌，
她的声音像泉水在流淌。
姑娘坐在阿列波若坡之上，
羊子团团围身边，吃着草，
沟边荞花白花花。

妈妈的女儿呀，
长到十七十八岁，
想到自己无父又无母，
孤独无伙伴，
早出晚归地干活，
天天山上去放羊。

姑娘坐在高坡上，
满坡羊儿白芫芫①，
忽然来了一只大灰狼，
窜到羊群里，
把羊撵得团团转。
妈妈的女儿呀，
急得大声喊：
"快来啊！狼来吃羊了！"
狼被吓了跑进老林里，
羊子赶到平坝上，
姑娘口中数着羊，
心像敲鼓棒。

妈妈的女儿呀，
太阳下西山，
放牛的回家了，
放猪的回家了，
种地的回家了，
姑娘的羊往家跑，
姑娘也回到了家。

妈妈的女儿呀，
准备把今天狼来咬羊的事和叔叔讲，
但是叔叔不在家。
"我想叔叔上山去撵山，

但撵山狗还在家，
猎枪也还挂柱上。
我想叔叔去勒野鸡了，
但勒野鸡的扣子还挂在钉子上，
引野鸡的野鸡油手还在笼子里。
我想叔叔出外打冤家，
但梭镖还在火旁边。
……"

妈妈的女儿呀，
叔叔哪里去了四处寻不着，
后来找到房子背后这一家，
叔叔正和那人在说话，
她想问叔叔，话到口边又咽下，
只见他们嘴咬着耳朵，
耳朵贴着嘴巴，
只听叔叔说：
"把她卖到远远的婆婆家。"
黄牛三条、羊三头、白银六十锭，
她知道叔叔在卖她。
"今天是叔叔卖我的时候了。"
妈妈的女儿呀，
心中似火烧。

再过七天后，

---

① 白芫芫：云南汉语方言，意为"白茫茫"。——编者注

叔叔家的大狗汪汪叫，
她以为狗是咬幌①无人到。
一看来了两个人，
拉着黄牛赶着羊，来过钱了，
妈妈的女儿呀，
就在这天晚上，
泪水湿透了她的披毡。
"我被卖定了，
吃钱的是叔叔，
受苦却是我独受。

"妈妈的女儿呀，
去是要去了，
不去不行的。
叔叔已把我的骨头拿来换钱使，
把我的血液拿来换酒喝，
把我的肉拿来换肉吃，
妈妈的女儿呀，
不去是不行了。

"十冬腊月天气寒，
丈夫家来接来了。
下雪也得叫我去，
结冰也得叫我去，
倾盆大雨也得叫我去，

烂泥没膝也得叫我去，
北风呼呼如针刺也得去，
冰雹哗哗也得去。"

妈妈的女儿呀，
已经离开了叔叔家，
爬上果木老梁子，
北风刺骨，头昏，快要倒下去，
走到老深沟边似火烤，
打摆子快死去。
走到三个干坝子，
风卷黄沙满天飞，快被打死。
过了三个大陡崖，
几乎失足滚崖死。
过了三条江，江水翻白浪，
快将喂大鱼。

妈妈的女儿呀，
头发结冰如银丝，
银丝哗哗脱落去。
脚也走肿了，
腰部疼得犹如断，
瘦得被风吹就倒。

"叔叔的心冷似铁，毒似蛇，

---

① 咬幌：此处指狗吠却没人来。——编者注

将我卖得这样远,
叔叔呀叔叔,
你们卖我这样远,
也不能在冬天赶我出家门。"

六月热天不出嫁,
穿点好衣好裙都被汗浸脏;
正月风大不出嫁,
戴块好的头巾也会被风撕坏。

三月布谷叫,
想起妈妈的话来了。
"妈妈的女儿呀,
手指十个,九个绑在婆婆家,
脚趾十个,九个进了婆婆家,
我已是他家的人了。

"叔叔呀叔叔,
我来时你曾和我玩,
我嫁出去的时候,你送我去,
我回娘家的时候,你接我回。
现在你们不管我了,
把我卖在这遥远的生人家,
不管我了。

"我听故事说:
'水和鱼同流淌。'

现在水落入石洞里,
鱼却返家乡。

"我听故事说:
'雾露和雨一起来。'
现在雨被抛下地,
雾露收回了。

"妈妈的女儿呀,
我在家时,睡的竹笆热乎乎,
我走以后,竹笆变成耗子铺。
我在家时,常去门前清泉去背水,
清泉里面鱼儿伴我游,
我走以后,鱼儿孤零零。
我在家时,房前坡路我常走,
我走以后,只有麻雀过。
我在家时,老林中小路放羊我常走,
我走以后,只有豺狼虎豹过。
我在家时,房后陡岸我常爬,
我走以后,只有蜂做窝。

"妈妈的女儿呀,
今天我出嫁了。
不知婆婆家好在不好在,
丈夫好与丑,
马被拉到外地骑,
不知走得好不好。

女儿嫁得这样远，
狠心的叔叔呀，
我是再也回不了家，
有苦也无处诉。
有爹妈的女儿啊，
你们要听爹妈的话，
爹妈的嘴像支笔，
点黑是黑，点白是白，
句句话是真不要欺爹妈。
爹妈年老好像西边的太阳，
很快就要下山岗，
老牛在圈里早上活着晚上死。
陡坡上的老树，
早晚会倒。

"妈妈的女儿呀，
有爹妈哥弟的女儿多幸福，
我无爹无妈，婆婆家欺侮。
密密的老林里有兔子，
豹子有躲处，
草草深的地方，野鸡好在，
竹子深的地方，箐鸡好在，
岩洞宽宽蜜蜂好做窝，
水塘深深鱼好游，
坡坡大的好放羊，
坝子平的人好走。

"我在哥布卡哈山望着哥布洛哈山，
望着大山我想家乡，
见着大树我想爹娘，
见着清泉我想伙伴。

"我看着哥布克儿①像婆婆，
我看见大树像婆婆，
树上长满刺棱角。
他们是那样的狠、那样的恶，
婆婆家的房子小母鸡到处啄，
母鸡的脚被麻绳扯住了。

"早上煮了丑饭②吃，晚上吃好的，
今年穿破衣，明年穿新的，
两口子不和气，一辈子好不了，
爹娘脾气不好也会改。"

---

① 哥布克儿：丈夫家那里的大山。
② 丑饭：云南汉语方言，意为"便饭"。——编者注

阿媸阿妮捏 ①

演述者：阿鲁阿哥
翻译者：阿力闫清
搜集者：梁佩珍
搜集地点：云南省丽江市宁蒗彝族自治县

妈妈生姑娘的第一晚上，
饭吃什么一餐？
吃燕麦饭一餐。
做了什么菜？
煮了一只线鸡。
抱出去的那一天，
吃了一顿什么饭？
苦荞巴巴一顿饭。
吃了顿什么菜？
吃了吉羊肉。

妈妈的姑娘坐不起，
妈妈拉起手坐。
吃不起饭的时候，
吃妈妈的奶。
站不起的时候，
拉起妈妈的裙子站。

妈妈的姑娘背起时，
要用九根银子，
一根背起断，
一根捆起断。
妈的裙子有九丈银子，
一丈抱姑娘烂，
一丈背姑娘烂。
我的妈妈喂我最伤心。

爹爹出去打麂子了吗？
撵山狗还在。
爹爹赶街了吗？
马厩里的骑马还在。
马鞍子还在挂起，
爹爹是去嫁姑娘，
不是去开会。

---

① 妈妈的姑娘。

姑娘七个月就给人家了，
不能结，七岁就结了，
我的姑娘骑马去，
姑娘没有马鞍子高。
姑娘蹬不着马镫脚，
手拉不着马笼头，
姑娘走了以后，
我的哥哥接阿咪（嫂嫂），
我的爹爹你是怎样想？

阿咪煮的饭不及女儿吧，
姐姐妹妹亲戚来的时候，
哪个来招呼抵不得姑娘吧。
姑娘的肉爹爹拿来换肉吃，
姑娘的骨头爹爹拿来换钱使，
姑娘的血爹爹拿来换酒喝，
我这个姑娘不去不得了。

大雪纷纷也要去，
不去不得了。
下大雨也要去，
不去不得了。
爹爹妈妈把姑娘送到门口，
亲戚朋友来送我，
送到小梁子，
哥哥送我送到婆婆家。
哥哥转回爹妈家，

哥哥和爹爹妈妈可以讲话，
我是留在婆婆家。

我是一天哭，
眼泪一天都掉下，
在婆家没有一个伴，
女儿一天都心焦。
哥哥说："如果想妈妈，
妹妹可以回家来。"
哥哥说是说了，
哥哥不管我。

针和线在一起，
线补在旧衣服上，
针回到针盒里。
麂子和撵山狗在一起，
麂子跑到老林里，
撵山狗转回家。
雾和雨一齐来，
雾积在岩子上，
雨落在地上。

人家爹爹给姑娘，
要看骑马才给，
我的爹爹看见几条牛就给了，
看见几只小猪就嫁了。

人家的爹爹嫁姑娘，

要看到一百只羊子才嫁,
我的爹爹看到二三十只就嫁了,
妈妈的姑娘是被人拉走了。

姑娘有爹爹吗?
有爹爹就应该来说情,
我是没有爹爹的姑娘了。
我是有妈妈的姑娘吗?
有妈妈就应该来说情,
我是没有妈妈的姑娘了。
我是有哥哥的姑娘吗?
有哥哥就应该来说情,
爹爹、妈妈、哥哥都不来说,
女儿从竹子多多的山上过去了。

哥哥拿起扫帚,
看见前面的人打前面的,
看见后面的人打后面的。
哥哥打不过,
姑娘被人拉走了,
姑娘从大老林里过去,
哥哥拿棒棒打来的人。
哥哥打不过,
姑娘被人拉走了。
过什么地方,
哥哥就拿什么打来拉我的人。
哥哥怎么也打不过,
姑娘被拉走了。

阿姆纽纽呢

演述者:田克瓦河
翻译者:木国泰
记录者:杞家望、陈列
搜集地点:云南省丽江市宁蒗彝族自治县

妈妈的女儿呀,
我到两三岁的时候,
天天跟着猪群跑,
放了五年六年猪。
妈妈的女儿呀,

到了八岁九岁的时候,
天天跟着羊群跑。
放羊放到山坡上,
有只狼狗来咬羊,
我把狼狗撵跑了,

羊群跑来围拢我。

妈妈的女儿呀,
我把羊群赶回家,
羊群在半山腰跑。
妈妈的女儿呀,
身挂线箩,
手搓毛线,
七个月就许配人家,
不得不嫁去。

妈妈的女儿呀,
大雪纷飞也得去。
妈妈的女儿呀,
倾盆大雨也得去。
妈妈的女儿呀,
爹爹嫁了我,
哥哥收了钱,
不得不嫁人。

妈妈的女儿呀,
不满七岁就要出嫁。
妈妈的女儿呀,
手够不上马鞍。
妈妈的女儿呀,
脚踩不着马镫。
妈妈的女儿呀,
不得不出嫁了。
豺狼看上了绵羊,
老鹰看上了小鸡,
豹子看上了小狗,
婆婆看上了妈妈的女儿。

绵羊欠了豺狼的债,
再也没法躲藏;
小鸡欠了老鹰的债,
再也没法躲藏;
小狗欠了豹子的债,
再也没法躲藏;
妈妈的女儿啊,也欠婆婆的债,
再也没法躲藏。

炕架上的大蒜啊,
春天一定要发芽;
妈妈的女儿啊,
长大一定要出嫁。

山腰整齐的雾要散,
早晨的露珠是要落,
妈妈的女儿长到十七岁,
娘家土地财物分不着。

平坦大地好跑马,
辽阔草坪好放羊,

河水深处任鱼游，
蕨草丛中野鸡多自由。
在妈妈身旁的女儿啊，
只知快乐不知忧愁。

陡坡犁地牛吃苦，
鞍架不好马难驮，
婆婆不好呀，
妈妈的女儿受折磨。

裙子穿破啊，
终有一天换新的；
一顿吃不好啊，
下顿有爽口的。
兄弟不睦啊，
可以分家各住各；
爹妈不好啊，
这样的日子不会多；
夫妻不和啊，
痛苦一生，日子难过……

世上最温暖的是太阳，
它离我们太远了；
世上最可怜的是出嫁了的姑娘，
她离父母太远了。

春天，
万物生长的季节，
布谷鸟的叫声，
引起异乡的姑娘对父母的思念。

嫁出去的姑娘呀，
就像牲口一样任人宰割；
嫁出去的姑娘呀，
就像失群的大雁受人欺凌。

嫁出去的姑娘，
思念家乡不能安睡；
嫁出去的姑娘，
想念父母彻夜难眠。

姑娘愿在家吃糠咽菜，
姑娘愿在家穿羊毛布衣裳，
在父母身旁吃糠咽菜也香甜，
在父母身旁树叶做衣裳也会温暖。

想念呀，
想念生长我的地方；
怀念呀，
怀念养我的父母。
山可平，水可干，
怀念父母的深情永不会退减。

彝汉是一家

演唱者、翻译者：杨木戛
记录者：李志云
搜集地点：云南省丽江市宁蒗彝族自治县大拉坝村

解放前，汉见不得彝，
彝见不得汉，
有了共产党和毛主席，
彝汉是一家。

太阳出来四方亮，
人民公社大家堂，
彝汉聚会在一堂，
彝汉变成亲姐妹。

春天的歌

搜集者、整理者：李子贤
搜集地点：云南省丽江市宁蒗彝族自治县

春天山里有花开，
布谷鸟儿声声叫，
叫声送走了饥饿，
带来了丰收。
丰收的粮食堆得像玉龙雪山，
庆丰收的酒多得像海洋，

酒在村中煮，
味在村外香，
带着丰收的喜报上北京城啊，
高高地举起一杯酒，
我们各族人民的父亲毛主席，
祝您万寿无疆！

阿里乌撒

演唱者：阿妞
搜集者、整理者：李子贤
搜集地点：云南省丽江市宁蒗彝族自治县

我的表哥乌撒，
你是世界上最勇敢的人，
你能与林中的豹子搏斗，
你能和山中的蟒蛇比武，
你的力气任何人也比不过，
你能背起山，能让河水倒流。
我的表哥乌撒，
想你，想你，真想你，
白天想你无心干活计，
晚上想你在梦里。
想你想得吃不下白米饭，
想你吃肉也不香甜。
我希望表哥乌撒变成一床披毡，
整天在我身边；
我希望表哥变成一串珠，
成日挂在我的耳边；
我希望表哥变成烟口袋，
终日不离我的身边。
我愿变成一只穿山甲，
穿过无数高山和表哥见面；
我愿变成老鼠钻进地和表哥会面；
我愿变成鱼儿游过大江大河来到
表哥身边。
表哥呀，我俩虽见不到面，
愿你不要忘记过去的誓言。

绕牛[①]愿和表哥同走一条路，
绕牛愿和表哥成为一家人。
想父母只是白天思念，
想表哥是白天与夜晚。
想表哥泪水湿透了衣裳，
表哥呀！愿你能听到我的呼喊，
早早来到我的身边。

---

① 绕牛：表妹。

木嘎牛牛

演述者：贾日长生
翻译者：马金冶
记录者：翁大齐
搜集地点：云南省丽江市宁蒗彝族自治县

木嘎牛牛哟，
财主有啥了不起呀！
你骑跑马前面跑，
我骑水牛后面来，
老鹰天上飞一天的路，
青蛙也总有一回能跳到。
你穿绸缎我穿麻，
走过荆棘看一看，
绸缎破成烂襟襟，
还是我的麻布衣裳好。
天上雄鹰是只鸟，
地上小雀也是鸟。
奴隶主是人，
奴隶也是人。
房子是树做的，
猪厩也是树盖的，
屋子你不要看得上，
猪厩你不要看得丑。
漂亮的木钵你不要看得上，

破烂的猪槽你不要看得轻，
木钵猪槽都是木头做。

在宽阔的坝子里，
蛇的叫声也会比牛叫得大。
田里水牛身躯那么大，
声音却那么微小。
路边毛驴别看身躯那么小，
嘶吼声音却那么大。
门前家狗拴着链子整天汪汪叫，
叫了不抵事。
小小猎狗静悄悄，
见了野兽它才叫，
午前追野兽到远处，
午后把野兽赶来猎人身旁，
越追越有劲，
不吃兽血心不甘。
奴隶主养着看家狗大吃大喝，
穷人带着猎狗撵山也有肉吃，

猎人不吃家畜，
猎人专吃野兽肉。
你的德国枪一枪子一响，
我的恶火枪，
一枪也一响，

人是俭朴好，
牲口是喂盐好，
豺狗专吃肠肚心血，
大熊也会被人打死。

阿牛尼巴

演述者：阿吾果果
翻译者：阿大一
记录者：陶学良
搜集地点：云南省丽江市宁蒗彝族自治县

小小的阿牛啊，多可怜！
只有十个小小的手指，
但是十个指头也不想摸。
阿牛脚趾有十个，
十个脚趾也不愿插进婆家门。
阿牛想啊，只有死！
一天不死，有一天要死，
整天只想死。
属蛇那天不死，
属马那天一定死。
属牛那天不死，
属虎那天一定死。
阿牛想去想来，

一条路也没有。
阿牛想死在妈妈家，
可惜赔不起婆婆的出嫁的钱。
阿牛想死在婆婆家，
那么要引起一场斗杀①，
哥哥也要死在我后头。
阿牛没有办法，
想死在老林中。
可惜又给豺狼、豹子咬了，
可怜又害怕，
阿牛不死不行，
婆婆家一定纠缠我，
阿牛吊死又怕绳绳带带挂在脖子上。

---

① 彝族的妹妹死，哥哥一定前来打斗，多数就是为此而打杀死了。

乌妞

演述者：折补伙
翻译者：折补伙
记录者：王大昆
搜集地点：云南省丽江市宁蒗彝族自治县

想着在那些地方，
扎实伤心。
苦荞子与洋芋拌起吃，
草草根根拌起吃。
穿的天天是这样：
麻布衣服麻布裤，
麻布裤子磨脚杆。
吃的穿的最伤心，
我的主子最毒狠。

扎实伤心，
天天从早找柴背水忙到黑，
不得①还要打来还要骂。
我们娃子呀！
自从来了毛主席和共产党，
翻身做主人。
奴隶主的老婆去背水，
奴隶主也要犁地去。

阿衣绕旦

演述者：加拉娃长
搜集地点：云南省丽江市宁蒗彝族自治县

绕旦出去了，
父母怀里跳，

会走路，
在父母身边转。

---

① 不得：云南汉语方言，意为"不乐意""发怒"。——编者注

绕旦长大以后，
接去当兵去了，
父母养的儿女，
都变成了阿戛丁甲的兵。

阿戛丁甲出世以后，
天下的父母不能安宁，
所有的人都不能安宁，
不知道把人们何时拉去当兵，
凉山的洋芋成熟以后，
凉山的人们没有不饱的时候。

阿戛丁甲出世以后，
人们日日夜夜都不得不气。
他出世以后，
弄得个家破人亡。
种地只能种山坡，
穿衣只能穿麻布，
要找口粮只能找到野菜。

阿戛丁甲呢？
在城里过生活，

城内有酒肉，
城外酒肉臭，
城内有布匹，
城外人民看得穿不着。

拉去当兵的人们，
肩上只有一支枪，
腰上带子弹。
日落西山后，
子弹像蜜蜂似的飞，
子弹壳像蝗虫般地跳，
枪口笼罩着浓烟。

阿戛丁甲出世后，
驮马当跑马骑，
宁愿阿戛丁甲死。
愿他骑马过岩上，
掉到岩下来，
穷人就能过好日子；
愿他渡船死江上，
翻船在水中，
我们就过上好日子了。

阿斯乌妞

搜集地点：云南省丽江市宁蒗彝族自治县

好的玉镯被人偷去了，
到处找不到，
点着火到梁子上找，找不到；
银子戒指遗失了，
到处找不到；
乌鸦飞进老林中，
到处找，找不到。

嫁出去的姑娘，
好像路边的雀儿窝，
经常被人捣毁；
嫁了的姑娘，
好像流出去的泉水，
再也流不回来了；
嫁了的姑娘，
好像落地的树叶，
再丑的姑娘也不会在父母的身边过一生。

总有一天要出嫁的，
雀儿不会永远在窝里，
总要出单的；
麂子不会永远在老林中躲藏，
它还要出来喝水。
姑娘嫁到他方就像迷途的羔羊，
姑娘嫁到他方就像失群的孤雁。

鸟各杜微

演唱者：阿姑
搜集地点：云南省丽江市宁蒗彝族自治县

鸟各杜微之命是非常苦的，
找个丈夫，
找来找去找着阿约合孜。
阿约合孜这个人，

有手不做活,
心想白米饭。
鸟各杜微的命运是非常苦的,
哥哥逼她嫁给地底结纽。
地底结纽这个人,
是一个无胡须脸,
但也只得和他结婚。

鸟各杜微希望她的丈夫跌进奔腾的江中水淹死,
她希望她的丈夫被风吹到悬岩下跌死,
她希望她这个不如意的丈夫被草乌毒死,
她希望这个不如意的丈夫被村子里的人杀死。

这个不如意的丈夫家虽然有钱,
但鸟各杜微不稀罕。
她只爱自己家的篾笆房,
她只爱自己家的苦荞巴巴,
她只爱自己家的瘦牛瘦马,
她只爱在父母身边。

咕噜

演述者：几木别哈
记录者：李子贤
搜集地点：云南省丽江市宁蒗彝族自治县

一个被从大凉山捆到小凉山的姑娘，在路途中听到天上雁鹅"咕噜""咕噜"的叫声，引起自己的思绪，就唱起来了——

咕噜咕噜叫的雁鹅啊!
你是从我的家乡飞来的吧?
你有没有看见我的爹妈?
我的姊妹你见了没有?
她们好吗?

我被捆了来已走了廿天的路,
你呵只走了一天就到了,
我若能飞呵多么好。
我在这里受苦受难没办法,
一个儿子昨天也死了,

我也想着去死呵,
就是阴间不来收,

我也死不了!

阿妈日呢

搜集地点:云南省丽江市宁蒗彝族自治县

父亲被人杀死,儿子要报仇,但善良的妈妈不给他这样做,劝他安分守己地过日子。

妈唱:
妈妈的儿子,
你不要唉声叹气,
如果你唉声叹气,
妈妈就要成为坡地树椿的妈妈了,
成为岌地竹林野鸡、憨鸡的妈妈了。

你不要唉声叹气,
如果你唉声叹气,
我就要成为白坡林麂子的妈妈了,
崖子上獐子的妈妈了。
你不要气不要叹,
如果你再唉声叹气,
我就成为树林中猴子的妈妈了。

不要气不要急,
如果你再气,
我就要成为绿斑鸠的妈妈了。
不要唉声叹气,
如果你再唉声叹气,
我就要成为老林大山熊儿、豹儿的妈妈了。

不要气,
我的房间里还有两床黑双披①留给儿用,
还有两件府绸缎子衣留给你,
妈妈还准备养金色梨马给儿骑。
如果你叹你气,

---

① 黑双披:彝族的羊毛披肩,又称为察尔瓦。——编者注

我就要成为"资都"的妈妈了，
我还准备花色多样的家具给你。

儿子唱：
我原是为了报仇，
刚才妈妈讲了这么多，
现在只能听妈妈的话。

我死也忘不了父亲，
只有后面日子里克服困难照料妈妈。

准备箩筛粑粑
给妈妈吃，
准备白酒给妈妈吃。

附记：第一调完，全诗未搜集完。

阿摩惹妞

搜集地点：云南省丽江市宁蒗彝族自治县

你不要叫，
你这样叫妈妈会死的。
你不要叫，
你这样叫妈妈，
会从岩上遗失下来摔死的。
你不要叫妈妈，
会在天晴时死去的。

你跟着白云去了，
你骑着跑马去了，

你的小狗、小鸡我们会喂养的。
哥哥会不顾一切阻碍去看妹妹的，
哥哥会把大黑马配上花鞍去看妹妹的，
哥哥会打碎山上的岩石去看妹妹的，
哥哥会翻过陡坡过大江河去看望妹妹的，
再大的旋风也阻止不了哥哥看妹妹的决心，
大雨冲垮了路，哥哥还是要看妹妹的。

阿戛拖扎

演述者：阿的儿哄
翻译者：阿鲁腊哈
记录者：翁大齐
搜集地点：云南省丽江市宁蒗彝族自治县

阿戛拖扎[①]你，
骑马岩上过，
跌死岩子下，
听见了我就高兴。
娃娃养大你拉去，
别人挣钱你抢去，
抢去盖房又买地，
地浆阿戛[②]在，
庄稼一样都不收，
麻布条条裹屁股，
腰扎子弹当裤带，
枪把肩膀磨破。
地浆阿戛来了，
肚皮饱的没有一个晚上，
心头不日气的没有一个晚上。
要能转回家里去，
泥巴我乐意吃，
树叶做衣也喜欢。
地浆阿戛在的时候，
白天我火硝烟弥漫漫，
树上喜鹊看不见人，
子弹壳像蚂蚱跳，
子弹像蜂子飞。
晚上死掉的人堆得有石墙高，
人血凝得有泥巴厚。
地浆阿戛你，
你坐船河里过，
翻下水里去，
听见了我就高兴。
你死了小伙子才得安身，
心头想在山色之上，
人落在山包包下，
心里苦闷编了这个调子唱，
眼睛到处看得见，

---

① 歌唱者说，这个调子是从四川下来的人那儿学会的，阿戛拖扎是大奴隶主。
② 地浆阿戛也是四川大凉山彝人，军官，和阿戛拖扎勾结，狼狈为奸。

脚哪里都走得到, 就是心头想的做不到。

阿衣巴底

演述者：梨底石行
翻译者：马六斤
搜集地点：云南省丽江市宁蒗彝族自治县

可怜的年轻独小伙,
转到天黑的时候,
今晚房内不唱歌,
也不热闹了,
唱了也像一个二气人①,
今晚喝酒不唱歌,
就像一个哑人,
吃肉不唱歌就像狼,
吃酒不唱歌就像羊子喝盐水,
来了家门②不唱歌怕对不起客人,
见着亲戚不唱歌怕对不起亲戚,
亲戚朋友高兴得就像关在圈内的小猪,
羊子闯也来玩,③
今晚来的家门我们没家门话,
来的亲戚我们没亲戚话。

蓝蓝的天上没有云彩,
如有云彩也不会下雨,
下了雨也不会淋着人,
淋着人也不会冷。
平路好走没有绊脚石,
如果绊脚石绊着脚也不会痛,
好田要下雨,
人人高兴多种地,
我高兴得骑马儿去玩,
不多种地粮食不得丰收。

没有丰收的粮食喂不了跑马,
没有养着好马便找不到好亲家。
在家的聪明人错别字会传遍世界,
最好的跑马关在圈内远处人也会知道。

---

① 二气人：云南汉语方言，意为"憨傻的人"。——编者注
② 家门：云南汉语方言，意为"自家人"。——编者注
③ 意为"羊子也闯进来玩"。——编者注

豹子虽躲在深山里，
但它好看的花斑为众人所知，
好走的平路越来越远，
好游的江水越流越深了，
一日好玩是结婚当日，
一晚幸福是喝酒的当晚，
一月幸福是做道场的那月，
一年幸福是过年的那日，
一年的幸福是丰收当年，
永远幸福的是山岩它不动，
永远痛苦的是河流，
它日夜不停地流。
没有漂亮的姑娘不会来这么多亲戚，
今晚各处的亲戚来到这儿，
要说的话说不完，
哥哥兄弟热情地招待客人，
跑马好骑个个抢着骑，
亲戚好待个个抢着来探亲，
高高的山被乌云遮住，
原来是亲戚来到家中吸烟的烟雾，
大风会刮起旋风，
原来是亲戚骑的跑马扬起的灰尘，
骑上漂亮的花鞍多幸福，
骑在马上多美好，
你家有九牛九马去谈亲，
我家有九儿九妇女去说亲，
现在我们碰在一起了。

诉苦歌

演述者：力火力梭
翻译者：力火力万
记录者：孙宗舜、段继彩
搜集地点：云南省丽江市宁蒗彝族自治县跑马坪乡

奴隶主双手不劳动，
想吃大米饭，
早晨脚上不沾一点露水，
想吃箩筛粑粑和羊肉。

劳动是我们，
吃是奴隶主，
我们要一点吃的都不给，
给他买又没有钱。
和他抢又抢不过他，

真没有法，
他是人，我也是人，
心却不一样。

他自由，我不自由，
牲畜是一样，走路不一致，
猪走一头，羊走一头。

在奴隶主家做错了事，
我们又不是狗，
也被一样地用链子拴起来。
我们不是马，
白天黑夜关起来，
脚上的木头①，
像骑马一样地骑在我的脚上。

乌格拉马

演述者：阿苏约合
翻译者：马海体合
记录者：王大昆

头发长齐肩，
不是车子有人看，
不是马儿关在圈，
不是狗儿拿链子拴，
不是肥猪圈里关。

好的人儿，
悄悄送饭来，
牲口四只去驮盐。
不知哪个毒人偷走了，
四支枪儿挂，
一支用来打麂子。

吉羊不吃草，
晚上什么也看不见。
亲戚还来看看我，
乌格拉马呀，
好好等待起。

---

① 脚上的木头：指的是古代刑具"枷"，用木头做成，卡在脚杆上。

阿希侬和谢马尼 ①

演述者：勒尔高
记录者：翁大齐
搜集地点：云南省丽江市宁蒗彝族自治县

我这小伙子，
妈妈养我，
三岁到奴隶主家受苦，
十八岁还没看过妈妈一面。
天天想妈见不到，
心头想在山包包上，
人落在山包包底下。

热是太阳，
太阳挂得高，
想是想妈妈，
妈妈在哪方？
吃的是猪食荞壳壳，
狗啃的烂骨头，
树叶做衣裳，
不如狗，不如猪。

活不下去，死也死不了，

妈呵，
你怎不像一只鹰飞来？
让儿子向你倾诉苦情，
全家在一块多好！
奴隶主把我们活拆散，
朋友在一起多快活。

现在分路了，
你进这个奴隶主家，
我抓到那个奴隶主家。
兄弟两个好比针和线，
相连又分离，
针跑到针盒盒去，
线断在衣襟上。

哥哥围到父母身边，
弟弟还在黑彝家（奴隶主家），

---

① 我这小伙子。

四五月间肚子饿的时候，
荞粑粑是妈做的甜。
冬腊月烂襟襟，
妈补的衣服多暖和。
布谷鸟叫就想妈，
妈妈怎不一年见我一次？
妈妈的话是温暖的，
妈妈管我、教我。

风吹是冷的，
黑彝打我，骂我，吊我。
长长的山梁想完了，
想妈还没想完。
羊子站在小树下，
树枝风吹断了，
羊子挨太阳晒，
路边干草活出来了。

毛主席来到，
从前一家人四分五散，

现在一家人团聚了。
爹爹、妈妈看见了，
兄弟回来了。

从前挨水弹子打，
自从毛主席来到，
小凉山四处暖暖和和。
花儿结了荞子，
草也结了谷子，
我们奴隶翻身了，
山猫狸的牙齿打落了，
羊子好过了。

有了共产党，
老鹰不吃鸡了，
鸡不吃虫了，
大鱼不吃小鱼了，
小鱼不吃虾了。

附记：此系唱自身经历，党员，汉家厂副乡长。

阿哥依

演述者：阿察申拉
翻译者：加巴万千
记录者：梁佩珍
搜集地点：云南省丽江市宁蒗彝族自治县

  阿哥依是一个最苦的人，这个故事离现在已经有二百多年了。阿哥依是一个独儿子，被奴隶主底加阿嘎拉去当兵，受尽了痛苦和折磨。

阿哥依唱：
好睡的觉一晚没睡过，
碗大的洋芋长出来，
人人都能吃饱。
底加阿嘎出来后，
独儿子拉起去当兵。
底加阿嘎样样有，
精神也有；
我们样样都没有，
精神也没有。
底加阿嘎走路要骑马，
肚子里面装米饭，
背脊顶子弹。

阿哥依看见老百姓在劳动，
阿哥依唱：

你不要种田了，
种出来底加阿嘎吃，
底加阿嘎糖不吃，
像石头一样地堆起。

大米不吃，
像梁子上的白雪堆起。
底加阿嘎酒不吃，
像水一样地装起。
虽然大米堆成雪山，
糖像石头一样堆，
酒像水样装，
底加阿嘎啊，
你拿这些东西天天给我们吃，
都是枉然了。

明天打仗就要死,
人家的儿子生出来,
白白胖胖很白净,
母亲养大后,
还是底加阿嘎拉起去当兵。
生的好也枉然了,
都是往死的路上走,
打死在路上,
舌头给虫吃掉了,
肉给老鸦吃掉了。

底加阿嘎唱:
我的枪三天不打人,
自己要出去,
脚镣会起锈。
我是自来要抢人,
我的两个妹妹样样有,
做裙子的布最好看,
没有吃的别人给。

阿哥依唱:
布谷鸟来了一次又转回去,
我当兵不得走。
有些来当兵的也回家了,
我主人啊,还不让我走。

晚上太阳落时我心焦,
阿哥依眼泪似水淌。

如果人可以变,
我要变老鹰飞回家,
可是变不成,
我没有生翅膀难得飞。
我要变老鼠,
钻洞回家去,
可是变不成。
变只豺狼钻老林,
跑回家,
可是变不成。

想妈妈一天哭三回,
一天只说三句话,
枉哭了,枉说了。
想爹爹,
跑到梁子上,
梁子翻了(倒了),
回不到爹爹家。
想妈妈,
天天跑上山包包,
妈妈想不完。

阿依哩哩呢

演述者：古火力极
翻译者：古火力万
记录者：孙宗舜
搜集地点：云南省丽江市宁蒗彝族自治县

我是小伙子，
过去来玩，
背上穿着山羊皮，
前面披着毛羊皮，
裤子穿麻布。
早上起来就烧火，
晚上黑彝睡完了，
我要埋起火才睡。

奴隶主管得紧，
我心打抖抖，
奴隶主娘子管得层层紧，
下不得，上不得。
我样样都苦，
不苦的没有了，
肩上扛犁架子，
种燕麦时是牛种，
吃燕麦时是猫吃。

奴隶劳动，
箩筛粑粑黑彝吃。
砍柴是斧头砍，
烤火是锅砖烤，
到了三四月间，
肠子做裤带。

奴隶主家三顿饭，
已是枉自吃。
不在黑彝家，
在父母家，
衣服就穿的好啦。

解放后唱的：
父亲、母亲找到毛主席，
哥哥、兄弟找到人民解放军，
毛主席领导，
日子想怎样过就怎样过。
过去没有人敢上天，

毛主席领导飞机上天啦。
过去想走的地方走不到，
现在有汽车我们走到啦。

毛主席领导，
一天都没有饿过。
天上的星星数得出来，

人民解放军数不清。
草原上的绿草数得出来，
全国人民数不清。
毛主席住在北京，
有三级人民保护我们（解放军、工作队、卫生所）。

阿果依

演述者：阿的儿哄
翻译者：阿鲁腊哈
记录者：翁大齐
搜集地点：云南省丽江市宁蒗彝族自治县

我是好娃娃，
长大了多么好，
现在我怎么办呢？
我已经长大。
地浆阿夏和别人打我，
翻过了崇山峻岭，
山上迎风走，
坝子里也是大风刮。
风和着花椒一路吹来，
打着哪里哪里麻；
风和着辣子吹来，
打着哪里哪里辣；

风和着沙子吹来，
打在哪里哪里疼。

我是好娃娃，
盐巴街子（地名，在四川）翻过去。
盐巴吃不完成碓窝，
衣裳穿不完背着走，
山上大风刮，
坝子里也是大风吹，
汉人不乱彝人乱，
彝人不乱汉人乱（打冤家）。
东边岩子乱，

稻子绿茵茵，
鸦片花开谢，
鸦片吃不完成"密油"，
妇女娃娃衣裳红红绿绿，
永胜砂糖吃不完，
像石头大的堆起。

黑彝闹起来了，
洋枪拿起来；
老百姓反起来了，
火药枪拿起来了；
黑彝姑娘穿着绸缎闹起来了，
百姓姑娘穿着绿衣裳反起来。

挡冰雹

演述者：沙乌花都
翻译者：阿六
记录者：李志云
搜集地点：云南省丽江市宁蒗彝族自治县

真真实实地说一句话，
菩萨来了，冰雹退回去。
我们请来了先生，
先生念咒，冰雹退回去。
先生骑山羊上，冰雹打不着，
骑着山羊从深沟老林过，
挡住冰雹，
把冰雹撵回去。

骑着一只花箐鸡，
去挡冰雹，
想把冰雹挡回去。
骑着蜂子去挡冰雹，

骑着马儿去挡冰雹，
冰雹还是挡不回去。

请来了一个毕摩，
和龙王菩萨去商量，
要求不要再下雪弹子。
东边出乌云，
雪弹子在东边。
西边出白云，
雪弹子在西边。
南边有大雨，
雪弹子夹着来。
北边有大风，

雪弹子跟着来。

把乌云挡回去，

把白云挡回去，

把大风挡回去，

把害庄稼的雪弹子挡回去。

谷谷陆丁（一）

演述者：鲁维信
翻译者：木承荫
搜集者、整理者：李子贤、翁大齐
搜集地点：云南省丽江市宁蒗彝族自治县

谷谷陆丁好吃懒做，

不劳动想吃大米饭，

别人劳动时，他狗样睡起，

别人吃饭时，他狗样跪来。

垫上山羊皮，

天天抽大烟。

草秆做烟针，

麻秆做烟枪，

洋芋做烟斗，

石头抢来当枕头。

谷谷陆丁（二）

演述者：马亚陆达
搜集地点：云南省丽江市宁蒗彝族自治县

谷谷陆丁什么都吃过，

就没吃过一顿菜子饭。

谷谷陆丁什么都背过，

就没背过猪皮子。

谷谷陆丁什么都听过，

就没听过猫放屁。

谷谷陆丁什么都穿过，

就没穿过阉鸡皮的衣服。

谷谷陆丁什么都见过，

就没见过架子猪裹脚。

谷谷陆丁什么都见过，
就没见过羊儿挂串珠。
谷谷陆丁什么都见过，
就没见过石蚌穿裤子。
谷谷陆丁下雨在云彩下面跑，
飓风能在树叶前面跑。

谷谷陆丁见过泥巴开花，
谷谷陆丁见过母鸡戴铃铛，
谷谷陆丁凭一张嘴日子好过，
谷谷陆丁怎么想怎么做。
谷谷陆丁到哪里都好过，
谷谷陆丁有三座山，
一座放羊，一座种荞子，一座放羊的姑娘坐。
谷谷陆丁有三坪子，
一个放猪，一个栽谷子，一个放马。
大米有了，腊肉有了，
荞子好，羊肉好，荞粑粑下羊肉，
猪也好，大米好，猪肉下大米。

阿依罗木

演述者：阿若果果
翻译者：阿两打一
记录者：陶学良
搜集地点：云南省丽江市宁蒗彝族自治县

罗木天天放牛羊，
罗木顿顿吃的洋芋果，
罗木的婆婆家，
七户人打伙一个帽，
九家人共一口锅。

罗木想这个日子不好受，
罗木想逃出苦海，
罗木逃到"撒拉泥坡"街子上，

黑彝遇到五个，
百姓遇到五个。
"他们眼睛不看我，
他们嘴巴不说我。"

罗木被抢走，
走个四十八个街子，
到了一个陌生的地方。

罗木走过了五道门，
门口坐着的是嫂嫂；
罗木走过七道门，
婆婆坐在大门口；
罗木走过九道门，
公公坐在大门口；
罗木看见公公白花花的大胡子，
罗木更伤心。

桌上摆满了酒杯，
桌上摆满了筷子，
蔬菜摆满了四十大碗，
瓜果摆满了四十大盘。
罗木瞅也不瞅，
罗木有嘴也不吃，

罗木有眼也不看，
罗木有手也不拿他家筷子。

罗木想哥哥，
"哥哥啦，赶快来救我"。
罗木想舅舅，
"舅舅啊，赶快来救我"。
"哥哥啊！趁有月色赶快来，
趁守着我的汉人睡大觉，
趁守卫我的兵丁不在大门边，
把罗木救出火坑。"
可怜的罗木啊，
盼不到哥哥的身影，
望不见舅舅的脸面，
罗木只好死在牢底。

乌甲——奴隶

搜集地点：云南省丽江市宁蒗彝族自治县

乌甲被捆来啦，
从有座大桥的"阿甲则果"被捆来了，
在"阿甲则果"看到了"威成桠口"，
在"威成桠口"看到了"诺尔巴热"（盐源县），

站在"诺尔巴热"看得见羊子吃草"约黑波西"，
站在"约黑波西"看得见"万给黑坡"，
站在"万给黑坡"上看得见"甲甲火山"，

在"甲甲火山"上敲上了骑马时
的脚镣。
捆在脚上的铁链像裤子一样，
锁在乌甲脖子上的锁链像箴帽
一样，
乌甲掉在无底的深渊。

短歌三首

搜集地点：云南省丽江市宁蒗彝族自治县

1 厌战歌

早上肚皮吃大米，
下午脊背挨枪子，
弹壳像蚂蚱跳，
子弹像蜂子飞，
枪声响如雷。

早上一个壮实小伙子，
下午老林边边长睡，
老妈走在岩头上，
风吹倒在岩子下。

2 孤儿苦歌

演述者：沙马日喝

春来霜大，
鸡蛋裂炸。
正二月风大，
树枝风吹断，
羊子挨晒。

四五月天干太阳辣，
小河水干鱼不能活。
老鹰叼走了母鸡，
小鸡难长大。

3　唠刀巫决

演述者：假日长生

唠刀巫决我，
找男人找着了阿底戛耳，
阿底戛耳呀，
像树林的"抛菌子"。

阿底戛耳呀，
像个水边的癞蛤蟆。
唠刀巫决我，虽不是美丽姑娘，
找男人找到了阿底戛耳。

弄弄格是①

演述者：阿苦古哈
翻译者：杨廷海、阿苦古哈
记录者：陶学良
搜集地点：云南省丽江市宁蒗彝族自治县

她的妈妈住在白塔屋（地名），
她在林中坐起唱。
弄弄格是有美丽的羽毛，
弄弄格是唱得最悦耳，
只要弄弄格是的歌声一响，
千人伤心万人焦愁。
四月间，百花香，
弄弄格是唱在凉山上，

有翅膀的飞鸟，
坐起唱的只有弄弄格是。

岗上的放牛人，
听见弄弄格是的歌声，
两只眼睛泪汪汪；
沟边的种地人，
听见弄弄格是的歌声，

---

① 弄弄格是是一种青色、尾上有花、似鹦鹉的鸟类。

眼泪簌簌流。
同坝前的姑娘,
听见弄弄格是的歌声,
学着弄弄格是高声唱。
屋前的老妈妈,
听见弄弄格是的声音,
低低和唱眼泪淌。
未穿裤子的小娃娃,
学着弄弄格是笑哈哈。
飞鸟中弄弄格是有最美丽的羽毛,
弄弄格是歌声清脆又嘹亮。

热天来了,
弄弄格是唱歌了。
蕨草丛中的野鸡,
学着弄弄格是唱。
有翅的小鸟,
学着弄弄格是唱。
竹丛深林中的箐鸡,
学着弄弄格是唱。
春天来到凉山,
九十九人声音学着弄弄格是唱,
九十九样小鸟学着弄弄格是鸣,
九十九样生物开始生长啦。

阿歌阿依

演述者：马谋哈
翻译者：滴的力力
记录者：段继彩、孙宗舜
搜集地点：云南省丽江市宁蒗彝族自治县

在以前有一种是黑彝,
一种是百姓,
做活的是穷百姓,
吃箩筛面的是黑彝。
耕燕麦地的是牛,
而喂牛的是燕麦秆,
猫儿没有种地,

而猫儿吃的是白面。
山后面笼罩着大雾,
看不见绿茵茵的。
奴隶主压迫得我没办法,
只有去耍棒棒（做贼）,
奴隶主还奖赏我。

不为水来不为山

演述者：谷天辞
翻译者：谷天辞
搜集者：孙宗舜、段继彩
搜集地点：云南省丽江市宁蒗彝族自治县

不为水来，不为山，
只为土匪把（我）捆到这方来，
要不是土匪，
八人轿子抬不来。
田地盘①不起，
盘火山吃饭；
窝铺搭不起，
石崖下面在。

不来不来叫我来，
十里当作一里来，
在家在家好地方，
叫我捆到这方来，

房无座，地无角，
衣无领，裤无裆。

不来不来叫我来，
十里当作五里来，
想爹想妈想不着，
我一天哭三台②，
想爹想妈枉然事，
自弹琴子自散心。

不来不来叫我来，
九架梁子不算远，
十架梁子去远了。

---

① 盘：云南汉语方言，意为"耕作"。——编者注
② 台：云南汉语方言，量词，意为"次""场""回"。——编者注

阿古格

演述者：沙马达耳、阿必有力
翻译者：尼古瓦沙
记录者：李志云
搜集地点：云南省丽江市宁蒗彝族自治县牦牛坪村

羊被豺狗咬死了，
小牯子牛跌岩子死了，
猪被豹子咬死了，
门槛上有灰扫不干净。
人死亲戚不再亲，
半夜三更蚊子亲，
蚊子的翅膀要伸伸展展。

今年的日子不好过了，
干院坝上的灰灰被水冲走了，
蚊子没有在处了。

房子的下边有个场坝，
场坝地上有麦皮皮，
白鸡是见不得麦皮皮的。
房子上边有个包包，
包包上面有棵大树，
大树的尖尖被风吹断了，
树杈老鹰来做窝。

晌午时候，老鹰来叼场上的白鸡，
鸡被老鹰叼走了，
场上的妇女不喊一声，
她们的良心不好。

白羊离不开青草，
青草坪上有群羊，
晌午时候，豺狗来咬羊。
羊被豺狗咬死了，
放羊的娃娃不喊一声，
他的良心不好。

蜜蜂离不开园根花，
房子下边有三块园根地，
园根正开花。
三百蜜蜂来采花，
三块园今年被霜冻死，
蜜蜂没有采花处。

雀儿离不开树，
今年日子不好，
树被风吹倒，
雀就无归处，
人死了，家门亲戚无来处。

树根下面有蚂蚁来做窝，
今年下雨树根被冲走，
蚂蚁没有窝，
儿女无家住。

可怜不过我们无父母，
晚上霜上头，
一夜睁着眼睛数星星。

腰只有一把粗，
手捂着胸口，
脚在地上跺，
哭得实在地伤心。

路边上的雀窝最可怜，
一天飞三回，
一天打破三回蛋。

姐妹无爹娘多可怜，
一天坐路边，
一天要做三顿饭，
做三顿饭要哭三回。

阿嘎姊姊

演述者：金古石祥
翻译者：阿俄子
记录者：朱玉堃
搜集地点：云南省丽江市宁蒗彝族自治县

爸爸、妈妈对我说，
婆家很聚财，
棉花垫在鸡窝里，
母鸡两只下蛋打不烂。
院坝扫干净，

粮食两堆挑起来。
拴猪索子是丝线，
拴牛牵筋棉线搓。
房上盖的是缎子，
银子做柱子，

金子做针做门，
棉布用来围起墙。
装酒的坛子九大个，
鸡蛋砂糖吃不完，
砂糖像石头样堆起。

我到婆婆家，
啥子东西也不见，
房子还是黄板盖。
墙是竹笆围，
拴猪索子麻索搓，
牛牵筋还是竹子搓。

我家娃子三百个，
领来婆家吃砂糖，
到了啥子有不起。
我家老小三百个，
请来这里吃鸡蛋，
来了啥子也没有。

我带了小伙子三百六十个，
带来这里吃好酒，
来了啥子也没有，
我家的人又白白转回去。

布七乐乐

演述者：加拉娃长
翻译者：马全志
搜集地点：云南省丽江市宁蒗彝族自治县

一个姑娘出世后，
不该订婚就订婚了，
七个月就订婚了，
不该嫁时出嫁了，
七岁就出嫁了，
骑马时够不上马鞍就嫁了，
脚踩不到马镫就嫁了。

美丽的竹子长在深山里，
竹叶被风吹到林外，
泉水出在森林里，淌林外，
美丽的树长岩子上，
树叶落在岩子下，
美丽的姑娘虽在家，
但她的美名十里外的人都知道。

老牛在家里，
牛皮挂在街上卖，
青草在岩上，
老牛在平坝，
母牛想小牛在坝上叫，
骡马想小马在平地上到处跑，
母羊想小羊的叫声像竹叶沙沙作响，
山羊想羊儿在悬崖上跑来跑去，
虫儿想妈妈时身子会发疯抖，
蝴蝶想妈妈时总是闪动翅膀，
在花丛中飞来飞去。

我脱下耳环和裙子挂在屋里，
当妈妈想我时，
一天可以看三次耳环，看三次裙子，
但妈妈不要哭，
养儿是妈妈，
嫁我是父亲，
吃钱是哥哥。

妈妈送女儿到门口，
父亲送到园子外，
哥哥送我到婆婆家，
线和针是分不开的，
如今针回来了，
线留在破布里了。
哥哥和妹妹本是一母生，
为什么妹妹嫁出去了，
而哥哥留在家里呢？

阿七阿来

搜集地点：云南省丽江市宁蒗彝族自治县

姑娘不会永远在父母身边，
总有一天要出嫁的。
乌鸦不会永远在窝里，
总有一天飞进森林。
野猪不会永远躲在老林里，
它要出来找食物。

姑娘嫁到婆婆家就像小鸡、小羊，
到了生疏的地方，
整天叫着呼唤着自己的伙伴。
姑娘到了婆婆家整日思念父母，
猪马到了新的地方也要哼叫嘶鸣，
出嫁的姑娘没有不思念父母的。

路是可以走完的，
思念父母的深情永远不会完。
想念父母是见不到了，

想念亲友只是三天，
想念伙伴只有三年，
想念父母是一生一世。

阿戛鸡唧

演述者：滴底阿直吕奇
搜集地点：云南省丽江市宁蒗彝族自治县

两个姑娘在火塘边对唱山歌，
院坝里刚收打完了的荞子，
院坝地上只剩下两颗荞子，
两条白狗在院坝中间，
门前的池塘好像一片平平的镜子，
一对对的鱼儿在嬉戏。

百花丛中对对的蜂儿在采花，
菜丛中一对对野鸡在咕咕地叫，
竹林里的寒鸡在放声地歌唱，
门前的大树上一对对的鸟儿在高唱，
山上的野狼出来了。

在这样的时候，
阿戛鸡唧的丈夫来了，
他骑着一匹马过来了，
阿戛鸡唧希望给他

一不小心跌进那咆哮的河谷里，
跌死了，
河水把他冲跑了，
阿戛鸡唧看见了，
一个不如意的丈夫被河水淹死了，
阿戛鸡唧高兴了。

阿戛鸡唧的丈夫来了，
他骑着一匹马从山岩上来了，
他脸像马脸一样的长，
他沿着山岩的路走过来了，
阿戛鸡唧希望，
岩上吹起旋风，
把他吹掉下去跌进万丈深的山岩下，
阿戛鸡唧看见了，
一个不如意的丈夫死了，
阿戛鸡唧高兴了。

阿戛鸡唧的丈夫来了，
他骑着一匹马，
从草乌地里过来了，
阿戛鸡唧看见她的丈夫被草乌毒死了，
阿戛鸡唧高兴了，
一个不如意的丈夫被草乌毒死了。

阿戛鸡唧的丈夫来了，
他骑着一匹马从附近的村子里过来了，
阿戛鸡唧看见那村子里的人把他杀了，
阿戛鸡唧高兴了，
一个不如意的丈夫被别人杀死了。

头发像马尾一样长的丈夫来了，
他骑着一匹马走到那森林，
阿戛鸡唧看见了，
她见她的丈夫吊脖子死了，
阿戛鸡唧高兴了。

阿戛鸡唧出嫁了，
她被丈夫接走了，
阿戛鸡唧的丈夫家有势有钱财，

棉线搓成牛牵筋来用，
阿戛鸡唧并不喜欢。
用丝线搓成索子来拴猪，
阿戛鸡唧并不高兴。
绸子当作顶棚，
她并不稀罕，
棉布多得像篾折笆①一样，
她不看一看，
棉布用来做鸡窝，
她也不看一眼。

她丈夫家房子用银子做柱子，
用金子做屋檐，
有九格房子，
九道门槛，
阿戛鸡唧并不稀罕。
她只爱自己家里的篾折笆房，
她只爱吃家里的苦荞粑粑。

阿戛鸡唧出嫁了，
阿戛鸡唧不喜欢丈夫家。
没有出嫁的时候，
大凉山的金鼓阿鲁来与她谈情，
她不喜欢，
小凉山的加拉傻梯和她说爱她不

---

① 篾折笆：又称篾笆，是云南和四川地区的民间篾编工艺，通常用竹篾片来编制篱笆或者挡墙。——编者注

喜欢。
阿戛鸡唧呵,
永远希望在父母的身边。
阿戛鸡唧的家里有三条裙子,
三条裙子拿出来,
一条给妹妹阿妞穿,
两条自己穿。
三块顶头布,
一块给妹妹阿妞,
两块自己顶。
三床雨披毡,
一床给哥哥巫奇,
一床给妈妈,
一床自己披。

我阿戛鸡唧呵,
将要死去,
我要死在别人看不见的深山林,
我爱到无边无际的平坝里去死,
我要到那可以摘下星星的高山上去死。
我希望,雷呀,
打下来吧,
我希望打下那响亮的三个炸雷,
第一个打死我,
第二个打死我那头发比马尾长的丈夫,
第三个打死我的公公。

阿侬嘎嘎

1

演述者:马谟哈
翻译者:滴的力力
记录者:段继彩、孙宗舜
搜集地点:云南省丽江市宁蒗彝族自治县

妈妈结婚的时候,
身上没有裙子,
头上没有帕子,
手上没有戒指,

脖子上没有银环。
妈妈嫁的时候，
没有吃的，什么都没有。

嘎嘎不去，
最后还是强迫嫁出了。
嘎嘎嫁去时，
她勤苦，能干，

婆婆家有了穿的。
脖子上戴上了银环，
手上戴上了玉镯、戒指，
头上有了帕子，
外面是缎子，
大大的裙子扫起了路边的灰，
嘎嘎嫁去时，
婆婆家有了酒吃肉吃。

2

演述者：梨底阿友
翻译者：起锦武
记录者：李子贤
搜集地点：云南省丽江市宁蒗彝族自治县

阿依嘎嘎住在什么地方？
阿依嘎嘎住在楚突山坡上。
阿依嘎嘎从什么地方走来？
阿依嘎嘎从楚突的坡上走来。

在楚突山坡上没有看不到的地方，
阿依嘎嘎看到了霍勒山坡，
霍勒山坡上有三窝按鸡树①，
按鸡树的果子变成了头等的串珠。

从霍勒坡上看到罗罗岩上有悬岩，
罗罗岩上有架桥，
站在桥上看到了诺儿坡，
诺儿坡上长了三丛最好的竹子。
砍取三根竹子做成三支笛子，
三支笛子送给三位老人，
老人死后又给了他们的十个子女。

清早孤儿放羊两边走，

---

① 按鸡树：一种野生植物，果实像珠子。

笛声随人两边分，
山坡上干活的青年听到笛声也流泪。
青年人给了他们两副口弦，
傍晚归来的孤儿弹起了口弦，
坐在房里的人听到也流泪。

站在野外吹笛子，
想起了父母的一句话：
"笛子要世代相传，交给子孙。"
坐在家中弹口弦，
又想起了父母的一句话：
"口弦要世代相传，交给子孙。"

吹起笛子想父亲，
弹起口弦想母亲。
穿着父亲给的披毡想父亲，
穿着母亲给的裙子想母亲。

阿依嘎嘎不愿来啊，
父母硬逼着来，
见到了那讨厌的丈夫，
头发长得可以装七个篮子。

阿依嘎嘎不愿这门亲啊，
父母硬逼着成婚。
希望丈夫全家都死去，

假若听到丈夫出门做生意，
叫汉人一枪打死的消息就好了；
假若听到公公在悬岩被风吹下去
跌死的消息就好了；
假若听到婆婆到草乌地里吃草乌
死去的消息就好了；
假若听到小姑到树林去上吊的消
息就好了。

阿依嘎嘎呵，
不来不来也不行，
双披毡披烂了，父母也不会知道；
裙子穿破了，父母也不会知道；
脚指甲磨光了九个，父母也不会
知道；
手指甲掉了九个，父母也不会知道；
头发脱落了，只剩九根，父母也
不会知道。

阿依嘎嘎呵，
不来不来也不行，
父亲开口把姑娘骂，
母亲的眼睛狠狠地瞪姑娘，
哥哥骂得更厉害，
弟弟、妹妹来相劝，
公婆家来人抢着走。

下大雪呵，也得来，
河上结冰，也得走，
爬过了高山三座、矮山三座。
越过了高山顶上的白雪，
走过了河里的冻冰，
实在冷啊，
有谁送来双脚套？

妹妹十个人啊，
出嫁各走十条路，
没有想家的机会了。
姑娘们啊，
别到弹羊毛织披毡的地方去，

到了那里又会想起了父亲；
姑娘们呵，
别到织毛布的地方去，
到了那里又会想起了母亲。

在父母面前，
裙子像扫帚一样也觉得不好看；
在父母面前，
套得包得像树荫一样也觉得不好看；
在父母亲面前，
衣裳袖口的花边也觉得不好看；
……

附记：据搜集者估计此调未完，而段中尚有失落。歌谣中有关父母死去的部分，并未指父母死去，而是指姑娘嫁到婆家后想念父母。

3

演述者：阿必有力
翻译者：尼古瓦沙
记录者：李志云
搜集地点：云南省丽江市宁蒗彝族自治县

阿依戛戛呀，
每天上山放羊又砍竹子。
砍来竹子三节做箫吹，

吹倒吹得好，
没有爹爹心里焦；
砍来三节做口弦，

弹是弹得好，
没有爹爹心里焦。

我嫁个男人是憨包，
这又怎么过活呢？
不去吗？哥哥又骂我，
阿依戛去是要去了，
留下妈妈好孤单。

只有柱子四棵做妈伴，
没有使嘴的，
只有火钳一把，
晚上只有我穿过的羊皮褂和妈妈
一块睡。

阿依戛戛，
去到了婆婆家，
心中时时想着妈，
阿依戛戛呀，
再想也没有用了。

我在家时，门前坝子庄稼长得绿
茵茵，
我走以后，坝子里只有黄沙；
我在家时，房后包包我常去，
我走以后，只有羊到山上去。

我唱着歌儿从森林过，
森林里的雀子也伤心；
我唱着歌儿从竹林里过，
竹林里的野鸡也悲歌；
我唱着歌儿从蕨棵①里过，
蕨棵里的寒鸡也泣哭。

越走越是大高山，
石头老林挡住路，
我走过大沟还在想妈妈，
但又有什么用呢？
我就这样滚岩子死去吧！

---

① 棵：云南汉语方言，指"丛"。蕨棵意思是长满蕨类植物的草丛。——编者注

五嘎拉妈

演述者：王千节含
翻译者：金岩路金
记录者：李深行
时间：1963 年
搜集地点：云南省丽江市宁蒗彝族自治县

距现在大约有三十多年国民党统治的时候，天天派款、派烟，派着五嘎拉妈家，他家很穷，交不出烟款，没有办法，就被抓去关在监牢里，后来换了官，他的姐姐妹妹去送盘缠，不准进衙门，有一个窗子，东西就只能从这里送进去，人也见不到，这时五嘎拉妈想不起来要说什么唱什么，姐姐妹妹走了，他才想起来要唱要说，他就喊姐姐妹妹站住听他唱。

你们把我的歌带回凉山去，
当作故事讲给后代听：
可怜的五嘎拉妈，
没有预料到这样一场灾祸，
可怜的五嘎拉妈，
既不是公狗，铁链手拴在脖颈上；
又不是东西，却被装进缩紧口的布袋内；
又不是跑马，白日昼夜都关在圈里。

可怜的五嘎拉妈，
既不是一群黑羊，

为什么整天派人守？
可怜的五嘎拉妈，
又不是东西，
为什么整天锁在柜子里？
可怜的五嘎拉妈，
既不是牛，
为什么整天关在九道栏杆的圈内？
可怜的五嘎拉妈，
既不是猫，
为什么整天拴在脖子上，
整天睡成一堆？

如果早知要关起，
以前在父母跟前，
一天唱三回也不苦，
马放的时候，
一天喝三回，

天天年年关，
贼不是，小偷也不做，
为何天天被关起来？
木屑脚镣当坐骑了，
请姐姐妹妹祖祖辈辈记在心。

阿嘎吉吉

搜集地点：云南省丽江市宁蒗彝族自治县

两个姑娘对面坐着唱歌，
唱的是荞子丰收，
唱的是鱼儿在游戏，
唱的是小鸡在啄食，
唱的是蜜蜂在采蜜，
唱的是鸟儿在歌唱，
唱的是野狼在追绵羊，
唱的是姑娘嫁了不如意的丈夫。

姑娘被逼出嫁了，
嫁的丈夫好吃懒做，
脸儿像驴脸样长，
不劳动想吃大米饭，

不砍柴想烧大火向。

姑娘愿这不如意的丈夫被大河水冲走，
姑娘愿这不如意的丈夫被旋风吹到山岩下，
姑娘愿这不如意的丈夫被草乌毒死，
姑娘愿这不如意的丈夫被人打死。
姑娘不贪图丈夫家的权势，更不稀罕丈夫家的瓦房，
姑娘心里怀念着远方的情人，
姑娘心里回忆着过去的欢乐与今天的忧伤。

册格

演述者：阿苏木把
翻译者：阿六
记录者：李志云
搜集地点：云南省丽江市宁蒗彝族自治县

1 撵鬼

人在未生前先就注定哪天死，
也注定了怎样的死，
病死、跌死、饿死……
他的生死权掌握在天上阎王的手里，
到他的死期。
阎王从天上放下三根大链子，
从房顶拖到屋里，
第一根要把死的人的魂拴上去，
第二根拴着房后的大石头，
石头死也死不得，拉也拉不上去，
第三根拴着没有魂的人，
人也就死了。

人死了，鬼还在家里，
请个毕摩来撵鬼，
把鬼撵到北边盐塘去。①
不出盐巴人无吃的，
把鬼撵到同姓家门去。
家门家死人无商量帮助的，
把鬼撵到亲戚家去，
亲戚家死人也无开亲的。

把鬼撵到雾子里，
雾子里鬼带上天，
害不着地上的人。

---

① 宁蒗县旁边的四川盐源县产盐。

2 开路

把死人烧了送出大门去，
第一天歇盐塘，
第二天歇盐井，
第三天到了阿娥角果（平坝），
第四天到了阿娥角果始（豹洞），
第五天到了只有酸梅子的地方，
第六天来到一个石洞边。

石洞过去是好地，
石洞就是鬼门关，
活人不能去，

来到石洞边把死人的骨灰丢过去。

你的爹爹在这里，
你的妈妈在这里，
你的公公在这里，
你的奶奶在这里，
你的家门亲戚在这里。
你找着他们了，
穿过石洞就到你家，
我们回去了，
你好好在这里。

阿果彝（打冤家调）

演述者：几木到哈
记录者：李子贤
搜集地点：云南省丽江市宁蒗彝族自治县

为什么，
你和他打冤家，
要叫妇女成寡妇，
孩子成孤儿？
为什么，
你们作冤孽，

叫人死得堆成山？
为什么，
子弹像蜜蜂朝王一般飞，
遍地都是人躺着？

活起来也好，

就是活不起，
儿啊，你哪里去了？
就是被贼捆去啊，
也有回头时，
人死了啊，永远回不了头。
独儿子死了啊，
叫爹妈想得夜晚变作白天，
就是拿一堆金子、银子来，
也买不了你回来。
丈夫啊，你哪里去了？
说是撵山迷了路。
也总能回来。

婆娘哭成泪人儿，

娃娃哭着叫爹妈，
汉子全都死绝了，
只剩孤母子。
马家的拉王麻来戛，
余家势力倒向余家，
挑拨离间相残杀，
人死一扒啦[①]。
牲口死得一扒啦，
哭也没法了，
气也没法了，
只有死去了，
吃的没有了，
睡的没有了，
只能唱唱了。

附记：余家、马家是大奴隶主，文中言拉王麻来戛可能是奴隶主养的爪牙，两家经常发生械斗。

---

① 一扒啦：云南汉语方言，意为"一连串"。——编者注

包底里

演述者：阿鲁
记录者：李宗纾
搜集地点：云南省丽江市宁蒗彝族自治县永宁坪乡西番坪村

包底里，
天亮了，公鸡叫了，
所有睡起的人们都起来了。
天黑了，狗咬了，
人人都想听我唱了，
我也想唱了。
想唱就唱，
我唱歌像风一样，
风无论白天黑夜都在吹。
我想唱好像过河，
白天黑夜都要过河，
我想唱白天晚上都在唱，
我不唱看见别人唱我就跟着别人唱。
我唱的意思，
像鸟儿叫的意思一样，
狗有伴时汪汪地狂吠，
若有人想唱就跟着我一起唱吧。
我的声音像雀儿的声音，
我的手脚像猴子样的灵活，
我的身子像老鹰抓鸡样的灵巧，

我见着别人嫁姑娘时就想唱调子。
见到可怜的姑娘我就想唱，
姑娘呀养到七天就嫁给别人，
嫁了的姑娘养到七个月就吃订酒。

姑娘呀，七年就嫁了，
姑娘的脚踩不到马镫子，
手牵不到马缰。
嫁我的是爹爹，
使钱的是母亲，
送我的是哥哥。

出嫁的那天在房间里坐不住，
妈妈牵了我出来，
姑娘出嫁了，不嫁不行了。
嫁我的时候，
妈妈送我到门外，
爹爹送我三天的路，
哥哥送我九天的路。

婆婆家上头有雾罩着，
这不是雾，是送我的人吃烟的雾。
婆婆家门前吹起了旋风，
这不是旋风，是送我的人骑的跑马扬起的灰尘。
我在这方听到婆婆家很好，
但实际上没有什么。
我在这方听到婆婆家有四十八座酒房，
但现在四斤八两酒也没有。
送我来的哥哥没喝到一口酒，
就空空地走了。
我远远地听到婆家的砂糖像盐臼样大，
但跟我来的孩子们却没吃到砂糖，空着回去了。
我远远地听到婆婆家有四十八箩鸡蛋，
四十八箩不吃，四十八个都白费，
我娘家的人空着回去了。
我从远方听到婆婆家有九箩骨头，
我领来了三百只狗，狗没啃到，
狗空空地回去了。
我从远方听到婆婆撒了三块园根地，
园根开花了，我领了三百蜜蜂来采花，
但三百蜜蜂空着飞回去了。
我远远听到婆婆家有三块果松树，
我领来三百只鹦鹉来吃松子，
但鹦鹉空着飞回去了。
我远远听到婆婆家有三个海子，
我带来三百鱼儿来游水，
但鱼儿空着回去了。

送亲的人走了，
但我却留在婆婆家了，
姑娘回不去了，
娘家吃了钱了。

我的血当作酒喝了，
我的肉换成猪肉吃了，
我的骨头换成银子了。
姑娘像线一样留在破布里了，
哥哥像针一样地走了。
我和哥哥正像雨和雾，
哥哥好比雾回到天上了，
妹妹好像雨落在地上了。
我和哥哥像风和树，
哥哥是风，妹是树，
哥哥像风一样地走了，
妹妹像树样永远留在这里。
我和哥哥像河里的水和石，
哥哥像水一样地流过去了，

妹妹像石头留在河岸上。

姑娘出嫁了,家里只剩可怜的
妈妈,
我在家的时候和妈妈睡在一起,
现在只剩下一张羊皮和妈妈做
伴了;
我在家的时候爹爹妈妈只是用嘴,
现在爹爹妈妈只能用一把火钳了;
我在家的时候和妈妈做伴,
现在只剩镯子和妈妈做伴;
我在家走过的地方,
现在变成老鼠过的地方;
房檐下我路过的地方,
现在变成豺狼出没的地方。

我和哥哥本是爹妈所生,
但儿子留在家里,姑娘嫁给人家了,
姑娘十七岁就成了别家的人了,
姑娘过去像树枝,七年以后变成
老林了。
我走了妈妈成了可怜的人了,
我想念妈妈来回转,
转来转去还是转在森林里,
想念妈妈转来转去见不到,
只看到可怜的石头。

姑娘嫁了,
哥哥总要娶媳妇的,
娶来的媳妇总不像姑娘那样好。
身材一样,但做活不一样,
做活一样,当家不像我,
孝顺父母像我但抬饭给父母不
像我,
抬饭给父母像我,
但缝衣服给父母穿不像我。

姐妹在父母跟前分,
心是在肚里分,
树林分叉是干枯的时候,
粮食分粒是在土里的时候,
人分家只有父母在世时才能重逢,
父母死后,不能相逢了。
万条小河汇成大江,
父母在世儿女团聚一堂,
有树的地方鸟儿才会会聚一堂,
森林在那里,猴子、老熊会聚在
那里。
希望我家姑娘出嫁后,
婆婆家成为最好的一家人,
希望春天种了庄稼,
秋天粮食堆满仓。

牵着九头老牛驮了九驮金银,

到了各种各样的地方，
到了地下老鼠洞里，
岩子上只有老鹰，
水上只有鱼娶不到媳妇。
驮了九驮金银到天上，
天上没有人娶不到媳妇。
到老林中，老林中没人，
讨不到媳妇，只有猴子。
驮了九驮银子，吆起九条老牛到雪山上，
雪山没人。

我家讨媳妇到四川，
四川只有汉族。
我家讨不到媳妇，
彝汉是不开亲的。
我家吆起九条老牛，
西头有藏族和彝人是不开亲的，
我家还是讨不到媳妇。
我家讨媳妇到北头，
北头有西番，
西番和彝人不开亲，
我家讨不到媳妇。
到南头，南头有藏族，
藏人和彝人不开亲，

我家媳妇讨不到，
到处找不到媳妇，
鞋子跑烂了，马走乏了，
老牛累死了，
到处找不到，只有回家来。

听到你家有姑娘，
你家姑娘生得多好，
我家没有钱，
我家有金子但没有牲口驮，
我家老牛吆死了。
没钱来到你家很抱歉，
我家一定慢慢找①钱将来补还，
你家姑娘好，
莫嫌我家贫，
莫看我家穿得坏但柜里有绸缎，
我家包包无多钱，
但洞里有金银。
我家虽然吃得坏，
但仓库里有粮食。
虽然我家走路拄拐杖，
但圈里有跑马。
我家吃的是干饭，
但圈里有肥猪。
我家穿羊皮褂，

---

① 找：云南汉语方言，意为"赚"，特指赚钱。——编者注

屋里有双披毡。
莫看我家走路光脚板，
屋里有鞋子。
我家出门没有酒，
屋里开酒坊。
莫看我家出门戴帽子，
屋里有包头。
莫看我家穿羊毛布裤，
屋里有好裤。

你家姑娘给我家，
望见你家姑娘长得好，
但不知是否会干活计。
远看是好树，
近看是空心，
你家姑娘虽然长得好，
但洗脸不会洗脖子，
洗手不会洗臂肘。

你家姑娘虽然好，
不会梳头发，头上生虱子。
你家姑娘看上脚好看，
但不会穿草鞋。
你家姑娘虽然好，
但不会戴镯头和戒指。
你家姑娘到我家，
莫怕姑娘饿肚子，

我家有九仓粮。
你家送亲人莫怕没酒喝，
我家有四十八座酒坊。
老人送亲莫怕没肉吃，
我家有九篮鸡蛋，
鸡蛋倒出来会压死你家的老人。
孩子送亲莫怕没糖吃，
我家有像盐臼样大的砂糖，
糖化了能粘住送亲的娃娃。
送亲的狗莫怕没骨头啃，
我家骨头倒出来怕压死你家的狗。
你家送亲的蜂莫怕没花采，
我家园根花大得像木枸，
只怕你家的蜂进去出不来。
莫怕你家送来的鹦鹉没松子吃，
我家的松林有几大片，
怕只怕你家鹦鹉走不出来。
你家送亲的鱼莫怕没水游，
我家有九个大海子，
怕只怕来的鱼儿进去淹死掉。

我家什么都有，
所准备的东西，
送亲的人吃不完，
也背不完，
再接九十九个媳妇也用不完。
我家出了钱，接回了媳妇，

但接回的媳妇不如意，
好姑娘出来了，
出来好姑娘也没办法。
这一代我家接了你家的坏姑娘，
下一代我把好姑娘嫁到你家。
怕只怕你家给不起彩礼钱，
只好把好姑娘嫁到有钱的人家。
我家给你家的彩礼三代用不完，
给你家的衣服三代穿不完，
给你家的酒三代喝不完，
以后我家姑娘嫁给你家。

你家钻到老鼠洞里也找不到这么多钱，
钻到天上也找不到这么多彩礼，
你家像风一样吹遍各地，
也找不到这么多彩礼。
我家给掉彩礼后还有钱，
给掉你家老牛，后面还有牛杀吃，
给掉你金子后还有金厂，
给掉你银子后还有银厂，
给你酒背起走，后面还有酒坊，
给了你砂糖，后面还有蔗田，
给掉你鸡蛋，后面还有老母鸡，
给掉你腊肉，后面还有肥猪，
给掉你布匹，后面还有棉花地。

我家出钱得了人，
我家还有钱。
你家得钱没了人，
我家得人担子重。
你家减轻负担了，
你家嫁了姑娘感到空虚，
饭都无心吃。

我家讨媳妇吃糠甜如蜜，
嫁姑娘的爹妈睡也睡不好，
我家讨媳妇睡得很香甜。
我家的草生在岩子上，
麂子、老熊吃不着。
我家的老马驮不起东西也打不得。
我家有条阿底的老黑牛，
犁不起地也打不得，
吃得完九筒盐巴，喝得干九海子的水。
我家的狗是克莫阿格，
早晨不会叫，下午一开口就咬死麂子、马鹿。

我家的人坐在戛鲁包古，
长在戛鲁亚脱地方，
这里的人不说一句坏话。
我家的人像鹦鹉样会叫，
会说各民族的话，

我家的人说话像地麻雀一样。
我家的人随到哪里都有亲戚和家门，
天上星星多，地上我家兄弟多，
我家像风一样会吹，
像雨一样会下，
像天气样会晴。

我家走的大路路上碰不到石头，
我家随走到哪里不会落雨，
我家过河时从下面过上面不会出水，
从上面过下面不会滴水。
我家出来的人能像耗子样钻洞，
从磨下钻过也磨不着。
我家毛驴耳朵里藏着五袋谷子，
我家一根秧可收九碗谷子，
我家一头水牛拉得起三百担谷子，
你家姑娘嫁给我家是幸福，
望姑娘的爹爹妈妈不要惦念。

包底

演述者：野火尾堵
搜集地点：云南省丽江市宁蒗彝族自治县

春天到了，
草地绿茵茵的了，
天上的云雀在叫，
羊群在山上到处跑。

包底的心啊，
是那样的高兴，
今晚的月亮特别圆，
今天的日子特别好。

姐姐阿妞回来了，
她从很远的地方回来，
参加弟弟包底的婚礼。
她背了三缸酒回家，
给弟弟祝福。

阿妞姐姐拿出了酒，
请客人们吃，
给包底的妻子吃，
她的心情是那样的高兴，

因为今天是弟弟的婚礼，
她从很远的地方回来，
迎接那远方的喜神。

姐姐阿妞回来了，
她的每句话都为包底和他的妻子祝福，
愿他们白头偕老，
举行这庄严的婚礼，
让这对新婚的夫妇，
发下庄重的誓言。
所有来自各方的亲友客人，
也高高地举起酒杯，
向这对新婚夫妇祝福，
他们说：
彝族人民喝酒，
最喜欢吵嘴和打架，
今晚的日子虽然喝了很多的酒，
都围在这熊熊的火塘边，
唱着那动听的歌。

好的酒是出在永胜，
好的木材是在深山林，
好的衣服是穿在外面，
好的话是在内心里，
今晚我们要唱出内心的话，
为这对新婚的夫妇祝福。

麂子是山上跑得最快的了，
麂子逃不出猎人的枪；
八哥鸟是树林中最会唱的了，
但唱不出春天。
漆黑的夜晚，
总是乌云游着，
星星总在天空闪烁，
总是不亮，
最明的夜晚，
是十五的月亮，
死亡的黑夜，
总是不愿轻轻地离去，
而是震撼山谷的雄鸡把它赶走了。

巴地

演述者：阿俄子
翻译者：阿俄子
记录者：朱玉堃
搜集地点：云南省丽江市宁蒗彝族自治县

大人不要看不起娃娃，
娃娃长大大事也会做；
娃娃也不要抬高大人，
大人也会像秋草一天天老死掉。

不要只看得起大瓦房，
也不要看不起猪厩，
瓦房猪厩同是木头做。

不要只看得起土司，
也不要看不起百姓奴隶，
土司百姓娃子同是父母生。

都惹

演述者：日火阿妞、日火按不
翻译者：木国泰
记录者：陈列、杞家望
搜集地点：云南省丽江市宁蒗彝族自治县大二地村

客人唱（新娘家）：
姑娘从内房中出来，
有三百六十件贵重东西都要跟姑娘出来，
但是我们把它锁在房里不让它出来；
走到灶前有三百六十把火钳要跟姑娘出来，
但是我们把它放在火塘边不让它出来；
走到堂屋有三百六十只小猪、小鸡想跟着出来，
但是我们把它们撵回去了。

走了，走了，
走到马厩前，
两匹好骑马要跟我们来，
我们把它们关起来了。

走啊，走啊，
走到牛厩前，
三百六十条花牛要跟我们走，
我们把它们关起来了。

走啦，走啦，
走过三个大偏坡，
遇着三个滚下的大石头，
裙子打烂了三条褶，
我们差不多不想来了。

走啊，走啊，
走过三条大山梁，
遇到三阵大冰雹，
双披毡打烂了三条，
我们差不多不想来了。

走啊，走啊，
走到三个大垭口，
遇着三阵大旋风，
包头扯烂了三条，
我们差不多不想来了。

翻过三座大雪山，
山上盖满了冰雪，
我们穿着破雪鞋终于走过来了。

走啊，走啊，
走过三块大坝子，
天气太热，坝子里衣食病很多，
我们带着亲人终于平安地走过来了。

走啊，走啊，
走过三块丘陵地，
丘陵地有三百六十只云雀，
一见我们就飞跑了。

走啊，走啊，
走过三座大山岩，
三百六十只猴子来看新媳妇。

走啊，走啊，
走到你家房旁边。
在那里住下，
没拆你家的一根栗花柴。

走啊，走啊，
走到你家房前边，
吃酒吃饭没打烂你家一个杯子。

听说你家很富裕,
走到你家才知道你家是穷人家。
听说你家房梁用绸盖,
来到你家看见是用竹篱笆。
听说你家是用白布围房子,
来到你家看见是用竹篱笆。
听说你家是用棉花垫鸡窝,
来到你家看见是用草。
听说你家用线搓犁绳,
来到你家看见是竹子扭。
听说你家是用丝线来拴猪,
来到你家看见用的是麻线。

听说你家骨头就像石样多,
我们特地带来了三百六十条猎狗来啃骨头,
来到你家无骨头,猎狗只得空跑回去了。
听说你家酒像海水一样多,
我们特地带了三百六十个年轻人来喝酒,
来到你家无酒,他们只得空跑回去了。
听说你家有簸箕大的红糖,
我们特地带了三百六十个小孩来吃糖,
来到你家无糖,他们只得空跑回去了。
听说你家鸡蛋像盐窝①样大,
我们特地请了三百六十个老人来吃鸡蛋,
来到你家无蛋,他们只得空跑回去了。

主人唱:

我们的话只说到这里,
今天是接媳妇的好日子,
万里无云好晴天。
即使天上有云也不会下雨,
即使下雨也不会滴在人身上,
即使滴在人身上也不会冷。

今天是接媳妇的好日子,
路上无石好走路,
即使有石头也不会硌脚,
即使硌脚也不会疼。
姑娘从内房出来时,
三百六十样贵重物品跟她来了,
走到灶房有三百六十把火钳跟着她来了,

---

① 盐窝即为盐白。——编者注

走到堂屋有三百六十只小猪、小鸡跟着她来了，
马厩里的两匹好骑马跟着她来了，
牛厩里的三百六十条花牛也跟着她来了，
羊厩里的三百六十只羊也跟着她来了。

去接你们的人走到三块丘陵地，
请我们的三百六十只云雀朋友接你们去了，
不知云雀接到了你们没有。
去接你们的人走过三个大岩子，
请我们的三百六十只猴子接你们去了，
不知猴子接到了你们没有。
去接你们的人走到了三条大河，
请我们的三百六十只水獭朋友接你们去了，
不知水獭接到了你们没有。
去接你们的人走啊走啊，走到了三座大老林，
请我们的一对大熊朋友接你们去了，
不知大熊接到了你们没有。
去接你们的人走啊走啊，走到竹林里，
请我们的一对雉鸡朋友接你们去了，
不知雉鸡接到了你们没有。
去接你们的人走啊走啊，走到栗树林，
请我们的一对野鸡朋友接你们去了，
不知野鸡接到了你们没有。
去接的人走到你家房屋周围，
请了两个小姑娘去接你们，
不知道小姑娘接到了你们没有。

你们来到了我们的房周围，
没烧我们的一根栗花柴。
你们来到我家，没有打烂一个杯子。
我家房梁用绸盖是真的，
我家房屋周围用布围也是真的，
只因正月风大都被风吹烂了。
我们家有盐臼大的鸡蛋也是确实的，
只因到了冬月被冰冻破了。
我家酒像海水样多也是确实的，
只因冬月天气冷，酒都煮坏了。
我家有三块蔓菁地是真的，
只因冬月下霜冻死了。

我家有簸箕大红糖也是确实的，
只因夏天太热把红糖晒化了。
我家犁绳用线搓也是确实的，
只因地里树根多，犁地时候都被扯断了。
我家丝线拴猪也确实，
但是都被猪拉断了。
我家里鸡窝是用棉花垫，
只因棉花粘在鸡爪上都被带走了。

你家带了三百六十个青年人来喝酒，
只因酒坏了使他们空跑回去了。
你家带了三百六十个老年人来吃鸡蛋，
只因鸡蛋坏了让他们空跑回去了。
你家带了三百六十个小孩来吃糖，
只因糖晒化了让他们空跑回去了。
你家带了三百六十只蜜蜂来都没有采着蜜就空跑回去了，
你们什么都没吃没喝也不能带回去什么东西。

但是没有东西背，
也望你们凸着背，
像背着东西样回去。
没有吃到东西，
也望你们鼓着嘴，
像吃着东西样回去。

现在我们一样东西也没有招待你们的，
很想炼出挂在柱子上的骨头里的脂来给你们吃，
如果锅里有块肉的话很想很想拿来给你们吃，
现在你们没吃什么东西就回去了。
但是日子还在后边，
我们以后要在后边三个山坡上把羊养肥宰给你们吃，
我们以后要在坡上种出荞子做粑粑给你们吃，
在下边坝子里把猪养肥宰给你们吃，
在下边坝子里种出谷子做饭给你们吃，
在中间三个偏坡上种燕麦做炒面给你们吃，
我们以后种荞煮酒给你们喝。

人有三种，
豺狼虎有三种，
蚂蚁也有三种。
竹子有三节，里面就有三个尖，

哪个人心好跟他说话的人就多,
哪里草多羊群就往哪里走,
毕摩毕得好请他的人就多,
哪个人好他的朋友也就多,
如果奴隶主好他的奴隶就多,
男人好想嫁他的人就多。

弟兄和睦分离以后,
一个就想念另一个。
山中有一个水井的话,
野鸭都会飞到井中来喝水。
不是亲戚不会来,
成了亲戚给个地方都会来。
山上的马鹿都会去大地方,
地上富裕的大富家,

接亲时候猪、牛、羊都要杀给客人吃,
接亲时候有什么粮食都给客人吃。

如果是亲家的话所有宝贵的东西都要互相赠送,
如果是冤家的话要不惜一切地打,
如果山上的草坝不大的话牛羊不好站,
如果房前房后窄的话猪就不好站,
如果打起冤家的话亲戚不好见面,
屋里窄的话小鸡不好站,
如果地窄的话牛就不好犁,
如果老林小的话豺狼虎豹不好站。

阿侬莫嘎

演述者：马谟哈
翻译者：滴的力力
记录者：段继彩、孙宗舜
搜集地点：云南省丽江市宁蒗彝族自治县

九、十月间,
大雁已经飞回去了,
头一个往那儿飞,
十个、八个跟着那儿飞。

到了热天来,
我们喂的羊子,
要找阴凉地,
一个从那儿走,

十个、八个跟着那儿走。

天上的大老鹰，
它到处飞得到，
飞的地方广，
它吃的东西就多。
山上的山猫儿，
在树林里到处钻，
它到处都跑得到，
吃的东西就多。
山上有麂子，
撵山狗撵麂子，
撵山狗很凶。

凉山上有好的骑马，
坪子里有好的跑道，
雨水天河水才会涨，
石头大树冲来了，
没有河水，
石头、木头、大树冲不来。
到了春天，
树叶绿了，
没有春天，
树叶不会绿，
今晚不办酒席，
姑娘就不来了。

姆嘎纽纽

搜集地点：云南省丽江市宁蒗彝族自治县

如果没有九块大坝子，就不会有十群羊来这里吃牧草；
如果没有九块大地，就不会有十条牛来这里犁地；
如果没有婚礼，就不会有这多人来这里集中；
如果不打仗，就不会有十个小伙子集合在一起；

如果不吹大风，树叶不会集在一起；
如果不是大洪水，山上木渣不会汇合在一起；
如果没有事情，就不会有十个聪明人集合在一起；
如果女儿不嫁给他家，就不会有十个漂亮的人集合在一起；
如果没有播下一颗种子，就不会

收得十颗粮食；
如果没唱出一个好调，就不会唱
出十个好调子来；
如果没有一只好狗的话，就不会
有十只狗跟上；
如果没有十个小伙子在一起打架，
别的人也不会来。

在涉水时不觉得深，
往回一看就觉得深了；
在一条好走的路上走不觉得长，
往回一看就觉得长了。
如无大河，鱼就不好游；
如无大山坡，羊就不好站。
坝子越大，云雀就越好唱歌；
山林越大，野兽越好躲藏。

娶媳妇的歌

演述者：吉姆别哈
记录者：李子贤
搜集地点：云南省丽江市宁蒗彝族自治县

姑娘家送亲的人唱：
媳妇已经接回来了，
送来的羊子、猪、鸡啊，
赶快拿回娘家去；
送来的全部嫁妆啊，
赶快拿回娘家去。
姑娘已成人家的，
这些东西不拿回去啊，
娘的家里会受穷。

姑爷家的人唱：
你家屋里的羊、马、猪、鸡，

还有满箱满柜的金银，
都跟着你到这里来。

姑娘家的人唱：
我家的牛、羊、猪、鸡，
都好好关在厩里了，
金银都锁在箱子里，
钥匙不给你家。

姑娘家的人唱：
你们大家都听起，
我给大家讲件事，

你们家里不发达，
妹子来了就发财，
人口就兴旺，
你们不要闹，
闹了听不明，
你们家娶个媳妇不容易，

像我嫁一个姑娘不容易。

今天大家都在齐，
是个好日子，
在婆家怎么做好怎样做，
人畜兴旺两发展。

日午牛牛（婚歌）

演述者：吉姆别哈
记录者：翁大齐
搜集地点：云南省丽江市宁蒗彝族自治县

接媳妇时唱：
舅舅、金子、银子来我家了，
粮食来我家了，
羊子来我家了，
牲口来我家了，
什么都来我家了。

姑娘父母唱：
什么也不给你家，
粮食不给你家，
羊子不给你家，
牲口不给你家，
给了你家我家穷了。

　　媳妇接到男人家，女方老表从门口把新娘背进屋中站着。男方家早准备了六个"水沙"（即木钵），三个装水放在火塘前，三个装酒放在男方主人座席前，姑娘陪送的三人进屋端起三个装水的"木沙"，用麦秆将水往外泼，男方三人起立，用麦秆将酒往外泼，双方唱：

婆家：
你家有酒有肉有猪跟着来了吧，

媳妇嫁我家来了，
你家金子、银子跟着来了吧。

姑娘家陪嫁的唱：
牛、马、金、银不能来，
金子、银子装得紧，
牛马关在厩里不能来。

姑娘的哥哥唱：
你们家里不昌盛，
我妹来了就发财，
我妹来了人口就兴旺，

你们不要吵不要闹，
吵闹听不明。
你家接个媳妇不容易，
娘家嫁个姑娘也不易，
今天是好日子，
他两个八字合。
今天大家都在齐（对妹），
在婆家怎么说就怎么做，
人畜兴旺两发展。

开亲

演述者：阿必有力
翻译者：尼古瓦沙
记录者：李志云
搜集地点：云南省丽江市宁蒗彝族自治县

天和地开亲，
云彩做媒人，
雨水来做线。
两座大山来开亲，
风来做媒人，
风吹叶子来做线。
石头和泥巴开亲，
耗子做媒人，
沙子来做线。
两块地开亲，

犁头做媒人，
种子来做线。

小孩你不要看他小，
大人你不要看他好，
小孩会长大，
大人会长老。

你不要看不起穷人，
专看得起有钱的，

穷人也会富，
富人也会穷。

你不要看不起白彝，
专嫁给黑彝，
黑彝有鼻子、耳朵，
白彝和黑彝就是一样的。

你不要只羡慕衙门里的人，
看不起种庄稼的，
衙门里的和种庄稼的都是一样的，
都是一样的聪明。

你不要专门看得起聪明的，
看不起哑巴和包子①，
这一辈人他家是哑巴和包子，
二辈人他家会说话且聪明，
有钱的不长久，
穷人也会慢慢富起来。

穷人羊皮褂、烂衣裳都穿过，
草草、树叶、树根都吃过，
他们知道甜和苦，
他们会掌管家，
你嫁给他现在虽然苦，
将来会幸福，
待人你要一样待，
不要分出穷富、大小和贵贱。

撵鬼

演述者、翻译者：八嘎忍
记录者：王大昆
搜集地点：云南省丽江市宁蒗彝族自治县

列木斯忍菩萨快来到，
我东起鸡等你，
牛肉哪有鸡肉好。
天亮不是公鸡叫，
是白公鸡敬菩萨；
中午不是小牛叫，
是大公牛来敬菩萨；
黄昏时白色毛羊来敬你，

---

① 包子：云南汉语方言，指傻子。——编者注

陪你撵走病人的鬼。

鬼变尘土，
菩萨变风吹；
鬼变毛羊，
菩萨变老虎；
鬼变细鸡，
菩萨变岩鹰；
鬼变一条牛，
菩萨变豺狗；
鬼变山中树疙瘩，
菩萨变水冲走它；
鬼变成羊毛，
菩萨变刀来剪它；
鬼变成一锭银，
菩萨变成炼银炉；
鬼变一个木，
菩萨变成斧。

喊魂

搜集地点：云南省丽江市宁蒗彝族自治县

土地埋起挖出来，
鬼带砖块拉回来，
大老林中找回来，
水里走了快用网提起来，
鬼拴起，快把绳子砍断领回来，
做活的地方，
沟水处的地方，
树洞里在喊回来，
东南西北喊起来，
彝家、汉家喊回来，
不喊回来是不行，
天上的牢有九条狗，
九道门控起的地方喊回来，
汉人家的燕窝里喊回来，

撒尼人短歌一组

消除灾难——撒尼人祝福调之一

演述者：金国库
翻译者：金云译
记录者：马维翔
时间：1963 年 9 月 19 日
搜集地点：云南省昆明市石林彝族自治县圭山镇海宜村

消除炸雷灾难，
消除冰雹灾难，
消除狂风灾难，
消除霍乱痢疾。

消除牛死马遭瘟，
消除天花麻症，

消除家破人亡，
消除罪恶祸根。

消除悲伤和忧愁，
消除病痛和眼泪，
不吉利的全部消除，
换来欢乐和幸福。

幸福降到撒宜村寨——撒尼人祝福调之二

演述者：金国库
翻译者：金云
记录者：马维翔
时间：1963 年 9 月 18 日
搜集地点：云南省昆明市石林彝族自治县圭山镇海宜村

幸福降临撒宜村寨，
幸福来到撒宜人家，
快乐的村寨，
幸福的村寨。

人兽又年丰，
父子得长寿，
爷孙都年轻，
六畜得兴盛。

二古南刀——撒尼人祝福调之三

演述者：金国库
翻译者：金云
记录者：马维翔
时间：1963 年 9 月 15 日
搜集地点：云南省昆明市石林彝族自治县圭山镇海宜村

黄牛遍九山，
绵羊遍七山，
黑羊满九林，
水牛站七坡，
红马八山洼，
黑牛九架山。

水尽山不穷，
母子添虱子，
幸福降到撒尼村寨，
吉祥落到撒尼人家。

将来那一天，

所有海宜地方，
犁头犁哪里？
耙凿耙哪里？
种子撒哪里？
秧苗插哪里？
种棵顶着天，
枝杈遮满地。

叶茂像黑云，
花开绵羊大，
禾子结得像扭紧的绳。
熟了黄爽爽，

不熟黄生生。

荞打一千袋，
谷子一百袋，
小米草籽无其数，
只有麦子不好种。

将来那一天，
客人来了有吃常①，
客人来了有喝常②，
塘中水汪汪，
粮仓满当当。

打猎记

演述者：金国库
翻译者：金云
记录者：马维翔
搜集地点：云南省昆明市石林彝族自治县

果诗三父子③，
召集猎人和猎马，

准备猎枪和子弹，
买来一对打猎狗，

---

① ② 吃常、喝常：云南汉语方言，"常"通常又写作"场"，用于动词后缀表示这个动作有价值、吸引人，所组成的短语为名词性。吃常，指特别好吃的东西；喝常，指特别好喝的东西。——编者注
③ 果诗三父子：萨尼古老的打猎人。

找好白网和支竿①,
打猎用着的,
样样备妥当。

果诗三父子,
白网背上背,
支竿拿在手,
猎枪扛肩上,
猎狗嗅着走,
邀约猎伴去打猎,
猎伴跟着走。

铁打马咬口,
铜打马鞍镫,
骑马飞一般,
一路扬灰尘。

穿过乌加坝,
来到昆明城,
城边黑森林,
虎豹把人等。

果诗三父子,
先把白网铺,
后把支竿插,
再把网来挂。

猎伙团团围,
果诗父亲山头望,
黑黑森林中,
野兽不好藏。

猎狗骂声声,
猎友闹嚷嚷,
一对黄麂子,
就在眼前奔。

跑过八架山,
只从一山过,
山口支网处,
麂子进网箩。

守网白头翁,
眼快手也灵,
几棒打下去,
麂子忙抽筋。

猎肉猎伴分,
猎血喂猎狗,
猎狗乐陶陶,
猎伴哈哈笑。

---

① 白网和支竿：打猎用具。

囡不愿出嫁（库吼调）

撒尼文言翻译者：金国库
汉语翻译者：金云
记录者：马维翔
时间：1963 年 9 月 18 日
搜集地点：云南省昆明市石林彝族自治县圭山镇海宜村

妈的女儿啊！
吃不下阿爸给我的饭，
喝不下阿妈给我的水，
麦子黄了灰绿棵①，
囡的心够烦如火。

天热狗伸出舌头，
我要逃走了！
山腰上有棵栗树，
世上有没有好心人？
世上是不会有好心人的。

妈妈伤心的囡啊！
就像穷蜜蜂，
蜜蜂伤心时找花朵，
蜜蜂有伤心的伴了，
小囡没有伤心的伴。

什么做伤心的石头的伴？
苂苂草做石头的伴，
石头有伤心的伴了，
小囡没有伤心的伴。

什么做伤心的悬岩的伴？
黄落树做悬岩的伴，
悬岩有伴了，
小囡没有伤心的伴。

什么做伤心的山林的伴？
知了做山林的伴，
画眉是山林的姑娘，
杂雀是山林的花。

画眉上树枝，
上了一枝以后，

---

① 灰绿棵：指秆还灰绿。——编者注

"嘎咯轨"地唱，
一唱"嘎咯轨"，
过去了一天，
过不了一辈子。

阿妈伤心的囡啊！
春天要来了，
春天来到了嘛，
布谷站在石头顶，
百鸟齐歌唱。

春草都发芽，
春草绿茵茵，

万物长出土，
要换一个季节了。

妈的女儿啊！
马尾拖刺条，
刺条拖掉了，
囡不伤心啦！
做活计的季节到了。

犁地闹嚷嚷，
囡有做活的伴了，
囡有走路的伴了，
囡不伤心啦！

离别（撒尼溯源诗片段）

撒尼文言翻译者：金国库
汉语翻译者：金云
记录者：马维翔
时间：1963年9月17日
搜集地点：云南省昆明市石林彝族自治县圭山镇海宜村

离你的天，离你的地，
离你的日，离你的月，
离你的星，离你的云，
离你的家，离你的屋，
离你的村，离你的寨，
离你的姓，离你的族，

离你的儿，离你的孙，
离你的妈，离你的爹，
离你的兄，离你的妹，
离你的田，离你的地，
什么都离开了，
再也不能相见。

哭丧调（撒尼毕摩经片段）

撒尼文言翻译者：金国库
汉语翻译者：金云
记录者：马维翔
时间：1963年9月18日
搜集地点：云南省昆明市石林彝族自治县

你死莫变牛，
你死变了牛，
三天不离档；
你死莫变马，
你死变了马，
三天不离鞍。

你死莫变蜂，
你死变了蜂，
天亮在山头，
天黑在山箐；
你死莫变□，
你死变了□，
三天手不闲。

你死变只猫，
猫和官吃饭，
官是要猫的；
你死变苍蝇，
站在官碗上，
百味你先尝。

你死变布谷鸟，
布谷春季鸟，
唱在高山顶，
唱在高树上，
爹妈听得见，
兄妹听得见，
子孙听得见。

牧羊小黄

演述者：毕姜清
翻译者：张仁保
记录者：吕晴
时间：1969 年 11 月
搜集地点：云南省昆明市宜良县彝族撒尼人地区

娘生我十岁，
父生我十三岁，
用银子买羊，
用金来放羊。
爹的独儿子，
去年放羊九十只，
今年放羊一百双。
爹的独儿子，
早饭早早吃。
蓑衣背上披，
帽子头上戴，
羊鞭手上拿，
羊赶上大路。

一天林中放，
爹的独儿子，
羊放在山腰，
自己站在山顶上。
山顶苦一天，

云赶着太阳，
赶到西山落。

一天要晚了，
赶羊群回家，
爹的独儿子，
秋季要来了，
羊儿出门放，
要找好地方放，
铜锅脊上背。
大羊走在前，
小羊走在后，
大山走完啦，
小山认不完。

大路走完了，
小路认不完。
大寨走完了，
小寨认不完。

大城走完了，

小城认不完。
大地走完了，
小地认不完。
大林走完了，
小林认不完。

爹的独儿子，
七年不归家，
七年不见娘，
想的是阿娘。
七年不见爷，
想的是阿爷。
林园放完了，
三月回家乡，
回到家里时，
在家的羊认我，
父亲不认我。
在家的小花狗，
花狗会认我，
爹爹不认我。
不认真不认，
小黄跑到林里。

妈和儿两个，
把林当屋住，
林果当饭吃，
箐沟①当水喝，
树叶当被盖，
住在深林里，
三年后父叫回家。

小黄不回来，
小黄父亲说：
"我叫你回家，
是给你饭吃。
金饭银饭都舍得，
你为什么不回家？"
小黄说一句：
"金饭不如我的果蜜，
银饭不及箐水香。"
离家林里住，
离家三年的小黄，
住下甜蜜地，
传下后世代。

---

① 箐沟：此处指原本不能饮用的山沟里的水。——编者注

撒尼哭嫁歌（一）

演唱者：毕绍尧
翻译者、记录者：金云（宜良县文化馆）
时间：1962 年 7 月 11 日
搜集地点：云南省昆明市石林彝族自治县太亚地区

阿妈生下囡，
小囡长到十五岁，
阿爸不嫁囡，
阿妈不嫁囡，
哥哥不嫁囡。
我的娘家啊，
粮食淌下楼，
没有我的份；
堂屋正中间，
金银碗盅多，
椅子凳子摆的是，
没有我的份；
门板金子做，
门头吊金花，
没有囡的份；
牛羊千百头，

数都数不清，
没有囡的份。

在我的娘家里，
我有妈的年岁了，
我有嫂嫂大了，
小囡长到二十岁，
自己的家自己找。
不知嫁给花子，
还是嫁给官家。
不知嫁给撒尼，
还是嫁给汉人。
陆良长嘴酒罐子，
酒罐是用作嫁我的，
回家找到了。

撒尼哭嫁歌（二）

演唱者：毕绍尧
翻译者、记录者：金云
时间：1963 年 7 月 13 日
搜集地点：云南省昆明市石林彝族自治县左溪村

我们家乡的地方，
过去的时候，
人家说着很好听，
我要唱又唱不好。

两棵果松下，
住着些家和沙家，
些家有个儿子，
沙家有个姑娘。
媒人问阿郎呀，
来给搭桥梁，
去说些好话：
些家和沙家，
应该做一家。
要起身心难过，
阿爸不嫁囡，
在山林里商量；
哥哥不嫁囡，
不管如何商量；

妈要硬逼着嫁，
酒一定要吃。
天晚露水出，
鸡叫寒霜降，
姑娘该嫁时，
还是应该嫁。
沙家院落里，
吃过喜酒了，
不嫁也得嫁了。
阿爸哭得惨，
坐在床头起；
哥哥哭得惨，
坐在床尾上；
小囡哭声凄，
站在门边上。
充饥粮晒四方，
阿爸不得吃一嘴，
一辈子丢下穷阿爸；
绫罗绸缎的衣，

哥哥不得穿，
一辈子丢下穷哥哥。
冬天和春天，
一季伤心一次。
打荞风不来，
风来分糠和籽，
伤心地丢下穷爸爸，
一辈子惦念着穷阿爸。
阿爸呀！不仅你嫁囡，
别人也是这样做。
酸菜拌小鱼，
不必太辛酸，
一年三次嘛，
你自己来看吧。
银子做门柱，
金子做门头，
门槛钢来做，
没有囡的家。
四圈关满牛，
没有囡的份；
四院装满粮，
没有囡的粮；
四方四条路，
没有囡走的路。
养育神和仙，
会下雨的龙，
没有我的份，

这样说起来，
小囡不应伤心。

一天过两山，
到了两山后，
到了阿那地方，
阿那有一分地，
是十个官家二十个头人的。
给官家去吃，
给头人去啃，
男人有几千，
女人有几百，
有一分穷地，
穷郎耕这块地，
囡要找到他。
到了黄叶塘子边，
眼泪流不干，
小囡的伤心就在这里，
一天飞两山，
下晚就回家，
回到新郎家。

和人家成亲这天，
不知凿水处，
不知找柴山，
不知找菜处，
囡老实伤心哟，

眼泪流不干。
嫁人到了三天：
一天到山头，
山头没牛叫；
一天到山脚，

山脚没牛叫。
不怕大山林，
不怕老虎咬，
我心里就是想回去，
心早飞回家。

附记：云南大学路南①圭山区撒尼人文学调查者马维翔1963年10月11日抄录于金云处。

结婚调

演述者：张志立
翻译者：张仁保
记录者：吕晴
时间：1963年10月
搜集地点：云南省昆明市石林彝族自治县跃宝山撒尼人地区

远古那时候，
天还没有建成，
天空什么来建？
天空蜘蛛结网来补，
天空也坚固。
地什么来建？
地是米浆来建成，
地球就永远存在。
生在天上地下，

富贵那两家，
男女相互爱，
媒人金大娘，
生得一张金嘴玉舌头，
就给成了一对鸳鸯配。
结婚大会上，
新娘、新郎在唱一个生产歌。

新郎：

---

① 路南：石林县旧称。——编者注

生产要造犁，
制犁要选料，
犁木怎样选？
犁材怎样选？
太平泽无浪，
国泰而民安，
曲阜县泰山，
泰山山顶上，
不栽别人栽，
栽一棵山松树。
树大枝也大，
树枝伸天空，
树叶系住云，
树本真够大，
树身也够长，
制犁的材料。

新娘：
树头鸟落过，
树腰蜂子盘，
树根被虫蛀，
我看不够好，
望郎重新选。

新郎：
昂首大公鸡，
公鸡叫天亮，

罗平鸡竹山，
竹山山顶上，
不栽有人栽，
栽得一棵松树。
树大枝也大，
树枝伸天宫，
树叶系住云，
树子也够大，
树身也够长，
制犁好材料。

新娘：
树梢鸟来落，
树干蜂做窠，
树根虫蛀过，
犁材不能用，
郎家反复选。

新郎：
圭山山顶上，
不栽有人栽，
栽得一棵白栗树。
长着长着大，
树枝伸天空，
树叶系住云，
粗处真够大，
长得也够长，

这是制犁好材料。

新娘：
栽着白栗树，
鸟儿落来过，
再说栗树身，
蜂窝有几处，
低头看树脚，
虫眼成千百，
打犁要选好材料，
这棵选不着。

新郎：
鸡蛋煮汤香，
白菜煮汤甜，
宜良汤池山，
汤池山顶上，
不栽有人栽，
树枝冲天空，
树叶系住云，
粗处也够大，
长得也够长。

新娘：
树头落过鸟，
树腰蜜蜂住，
树脚虫眼多，

犁材不能随便选，
郎家要注意选。

新郎：
日出东升天下亮，
日落西方地上黑，
云南的玉龙山，
玉龙山顶上，
不栽有人栽，
栽得一棵红栗树。
枝儿伸天空，
树叶蝴蝶飞，
树梢浸鸟窠，
树干无蜂眼，
树脚虫不蛀，
制犁好材料。

新娘：
犁材是这样选，
树头做犁辕，
树腰做犁柱，
树脚做犁底，
树根做犁尾，
犁材一套全，
档手也在内，
档子做四眼，
犁身做八眼，

制犁十二眼，
制犁已成套，
再备犁铧来犁地。

新郎：
钢铸的犁铧，
铁铸的犁把。

新娘：
要制牛丫巴。

新郎：
山上长藤子，
采藤制丫巴，
丫巴已备齐。

新娘：
丫巴已备全，
还要置耕牛。

新郎：
说到耕牛时，
藤子细细牵耕牛，
藤子粗粗牵斛牛。

新娘：
一只手抓把银，

一只手抓把金，
抓金银给你，
买耕牛也好，
买斛牛也好，
种庄稼需要的牛多。

新郎：
竹园十里山，
竹盛叶遮住天，
请得技师来，
织粪箕百双，
耕田也可用，
耕地也可用。

新娘：
耕田要种子，
种子种类多，
如何找种子？

新郎：
种子有人收，
金柜装稻谷，
银柜装玉米，
铜柜装麦子，
木柜装小米。
种子有人收，
左手握锁头，

右手握钥匙，
打开金锁后，
种子流出来。
种子有人收，
白绸色稻谷，
红绸色玉米，
种子这样得来。

新娘：
种子齐备好，
田地在哪里？

新郎：
大田十二丘，
大地十二块，
块块要种下，
块块要种好。

新娘：
择日又按时，
种田要看时节，
种地要按节令，
这样的生产，
收成才不减，
一天不出芽，
两天不出芽，
七天十三天，

芽儿仍未出。

新郎：
打春春风出，
春风吹过后，
天上青龙下，
龙嘴叫一声，
龙身抖一次，
山顶下大雨，
山脚下大雨。
春雨唰唰下，
四面八方满，
大田十二丘，
大地十二块，
全都下透了。
雨后看出芽，
十三天一看，
异种各一形，
稻芽燕子尾，
玉米扁叶草，
麦芽羊角形，
荞芽蝴蝶飞，
小米耗子眼。

种子出芽了，
一天长两寸，
三天五尺长，

长得很旺盛。
十三天来看，
块块长成林，
穗头马尾长，
玉米像狗尾巴，
荞熟如黑石子，
我的粮食熟透了。

秋收开始了，
十二个仓里，
打完了粮食，
晒完了粮食，
装满了粮食，
大仓装得满，
大库满又装。
郎家呀郎家，
丰收靠祖神，
前辈人说过，
祖神是父亲，
庄稼收完庆丰收，
敬献了祖神，
丰收年年末，
子孙不受饿。

先辈人说过，
祖神高高坐，
六畜都兴旺，

生产辛勤盘，
子孙不受饿。
先辈人说过，
高屋大房内，
祖神高高坐，
子孙多又多，
郎家呀郎家，
祖先献礼怎样陈？

新娘：

米酒十二杯，
鲜肉十二碟，
香米十二盆，
三十大样东西，
还要忠心献岳家。
良心献父母，
信心献朋友，
勤心献五谷，
四勤不可少，
献祖先降幸福，
献天神降雨露，
献地长庄稼，
三献年年有，
子孙万代传，
三岁的小耕牛，
后脚跟着前脚走，
踩的脚印却不同。

附记：本诗是结婚会上的唱词，新娘、新郎对唱。先由新娘唱，问新郎制犁要选什么样的木开始，直到选种子，选地方种为止。形式是一问一答。

撒尼毕摩经（成亲片段）

撒尼文言翻译者：金国库
汉语翻译者：金云
记录者：马维翔
时间：1963年11月4日
搜集地点：云南省昆明市石林彝族自治县圭山镇海宜村

朵敖若之啊，
这是好住的地方，
你就住在这里；
这是好结亲的地方，
你在这里结亲成家。

过去古老的时候，
天还没有生以前，
只有这一家人；
地还没有铺好以前，
他家就铺好了；
太阳还没有燃烧以前，
他家就会烧火了；
月亮还不亮以前，
他家就有光明；
星星不闪耀以前，
他家就放出光芒；

没有生云彩以前，
他家就有了；
没有山以前，
就有他家了；
别人还没有看到一切以前，
他家最先看到一切；
别人还不会种，
他家种了荞子；
别人不接近万物以前，
他家接近了万物。

地非犁不可了，
他家去犁着好的地。
吉祥的地方放祖宗牌位，
幸福的地方爹妈在一起玩。
很会的人是这一家，
很兴旺的是这一家，

是养着好牛的一家，
是人口发达的一家，
是好像金子的一家。

喘着气好好地过了一代人，
不仅要过这一代人，
而是过了九代人。①

过去那时候，
担心天会垮，
用铁柱子来撑天，
天没有垮的门了；
担心地会灭，
铜索来捆起，
地没有打开毁灭的门；
担心王宫会垮台，
封起王子来，
王宫不会垮台；
担心蜜枝林②会毁，
供起蜜枝神，
蜜枝林不会毁；
担心村寨会毁灭，
养起击锣传令人，

村寨从此不毁灭；
阿爹阿妈双全在，
家庭不会毁灭了；
担心火塘会熄灭，
敬敬火塘的神仙，
火塘不会熄灭了。

十二岩子上，
担心神祖牌会毁掉，
竹草放在祖宗牌下。
祖宗没有穿的，
绫罗做祖宗的衣裳；
祖宗没有系的带子，
蚕丝做祖宗的带子；
祖宗没有头发，
绵羊毛做祖宗的头发；
没有遮祖宗的，
用青稞枝来遮祖宗；
没有垫祖宗的，
用松毛③来垫祖宗；
祖宗没有住房，
就住在岩子里，

---

① 原文如此。——编者注
② 祭祀"密枝"神树林，是滇中南地区彝族撒尼、阿细、阿哲等支系的民俗。"密枝"又写作"蜜枝"。——编者注
③ 松毛：指云南松或思茅松的长松针，这种松针在云南彝族、白族、汉族等许多民族文化中是神圣的年节和祭祀用品，或是堂屋铺地的材料。——编者注

岩子不会被风刮，
岩子不会被雨淋。

祖宗牌位放得高，
后代子孙不怕人；
祖宗牌位放得好，
后代子孙满堂；
祖宗牌位放在高床，
后代子孙不挨冻；
祖宗牌位饱不放，①
后代子孙不挨饿；
祖宗牌位放一处，
后代子孙兴旺在十处。
用十处兴旺的名堂，
和十处兴旺的人睡。

给祖宗一头黑猪，
一年给一头（指这年杀的猪）。
该祭给祖宗的全祭给，
祖宗不好得毁掉。
在喜欢的金子的家，
担心神鬼会毁灭，
竹草放在神下边。
鬼神没有穿的，
绫罗做鬼神的衣服；

鬼神没有系的带子，
蚕丝做祖宗的带子；
鬼神没有头发，
绵羊毛做鬼神的头发；
没有遮鬼神的，
用青稞枝来遮鬼神；
没有垫鬼神的，
用松毛来垫鬼神；
鬼神没有住房，
就住在岩子里，
岩子不会被风刮，
岩子不会被雨淋。

鬼神放得高，
后代子孙不怕人；
鬼神放得好，
后代子孙满堂；
鬼神在高床，
后代子孙不挨冻；
鬼神吃得饱，
后代子孙不挨饿；
鬼神在一起，
后代子孙兴旺睡在十处。
用十处兴旺的名堂，
和十处兴旺的人睡。

---

① 此处意为"给祖先供奉食物"。——编者注

给祖宗一头黑猪，
一年给一头（指这年杀的猪）。
该祭给鬼神的全祭给，
鬼神不好得毁掉。
在喜欢的金子的家，
担心鬼神会毁灭。

在喜欢的金子的家，
在房子的四周，
过了一天生日。
有名的昆明城，
昆明有金菩萨，
宜良有银菩萨，
路南有铜菩萨。

俄洛山上杀黄牛做生日，
用花母鸡来过生日，
杀黑猪来过生日，
过生日用三样菜。
没有垫着过生日的草，
黄草垫着过生日，
青稞枝来遮着过生日，
白面面揉饭过生日，
吃白盐巴过生日。
所有的舅子都请，

所有的姑爷都请，
所有的哥哥都请，
所有的弟弟都请。

东方见舅子，
舅子已请了，
舅子已到了；
西方见姑爷，
姑爷已请了，
姑爷已到了；
北方是亲戚，
亲戚已请了，
亲戚已到了；
南方见朋友，
朋友已请了，
朋友已到了。

所有的郎舅啊，
所有的亲戚啊，
所有的同姓啊，
个个都来到。
酒罐堆成山，
酒管①猪牙岔，
银罐高高举，
金杯手中拿，

---

① 酒管：吸酒用具。

甜酒喝得美，
白面吃得香，
像兄弟做伴的样子，
儿女唤猪的声音，
都听得出是幸福的。

养着好牛的这一家，
人口兴旺地过一代。
朵敖若之啊，
阿爹身上生下儿，
生下的儿他养大，
养大的儿娶了妻，
讨来的媳妇挨男人；
阿妈身上生下囡，
生下的囡长得漂亮，
漂亮的姑娘嫁了人。

吃喜酒在姑爷家，
舅子住在东方，
像太阳样牢固；
姑爷住在西方，
像月亮发亮。
过去那时候，
幸福那一代，
姑娘唤猪声，
听得出欢乐。

朵敖若之啊，
他盖给大房子，
撒尼人家八方都吉祥，
撒尼人家八方都幸福。
一夜苦到亮，
人家去做活，
自己也去做活。

撒尼情歌五首

1　借春

讲唱者：黄玉
搜集者：张忠伟、胡开田
时间：1963 年 9 月 25 日
搜集地点：云南省昆明市石林彝族自治县圭山镇海宜村

山两架不容易碰头，
两条河水容易碰在一起。
很难得相会在一起，
我们会在一起会面。
快快说啊！快快唱啊！
天上出了金黄色的云，
月亮在云边打转转，
转出了这个青春的时代。

阿妹变成什么东西？
阿妹变成了黄花。
阿哥变成什么？
阿哥变成了春天的蜂子。
黄花在什么地方开，
蜂子就到什么地方采。
不到那个时候，
我们不能再相会。

2　怀念

讲唱者：黄玉
搜集者：张忠伟、胡开田
时间：1963 年 9 月 25 日
搜集地点：云南省昆明市石林彝族自治县圭山镇海宜村

不是金黄色的天上云，
不会变乌云，

不是乌云不会变成雨点。
山坡落雨点，

斜坡流雨水。
雨水落湿了阿哥头，
不知阿妹被雨淋。
今天晌午的时候，
太阳是当头照，
晒在阿哥头上，
不知阿妹晒到没有。

七月间有阵北风吹，
八月间要下心霜，
十月下白霜，
昨晚半夜时，
北风倒过来，
吹到了阿哥身上，
不知给吹到阿妹身上。

3 甜蜜的地方（片段）

演述者：黄玉峰
搜集者：张忠伟、胡开田
时间：1963年9月25日
搜集地点：云南省昆明市石林彝族自治县圭山镇海宜村

在甜蜜的地方，
在十二树林子里，
麂子或者麂子玩；
十二塘子里，
野鸭或者鹭鸶玩；
十二寨子里，
老爹领着孙子玩；
十二平原地，
人和牛在一起，
在犁头到过的地方，
耙齿耙过的地方。

棵苗长得像金竹一样，
树枝长得像金竹枝一样岔开，
叶子长得像乌云一样，
花开得像白绵羊一样，
结出颗粒像扭紧的绳子一样，
庄稼熟得一片金黄色，
口弦不离嘴，笛子不离手。

4　等阿哥

演唱者：黄玉
翻译者：金云
记录者：马维翔
时间：1963 年 11 月 23 日
搜集地点：云南省昆明市石林彝族自治县长湖镇维则村

山头开云花，
云的影子遮山头，
以为是阿哥的影子，
不是阿哥的影子哟！

山箐知了叫，
知了叫声声，

以为是阿哥的声音，
不是阿哥的声音哟！

抬头宝山岩，
岩边花草开，
只见蝴蝶落花上，
心想的阿哥不见来。

5　春天

演唱者：黄玉中（四十岁）
翻译者：金云
记录者：马维翔
时间：1963 年 11 月 23 日
搜集地点：云南省昆明市石林彝族自治县长湖镇维则村

春天来了！
百花齐放，
春天来了！
春鸟歌唱。

春的蓝天，
春的太阳，
从早笑到晚，
大地暖洋洋。

春天里的晴空，
飘着白云像花朵一样，
洁白的春天的云，
是春天里的花。

春天的草引来羊群，
春天的花引来蝴蝶，
花就是撒尼姑娘，
蝴蝶便是小伙子。

附记：这五首歌谣是1949年之前广为流传的。

撒尼民歌二首

演唱者：李士德
翻译者：张仁保
记录者：吕晴
搜集地点：云南省昆明市宜良县

1

收割忙，远近黄，
遍地稻子黄又黄，
社员排成一行行，

手拿镰刀收割忙，
打谷机声嗡嗡叫，
打下谷子装满仓。

2

收割忙，远近黄，
社员排成一行行，
手拿镰刀收割忙，

打谷机声嗡嗡叫，
遍地稻子黄又黄，
打下的谷子堆满仓。

诗卡都勒马——叙事诗"阿基左即"之一

彝文文言翻译者：金国库
协助翻译者：金云
记录者：马维翔
时间：1963 年 9 月 16 日
搜集地点：云南省昆明市石林彝族自治县圭山镇海宜村
文本性质：老彝文书面文本

资竹之姑娘，
嫁给人家后，
阿爸拿饭给她吃，
她不想饭吃，
喂饭她不吃，
不听爹妈的话。

找柴找三背，
有一背朽柴，
朽柴烧完了，
闲话听不完。

找菜找三箩，
有一箩黄菜，
黄菜吃完了，
闲话听不完。

舀水舀三坛，
有一坛浑水，
浑水喝完了，
闲话听不完。

眼泪洒在黄锁梅①上，
我的脚断送了我的手，
我的脚带着身子走，
哭着哭着走。

不到的地方到了，
到了野外和山箐，
不遇的东西遇到了，
遇到一棵大树。
绕了树三转，
心想死了算，

---

① 黄锁梅：蔷薇科悬钩子属植物，云南常见的野生浆果。——编者注

还是死不了。

不到的地方到了，
到了山头和山腰，
绕了山三转，
心想死了算，
还是没死成。

不到的地方到了，
到了山野和山箐，
不遇的东西遇到了，
遇着一个大水塘，
绕了塘三转，
心想死了算，
还是没死成。

望着望着走，
不到的地方到了，
到了一个山洞边，
转了山洞有三转，
小囡该死了吧？
小囡没死成。

不到的地方到了，
到了云头大悬岩，
衣裳脱在岩头起，
耳环脱在岩壁上，

镯子丢下岩子脚，
小囡站在悬岩上，
一步跳下大网岩，
囡身向着岩石，
囡身毁在岩底。

诗卡都勒马，
过了三天后，
不见小囡身，
哭倒又打滚。
囡死哭无用，
囡打滚无用，
囡打失了只有去找！

沿着囡的脚迹找，
不到的地方到了，
在山野箐边，
绕了树三转，
只见囡脚迹，
不见囡影子。

顺着足迹寻，
不到的地方到了，
到了山头和山腰，
山头山腰上，
山腰绕三转，
只见囡脚迹，

不见囡身影。

沿着足迹寻,
不到的地方到了,
到了山洞边,
山洞边上啊!
绕了山洞三转,
只见囡脚迹,
不见囡影子。

顺着脚迹找,
不到的地方到了,
到了云彩头起,

云彩头起啊!
诗卡都勒马,
看一看岩边,
岩头拾衣服,
岩脚拾鞋子。

岩头一蓬草,
看着像我囡,
把草拔回家,
从"火落"山下过,
一直拿回家,
永远做纪念!

哥哥送妹出嫁调——叙事诗"阿基左即"之一

撒尼文言翻译者:金国库
汉语翻译者:金云
记录者:马维翔
时间:1963年9月18日
搜集地点:云南省昆明市石林彝族自治县圭山镇海宜村

什么领蜜蜂?
苍蝇领蜜蜂,
领到草棵上,
蜜蜂打失在草里,
苍蝇在草棵上找,

蜜蜂会不会伤心?
苍蝇伤心了一天。

什么领野鸭?
鹭鸶领野鸭,

领到水塘边,
野鸭打失在水里,
鹭鸶水上找,
野鸭伤不伤心?
鹭鸶伤心了一天。

什么领箐鸡?
野鸡领箐鸡,
领到森林里,
箐鸡打失在林中,
野鸡林边找,
箐鸡伤不伤心?
野鸡伤心了一天。

什么来领狗?
狐狸来领狗,
领狗过寨子,
小狗打失在村里,
狐狸村边找,
小狗会不会伤心?
狐狸伤心了一天。

阿爸嫁阿囡,
嫁得一瓶酒;
阿妈嫁阿囡,

嫁得一箩饭;
阿哥嫁妹了,
嫁得一条牛。

哥哥来送妹,
送妹回婆家,
妹妹打失在村里,
哥哥找妹在村边,
妹妹伤不伤心?
哥哥伤心了一场。

阿爸嫁阿囡,
嫁得一瓶酒,
喝不得一辈子,
一辈子伤心。

阿妈嫁阿囡,
嫁得一箩饭,
吃不得一辈子,
一辈子伤心。

阿哥嫁妹子,
嫁得一条牛,
不能使一辈子,
一辈子伤心。

五、彝族撒尼人叙事长诗《阿诗玛》

《阿诗玛》毕摩调演述文本

演述者：毕绍瑶
翻译者：毕汝骥
搜集者：胡开田
时间：1963 年 9 月 23 日
搜集地点：云南省昆明市石林彝族自治县圭山镇尾乍黑村委会（原丹甸公社）左溪村

演述人根据手抄本演唱，抄本上有残缺不全者，本人又做了回忆补上，而且本人均可以从头至尾讲唱下去。

序　歌

破竹纤维多，
纤维多才牢实。
破竹成四块，
划竹成八片。

我想唱歌了，

撒尼地方养瓜种，
汉族地方来种瓜，
园子里长成长瓜藤。

不懂祖先歌，
后代子孙不听，

子孙听前辈人的故事，
会不会唱呀？

墙角鸡理窝，
会不会理呀？
箐中板栗树长特好，
只是我没有好歌。

祖先这样讲：
"苦荞不开花，
甜荞三台花，
撒尼住着三架山。"

我们父子呵，
我们兄弟呵，
我们郎舅呵，
水塘中长着二棵树，
和它商量唱什么歌。

我不会吃酒，
为了聪明才吃酒，
为了唱歌才吃酒。

山顶上的老古树，
不会轮到它唱歌。
只有我呀轮到了，
不知怎样来唱完。

不会唱歌的我呀，
只有学着前辈唱。
我要开口了，
不知合不合。

会讲的人，
人家听了说好听，
会做的人，人家见了都夸奖，
会唱的人，人家听了才喜欢。

1

雁鹅不长尾，
撑脚当尾巴。
我们撒尼人，
住着阿着底①。

阿着底上边，
不住有人住，
格路衣尼家，
就住在这里。

---

① 阿着底：地名，位于今天圭山镇和石林长湖一带，是阿诗玛的故乡。——编者注

花开蜜蜂来，
身下无女儿。
老格里衣尼，
求了四回神，
生下一个好女儿。

阿着底下边，
住着热布巴拉家。
有花蜂不来，
有财无儿子。
老热布巴拉，
求了四回龙，
生下一儿子。

阿着底上边，
格里衣尼家，

生下一个可爱的囡。
女儿生着妈妈的脸，
妈喜欢了一场。

生囡满三天，
还要取名字，
取名字这天，
热了九十九盆面，
蒸了九十九甑饭。

献酒的碗有黄牛大，
献酒的碗如石山。
请了九十九桌客，
可爱的小姑娘，
取名阿诗玛。

2

生囡三个月，
抱着她会纵，
逗着她会笑，
妈妈喜欢了两场。

生囡七个月，
姑娘会坐了，
姑娘回转了，

妈妈喜欢了三场。

生囡八个月，
会在地上爬，
十指如耙齿，
妈妈喜欢了四场。

生囡几个月，

说话声音如黄蜂叫。
说话声音如弹月琴，
妈妈喜欢了五场。

生因满五岁，
绕线代替妈劳苦，
妈妈喜欢了六场。

生因满七岁，
就会凑丝线，
阿爹麻布衣，
小因织给穿，

妈妈喜欢了七场。

生因满九岁，
就会煮饭了。
煮饭代替妈妈劳苦，
妈妈喜欢了八场。

生因十五岁，
好马关在家，
外人也知道，
姑娘坐在家里，
名声传遍四方。

3

听不到的听到了，
阿着底下边，
热布巴拉家，
不出门也听见了。

热布巴拉家，
院里堆起粮食山，
粮食山下来商量，
商量做一件好事。

不问的也问了别人，

问了格底的海热。
从阿着底下边动身，
来到阿着底上边。

阿着底上边，
格底的海热，
说出这样一句话：
"格里衣尼呀！
你家有好因，
人家有好儿，
天生八字要配婚。"

你家给^①愿给,

如果愿意给,

有一家人十样有,

就嫁给他家。

老格里衣尼,

说出一句话:

"九十九个不嫁,

九十九个不给。"

格底的海热,

这样来夸口:

"热布巴拉家,

银打门抱柱,

金子做门头,

门板现龙影,

门槛用铜做,

金银用斗撒,

四面八方关满牲口。

黄牛九架山,

绵羊遍八山,

山羊满九林。

"这就是巴拉家的牲口,

这就是巴拉家的门,

热布巴拉家是这样富有。

"该嫁的时候就嫁,

嫁囡比不得卖牲口,

嫁囡比不得卖粮食,

姑娘应该是丈夫家的牲口,

姑娘应该是丈夫家的粮食。"

老格里衣尼,

顶回一句话:

"任他有钱我不给,

任我穷困我不嫁。"

不给就不给,

不给就是我的囡,

给了就是人家的囡。

格底的海热,

说出一句话:

"盘庄稼的人养独牛,

盘庄稼的人盘独地。

"直须阿爷^②这个人,

头年养独牛,

---

① 云南汉语方言疑问词,有不同写法,如格、咯、给、略、噶等,意为"吗",通常前置。——编者注

② 直须阿爷:人名。

二年养两头。
要卖牛了，
牛卖得掉，担子卖不掉。
牛担子留下来。

"母须阿茶①这个人，
过后了那一年找绵羊养，
养绵羊满三年，
要想卖绵羊，
绵羊卖掉了。
剪绵羊的剪刀没有卖，
剪绵羊的剪刀留下来。

"南面三里街，
有家黑彝在那里住，
囡也有，
儿子也有。
有儿来养老，
有囡来出嫁，
囡是妈的一朵花，
囡出嫁了，留下一缸水。

"天黑下露水，
下霜鸡要叫，

姑娘大了就要嫁，
到嫁的时候要嫁，
合②给的时候还是要给，
合回去的时候还是要回去。"

格里衣尼老倌，
说出一句来：
"我嫁我的囡，
嫁得一罐酒，
一罐酒吃不得一辈子，
爹爹伤心一辈子。

"妈妈来嫁囡，
嫁得一卜箩饭，
一卜箩饭吃不得一辈子，
妈妈伤心一辈子。

"姐姐来嫁妹，
嫁得一绕③麻，
一绕麻织不成衣裳，
穿不得一辈子。

"哥哥来嫁妹，
嫁得一头牛，

---

① 母须阿茶：人名。
② 合：云南汉语方言，此处意为"应该"。——编者注
③ 绕：云南汉语方言，量词，指麻线缠绕成一卷的数量。——编者注

一头牛使不得一辈子，
哥哥伤心一辈子。"

独牛换独囡，
独牛关在厩，
独牛叫哇哇，
姑娘哭啼啼，
独牛还站在那里，
独囡在不住了。

哥哥如同箩帽一般，
妹妹是哥哥的一朵花，
哥哥不能主嫁。

格底的海热说，
说出一句来：
"普天下不只你一个出嫁！"
格里衣尼说出一句话：
"爹爹嫁出去的囡呵！"

一天去找柴，
找柴不给刀，
用手搬三背。
腐柴有一背，
腐柴烧完了，
馊话听不完。

公婆使了去找落花果，
找菜不给箩，
找菜三衣兜。
黄菜一衣兜，
黄菜吃完了，
馊话听不完。

公婆使了去挑水，
舀水不给瓢，
挑水不给罐，
用酒坛子装水，
用手捧三坛，
浑水有一坛，
浑水吃完了，
馊话听不完。

格底的海热说出一句来：
"格里衣尼家，
这样子受罪。
给是你家不嫁，
给是让她养得有你婆婆那样老？
给是让她养得有你嫂嫂那样大？
给是让她养得有你妈妈那样老？"

山上的老树好意思站住，
姑娘大了不好意思站在父母身边。
十五岁的姑娘，

人家来说不给，
二十岁的姑娘，
给人家人家也不要了。"

格里衣尼，
说了一句：
"银子门抱柱，
金子门天头，
门板有龙样，
铜做的门槛，
金银做斗撒，
你家这样有，
我囡也不嫁。"

妈妈说：
"绸缎九十九匹，
首饰九十九双，
黄牛九架山，
山羊几岭山，
绵羊八遍山，
他家这样有，
我囡也不嫁。"

格底的海热说，
说出一句话：
"热布巴拉家，
田地这样多，

牲口这样有，
东边田地要走一天，
四面田地这样多。

"佃户有一千，
帮工有五百，
要抢阿诗玛，
不给也要给，
不嫁也要嫁，
你家是佃户。"

格里衣尼，
说了一句：
"养帮工我不怕，
来抢我不嫁。"

阿诗玛说：
"死掉得可死，
嫁我不嫁。"

热布巴拉说：
"金银九百两，
绸绸九十匹，
首饰九十套，
甜酒九十罐，
大米九十斗，
山羊九十头，

黄牛九十头。"

佃户领了九十个，
穿军装的五十个，

喜欢了就讨，
不喜欢了就抢，
来到了格里衣尼家。

4

清早，
格里衣尼来开门，
只见人人拿刀叉，
阿着底上边，
阿支来抢阿诗玛，
吃喝到三天，
抢走阿诗玛。

格里衣尼夫妇，
气得无奈捶胸膛，
气了过一天，
气了过一夜，
心想阿黑快回来。

5

阿黑放羊到大江边，
半夜做了一个梦，
梦见麻蛇在门前，
梦见洪水把家淹，
梦见屋后起浪花。

我心中不安，
走大江边连夜赶回去，
三天三夜才走到。

哥哥回到家，
老远就瞧见，
屋前树上红绿挂，
荞秸本是垫厩草，
我家屋内东西踩得乱糟糟。

哥哥问妈妈：
"家中出了什么事？"
妈妈说：
"直狗不咬贼，

直人不多闻。
这事莫非你不知道。
有名阿诗玛，
抢去了三天。"

阿黑备起飞龙马，
问："骑鞍给在家？"
"骑鞍在家的。"
"弓箭给在家？"
"弓箭在家的。"

一纵纵在马背上，
鞭子打在马身上，
一天跑过几架山，
跑过山岭黄栗边。

见到一个看庄稼人：
"看庄稼的老大爹，
你给看见着做客的一党①人？"

"只见小山岭上人像飞蜜蜂一样。
来过我也不晓得，
不来过我也不晓得。
是不是也不知道，
郎伴一百二十个，

穿的绸缎衣，
就像一堵云，
过去了一党人，
过去有三天。"

阿黑又骑起飞龙马，
二鞭打在马身上，
两天跑过三座山，
到了阿几着。

见着一个放猪老人：
"放猪的老人啊！
你在这点听得见的地方，
给有看见讨亲的人过去？"

"给有听见讨亲的人过去，
只见小山岭上人像飞蜜蜂，
来过也不晓得，
不来过也不晓得？

"好像一堵云，
身穿绸缎衣，
头戴红绿帽，
是不是也不知道，
过去了一党人。"

---

① 一党：云南汉语方言，量词，意为"一群"，通常用于人。——编者注

阿黑叫着说：

"还给赶得上？"

放猪老人说：

"你的马力行就赶得上。

马力不好就赶不上。"

阿黑又骑上了飞龙马，

三鞭打在马身上，

三天跑了四架山，

不到的地方也到了。

来到了大箐边，

遇到了一个挑柴人，

手拿砍柴刀，

扁担落在肩头上。

阿黑叫喊砍柴的老大爹：

"给看见讨亲的一党人过去？"

"我是挑柴人，

过去也不晓得，

不过去也不晓得。

如黑云一堵，

人倒过去了一党。"

阿黑又打马一鞭，

四鞭打在马身上，

四天跑了五架山，

不到的地方他也到了。

来到了一个村子边，

遇见拾粪的老人，

左手提着小粪箕，

右手提着小钉耙。

"拾粪的老大爹啊！

给看见讨亲的一党人过去？"

"我在大陆上低头拾着粪，

过去也晓不得，

不过去也晓不得。

只见头戴红绿帽，

身穿绸缎衣，

如黑云一堵，

人是阿诗玛，

刚才过去是一党讨亲人，

给是你家的讨亲人不知道。"

阿黑又打马一鞭，

来到松柏园边，

阿黑哥又喊了三声：

"阿诗玛，阿诗玛，阿诗玛！"

阿诗玛听见了喊一声。

阿诗玛听见阿黑声，
声音如同哥哥声，
热布巴拉家人答道：
"不是就不是，
不是阿黑哥的声音，
是知了的声音，
真的不是阿黑的声音。
蜜蜂在黄花上采花，
是蜜蜂的声音，
不是阿黑的声音。"

阿黑又到了青松树旁边，
追上了阿诗玛，
阿诗玛回头看见阿黑哥，
铃子响丁零，
阿黑追到了阿诗玛身旁。

阿黑问阿诗玛一声，
哥哥讲妹伤心，
妹妹讲哥伤心，
兄妹二人哭淋。

6

阿支出来说：
"你家两兄妹，
不用伤心，
一年来瞧三回，
任凭你的心。"

阿黑哥说：
"你的马你骑着，
阿诗玛的马她骑着。"
来到热布巴拉地界。

这么望见一片大山黑黝黝，
是哪样山？
阿黑说：

"前卅年，
是你家的放马山。
后卅年，
是你家挖山薯的山。"

又走了一节，
到了塘子边，
阿支又问：
"阿黑哥，
这是哪样塘子？"

阿黑哥说：
"在前卅年，
是你家兴旺的时候，

是你家的洗衣塘，
洗荞子的塘子，
后来三十年，
你家穷了，
是你家洗山药、土瓜的塘子。"

又走了一节，
没有到过的地方也到了，
到了大石岩，
阿支又问：
"这是哪样石岩？"

"在前卅年，
是你家兴旺的时候，
是你家放祖宗的地方。
后三十年，
是你家穷了，
神祖也没有了，
是老虎、豹子在的地方。"

到了十二平地，
阿支问：
"十二平地咋个说？"

"在前三十年，

是你家兴旺的地方，
是你家晒好衣裳的地方，
晒粮食的地方；
后来卅年，
是你家穷了，
是你家晒山茅野菜的地方。"

阿黑哥问：
"阿支你这个新姑爷，
阳雀站在树枝上，
看你站在哪一枝？"

"麻线团在筛子里，
线尾挂在簸箕边。
绕大团也得，
绕小团也得。"

热布巴拉家好房子，
陪郎九十个，
陪女九十个，
花围腰九十股，
热布巴拉家的日分白，
拜堂主持人，
拜堂在七十七个院心里，
阿黑说这些我都不喜欢。

7

阿黑哥说：
"我们撒尼人唱的调子有九层，
我也听见过八层。
任凭你们唱，
唱不赢我阿诗玛要领走。"

一棵青松两个头，
一棵松树发两个芽，
调子十二个，
在由你去唱。

早上唱一段，
晌午唱一段，
晚上唱一段，
有人听见了，
不知唱的什么歌。

开得早的是杏花，
晌午唱一段，
唱的是盘庄稼的故事，
晚上唱一段，
耕牛叫哇哇，

知道的人格有？
不会唱的退回去。

天还没有黑，
晚鸡还不叫，
早上出一个，
给知道是什么？
给有人认得？

晌午出一对，
给有人知道？
给有人认得？

早上出一个，
出的是红太阳。

晌午出一对，
出的是一对。

晚上出一个，
出的是月亮。

8

哥哥住的是一间房，
妹妹住的是一个角，
哥哥在一边哭，
妹妹在一边哭，
哥哥说得妹伤心，
妹妹说得哥伤心。

哭的声音听见了，
就是不见面，
脸上的眼泪还未干。

阿诗玛说：
"阿诗玛是妈的独姑娘，
眼泪当饭吃，
眼泪当水喝，
想娘又想爹，
不知屋中爹娘咋个气。"

阿诗玛又说：
"阿黑哥出门去放羊，
一天打露水，
一天给雨淋，
妈妈你的这个独囡，
想着阿黑哥，
想得脸上眼泪还未干。"

热布巴拉这家贼，
穿的是绸缎衣，
肥肉拌白米，
阿诗玛也不爱吃它。

热布巴拉这家贼，
正在来商量。
商量要放老虎咬阿黑，
丫头听见心发抖，
送饭去时把话传。

9

妈妈你个独囡，
响篾放在嘴皮上，
吹声响篾告诉阿黑哥：

"热布巴拉父子来商量，
放出三只老虎来吃你。"

阿黑哥又说,
小箫放在嘴皮上,
吹声回答阿诗玛:
"妹子,妹子,
不怕,不怕。
弓是放在肩头上,
箭头手里拿,
不怕,我不怕。"

睡到半夜里,
一次放出小老虎,
射出一支箭,
射死了小老虎。

二次又放出饿老虎,
射出二支箭,
射死饿老虎。

三次放出母老虎,

妈妈你这个独儿子,
射出三次大弩箭,
射死母老虎。

阿黑又说:
"有名堂放出来,
没有名堂放出阿诗玛。
如果不放出妹妹来,
阿黑哥就要射箭了。
假如再不放,
射箭要射祖牌。"

不见妹妹出,
一箭射在大门上,
二箭射在左边墙壁上,
三箭射在右边的墙壁上,
四箭射在祖宗牌位上,
才把阿诗玛放出来。

10

兄妹二人见了面,
哥哥领着妹妹走,
回家见爹爹,
回家见妈妈。

热布巴拉这家贼,
这桩事情就这样,
妹妹阿诗玛,
兄妹二人喜欢回头走。

喜欢，喜欢走，
走到半路上，
不到也要到，
来到水塘边，
看到野鸭水边游，
太阳将要落，
野鸭要回窝，
阿诗玛兄妹要回家。

走到大箐边，
看见吃食的小老虎，
太阳将要落，
小老虎也要回去见妈妈，
阿诗玛兄妹要回家。

白头发的爹爹，
年老的妈妈，
自从囡出去，
不知过的是什么生活。

走到了一个寨子，
歇在这个寨子，
请你这家人，
给我兄妹二人歇一晚上。

房主人家出来问：
"你们是什么客人？"

只见阿黑背弓箭。
"我们不敢留你们。"

阿黑哥出来答：
"是哥哥领妹妹回家的客，
你们不要怕。"
房主人家说：
"就给你们歇。"

第二天天亮，
阿诗玛兄妹要回家，
猪脚猪手钩回去，
阿诗玛兄妹要回家。

不到的地方到了，
到了黄竹山脚，
有一条猴子箐小河，
一对猴子在河边，
一纵纵在河中间，
游水水上漂，
一游游到河那边。

阿诗玛兄妹二人，
望见猴子渡过河，
兄妹二人手拉手，
已经渡过河。

不到的地方到了，
走到黄云山脚，
驴脚点点上了岸，
四只脚上水淋淋。

阿诗玛兄妹二人，
望见驴子过了河，
兄妹二人手拉手，
已经过了河。

不到的地方也到了，
又走到了黄石山脚，
又走到了獭猫河，
看见一对獭猫纵下河，
游在水上漂，
一游游到河那边。

阿诗玛兄妹二人，
望见獭猫过了河，
兄妹二人卷裤脚，
过到河中间，
遇到了下大雨，
河里涨大水，
兄妹二人水冲开，
阿黑哥也渡过河。

阿诗玛在河中被浪冲，

浪花冲打到这边，
恶水风浪又生起，
阿诗玛又卷到半山岩，
阿黑哥在河这道喊，
只听见阿诗玛的回音，
不见人下岩。

阿诗玛用回声说：
"我也不能下岩，
阿黑哥你几时喊我，我几时应声。"

阿黑说：
"哥哥的独妹妹，
凿在半山岩。"
妈妈你这个独儿子，
走到半路上，
山中野鸡叫，
哥哥没有领回妹妹来，
爹爹你这个独儿子，
走一步路流一回眼泪，
脚步没有眼泪多。

走到山林中，
阳雀叫喳喳，
哥哥没有领回妹妹来，
哥哥心中很着急。

叫花子的爹爹，
叫花子的妈妈，
我们三人怎样活？

家蜂不坐青松头，
青松脚下的蜜蜂，
祖先传下来，
有过这件事。

《阿诗玛》毕摩经彝文译本

彝文文言诗翻译者：金国库
协助翻译者：金云
记录者：马维翔
时间：1963年9月14日
搜集地点：云南省昆明市石林彝族自治县圭山镇海宜村

破竹竹片多，
片多才结实，
所有要说的，
都在诗书里。

撒尼养瓜种，
汉族种下瓜，
园里长瓜藤，
不学前辈的歌。

后代子孙不会唱，
现在子孙学前辈，

以后曾孙学孙，
好好听着啊！

阿者人[①]挂长刀，
不知真不真？

世上住着傻尼人[②]，
不知真不真？

唱歌最困难，
怎样困难呢？

我像板栗树，
不会唱好歌。

---

① 此处疑为居住在弥勒市一带的彝族阿哲人。——编者注
② 傻尼人：指哈尼族阿卡支系。——编者注

苦荞不开花，
甜荞三苔花，
果榆①山脚老歌手，
问他唱个什么歌。

我们兄弟啊，
我们郎舅哟，
应该怎样唱？
赶快来商量。

悬崖边的老树啊，
再结实也要随岩倒；
不会唱歌的人啊，
轮到你，也不得不开口。

我不会唱歌，
看着诗书唱，
唱一唱玩玩，
不好多包涵。

会穿衣的人，
人人都爱看；
会唱歌的人，
人人都喜欢。②

雁鹅不长尾，
伸脚当尾巴，
阿着底地方，
住着撒尼人。

阿着底上边，
住着格路日明家，
花间无蜜蜂，
他家没有小女孩。

格路日明家，
求了三回神，
花开蜜蜂来，
生下了小女孩。

阿着底的下边，
住着热布巴拉家，
有田又有地，
财多无小孩。

热布巴拉家，
求了三回神，
生下儿子像猴子，
起名叫阿支。

---

① 果榆：山名。
② 以上为歌头部分。以下部分原始资料中并未分章，此处遵照原文安排。——编者注

格路日明家，
生下的小女孩，
望着妈妈的脸，
妈妈喜欢了一场。

生囡有三天，
要给囡取个名字，
疙瘩饭揉了九十几盆，
蒸了九十九缸。

九十九坛酒，
九十九个酒杯，
酒坛像石山，
酒管子像猪牙。

取名字这天，
大牛做祭品，
酒碗有绵羊大，
烧香九十九根。

香烟烧满屋，
香灰像白雪，
可爱的阿诗玛，
生下三个月。

女儿对妈妈笑，
妈妈喜欢了两场，

生囡七个月，
会坐又会转。

生囡八个月，
喊妈咿呀呀，
小手像耙凿一样爬，
妈妈喜欢了三场。

生囡九个月，
囡说话像弹月琴，
弹月琴的声音像囡说话，
妈妈喜欢了四场。

生囡有三年，
就会织麻啦，
织麻帮阿妈，
妈妈喜欢了五场。

生囡有五岁，
绕麻帮阿妈，
院里挂满了麻线，
妈妈喜欢了六场。

生囡有七岁，
就会织纬线，
阿爸穿的囡来缝，
妈妈喜欢了七场。

生囡有九岁，
煮饭帮阿妈，
疙瘩饭揉得细又圆，
妈妈喜欢了八场。

十五岁的阿诗玛，
坐在堂里织麻，
穷人富人都挤在满院子里，
偷看姑娘做活计。

穿着女儿做的衣裳，
阿爸走遍四方，
阿诗玛的名声，
传遍十二个地方①。

听得到的地方听到了，
听不到的地方听到了，
阿着底的上边传遍了，
阿着底的下边传遍了。

热布巴拉家也听见了，
阿支说一声：
"爹只是听说，
儿已经看见了。"

老热布巴拉，
问一声儿子：
"这个阿诗玛，
真的好看吗？"

阿支回答说：
"可爱的阿诗玛，
包头像彩虹，
闪闪天亮星啊，
就是她的耳环。

"腰细如黄竹，
手上戴银镯，
一块花团腰，
吊着长须须。

"脚上穿花鞋，
没有哪处不好看，
没有哪处不漂亮，
我要去娶她。"

老热布巴拉，
愁着心地说：
"狗和马站在院子里，
你去门口洗个脸。

---

① 十二个地方即各地。

"要是遇上老毕摩,
就和老毕摩商量,
要讨一个媳妇,
要说一台喜酒。
哪里有个会说的媒人,
我查了一下,
你要请媒人。"

到竹园去请海热,
带回一句话:
"阿支我儿子,
备好黄脸妈。"

请来海热官,
海热说一句:
"老热布巴拉,
有什么话说?"

老热布巴拉,
说出一句话:
"阿支这儿子,
阿着底上边,
可爱的阿诗玛,
想去讨讨她。
麻烦你大官,
请你去说媒。"

海热说一句:
"我也不会说。"
巴拉说一句:
"你是会说的大官,
有八哥会说的嘴巴,
说起来人家爱听。
会说的人家听了才舒服,
你是最会说的一个。"

海热说一句:
"虽然我会说,
憨人才说媒,
一辈子惹人骂,
我不去说媒。"

巴拉说一句:
"不怕你不怕,
你如说得她,
金银给万千,
牛马送一群,
正月初二、三,
来你家拜年。"

海热回答说:
"看巴拉面上,
给你家去说媒。"

到处访伙伴，
竹园的海热，
从阿着底下边起身，
不到的地方到了，
到了阿着底上边。

老格路日明，
赶快来开门。
老格路日明，
说出一句话：
"你这个大官啊，
有个什么话？"

海热回答道：
"格路日明家，
酒瓶腋下夹，
来到他家了。

"人家有儿子，
你家有姑娘，
应该做一家，
愿嫁姑娘吗？"

老格路日明啊，
说出一句话：
"不嫁是我家的囡，
嫁了成人家的囡。

有囡爱爹妈，
不嫁我不嫁。"

竹园的海热，
说出一句话：
"天地之间啊，
所有普天下，
当官的也嫁囡，
当官的也娶亲。
嫁囡不单你一个，
结亲不只你一家。"

老格路日明，
说出一句话：
"阿爹来嫁囡，
嫁得一瓶酒，
喝不得一辈子，
一辈子伤心。

"阿妈来嫁囡，
嫁囡一箩饭，
吃不得一辈子，
一辈子伤心。"

老格路日明，
又说一句话：
"阿黑放羊人，

放羊人到江边。

"哥哥来嫁妹,
嫁妹一条牛,
用不得一辈子,
一辈子伤心。

"牛能站在世间,
小囡活不下去了,
哥哥是妹妹的雨帽,
妹妹是哥哥的花。

"能干的哥哥不嫁妹,
嫂嫂来嫁妹,
嫁妹一束麻,
织不得一辈子,
一辈子伤心。"

海热说一句:
"庄稼人养好耕牛,
犁地人找好地。
有个好囡啊,
后一年养好牛。

"养牛有三年,

养牛又卖牛,
大牛卖掉了,
担子没卖掉,
望着担子过。

"木撒阿造里①,
后一年养绵羊,
养绵羊满三年,
养羊又卖羊,
羊群卖掉了,
羊毛卷没卖掉,
望着羊毛卷过。

"有儿又有女,
有儿爱爹妈,
有囡爹妈花,
有囡放一旁。

"小囡嫁出去,
水缸没嫁掉,
望着水缸过。
天晚露水出,
鸡鸣寒霜下,
合嫁囡的时候,
还是要嫁的。"

---

① 木撒阿造里:人名。——编者注

老格路日明,
把话来回答:
"阿爹来嫁囡,
一天去找柴,
拾柴不给刀,
拿柴有三抱,
朽柴烧完了,
闲话听不完。

"一天去找菜,
找菜不给箩,
用手扭菜有三兜,
有一兜黄叶菜,
黄叶菜吃完了,
闲话听不完。

"一天去舀水,
舀水不给瓢,
用手捧水满三缸,
浑水有一缸,
浑水吃完了,
闲话听不完,
一辈子伤心。"

海热说一句:
"格路日明家,
你家不嫁吗?

媳妇婆婆一般老,
嫂嫂妹妹一齐老,
阿妈小囡一齐老。

"老树好意思站着,
姑娘老了不好意思留在家。
十五岁的姑娘,
人家来说也不要。
人家不要嘛,
人家嫁我也嫁。"

格路日明的妻子,
说出一句话:
"嫁也倒要嫁,
给也倒要给,
娶亲也困难,
嫁囡也困难,
就像换天地。
好人我才嫁,
坏人我不给。"

海热说一句:
"热布巴拉家,
银子打门头,
金子做门板,
门上掉金链,
黄铜做门槛。

"门板画龙影,
睡的金银床,
金银用斗量。
四角四厩牛,
黄牛遍九山,
绵羊遍七坡,
黑羊遍九林,
红马满八洼。
这是巴拉的牲口,
这是巴拉的房屋。

"热布巴拉家,
是这样富有。
该嫁的时候要嫁,
有囡比不得有牲口,
有囡比不得有粮食,
嫁囡如嫁牲口,
嫁囡如给粮食。"

阿诗玛说道:
"说一句我听得,
说二句我要骂,
人家有钱我不嫁,
我再嫁也不嫁这家。"

格路日明的妻子说:
"九十九个不嫁!"

海热说一句:
"嫁也要你的囡,
不嫁也要你的囡!"
翻身转回去,
转回阿着底的下边。

热布巴拉家,
大官九十九,
去做伴郎去,
陪娘一百二,
去到新娘家。

送九十九头牛,
做新娘的彩礼;
绸缎九十九捆,
拿给新娘穿;
手镯和戒指,
送给新娘戴。

弯弓背在身,
利箭手中拿,
杆子扛肩上。
龙马闹嚷嚷,
骆驼叫声声。

从阿着底下边起身,
还没吃早饭,

晚饭吃过了,
就来到阿着底上边。
竹园的海热,
说出一句话:
"我强迫着吃喜酒,
人家十个重新说,
人家五个重新说,
你不要重新说,
我不要重新说,
莫说不愿嫁。"

格路日明家,
说出一句话:
"不嫁呀不嫁!
不喝呀不喝!"

海热又开口:
"喝了酒要你的囡,
不喝酒也要你的囡。"

可爱的阿诗玛,
顶回一句话:
"说不嫁也不得,
病神戴红帽,
死神穿红衣,
捉人鬼拿一根红绳子。"

九十九座大山上,
就像散羊叫,
拴住好姑娘,
脱也脱不掉。
格路日明的妻子哟,
可爱的阿诗玛,
被热布巴拉家抢去了!

阿妈伤心地哭泣,
眼泪洒在黄锁梅枝上,
黄锁梅得到安慰,
用来止眼泪,
眼泪止不住。

妈的好女儿,
女儿生下她,
是窝穷蜜蜂。
天亮在山头,
天黑在山箐,
早上我来早上吃,
晚上苦来晚上熬。

母雀抬吃食,
喂大小雀儿。
织麻帮妈苦,
绕线疼阿妈,
妈的好女儿啊,

谁来帮阿妈？

七岁织纬线，
阿爸穿的囡来缝，
妈的女儿啊，
女儿阿诗玛，
谁来缝给阿爸？

煮饭帮阿妈，
小囡站在灶边，
阿妈望灶上，
不见阿囡面，
阿妈伤心了一场。

堂屋囡坐处，
院子囡走处，
走到哪里去了？

每年到春天，
春草绿茵茵，
树叶都长齐，
春天布谷鸟，
布谷叫声声，
布谷有伙伴，
只有老阿妈，
没有一个伴。

高山长独树，
囡妈养好狗，
好狗养得了，
可爱的阿诗玛。
撒尼人地方的阿着底，
阿着底上边，
格路日明家。

阿黑放羊人，
不放的地方他去放，
到南边去放，
到江边去放。

阿黑养绵羊，
养了三年绵羊，
三月学记性，
最好听的歌听了八九个，
学得十二月唱的歌。

"十二月的金子树，
十二月的银子树，
十二月的黄铜树，
十二月的白玉树，
十二月的赤铁树，
十二月的锡树，
十二月的十二棵树，
被我学来了。

"好听的八九层歌,
听到了八九回,
天是已黑定,
半夜做个梦,
我家院落里,
缠着大红蛇,
就像淌大水,
松毛铺得绿,
馋狗拾骨头。

"我放心不下,
大江对面上,
我就转回程。
三天过去了,
转到我家门,
我看院落里,
松毛绿茵茵,
荞秆牛厩草,
糟来又踏去。"

馋狗拾骨头,
馋猪拾渣渣,
儿就问阿妈:
"是什么松毛?
是什么渣渣?
是什么客人?"

格路日明的妻子,
说出一句话:
"乖狗不咬人,
好人没听见,
你还没听见吗?
你妹阿诗玛,
被巴拉抢去,
已经三天了!"

勇敢的阿黑哥,
备起黄脸马。
"骑鞍在家吗?
弓箭在不在家?"

"骑鞍也在家,
弓箭也在家。"
备起黄脸马,
弓箭身上背,
一步跨上马,
用力抽打马脸上,
过了一山又一山。

不遇的人遇着了,
遇着个拾粪老人:
"拾粪的老人,
嫁囡的一蓬,
娶亲的一蓬,

你看见过去吗？
你听说过去吗？"

"山头过蜜蜂，
我没有听见有人过，
我没看见有人过。"
路边水木瓜树：
"过了三天了，
过了三夜了。"

扬鞭打在马身上，
过了三山又三山。
不遇的人遇到了，
遇见一个放牛老人。

"放牛的老人，
你在这地方，
我亲妹阿诗玛，
你看见过去了吗？
你听见过去了吗？"

"山头过蜜蜂，
我没看见过去，
我没有听见过去。
头上戴的红，
系块花围腰，
你亲妹阿诗玛，

是不是就不知道？
过去一蓬人，
去了三天了。"

"可还追得着？"
"是匹飞龙马，
可以追得着；
不是飞龙马，
根本追不着。"

热布巴拉家，
邀约着伙伴，
不到的地方到了，
到了勃儿子俄地方。

海热说一句：
"森林黑森森，
那是巴拉家，
藏兵藏马林。"

可爱的阿诗玛，
顶回一句话：
"早先三十年，
巴拉有钱势，
藏马藏兵林；
后来三十年，
巴拉败家产，

挖山茅野菜的地方。"

一路约伙伴，
到了大水塘边，
海热说一句：
"这是巴拉家洗绫罗绸缎的地方。"

可爱的阿诗玛，
顶回一句话：
"早先三十年，
巴拉家有财势，
洗绫罗绸缎衣服；
后来三十年，
巴拉家败家产，
洗山茅野菜的池塘。"

邀约伙伴走，
到了十二岩子脚。
海热说一句：
"热布巴拉家，
放祖宗神位的岩子。"

可爱的阿诗玛，
顶回一句话：
"早先三十年，
巴拉家有钱势，
放祖宗神位的岩子；

后来三十年，
巴拉败了家产，
养虎豹的岩子。"

邀约伙伴走，
到了十二广场上，
海热把口夸：
"这是巴拉家，
晒绸衣的广场。"

可爱的阿诗玛，
顶回一句话：
"早先三十年，
巴拉家有财势，
晒绸衣的广场；
后来三十年，
巴拉家败家产，
晒山茅野菜的广场。"

哥哥阿黑啊，
扬鞭打马脸，
过了三山又四山，
不遇的人遇上了：
"放羊的好人，
你在这个地方，
嫁囡的一家人，
你看见过去了吗？"

放羊的老人回答：
"山上过蜜蜂，
不知是不是，
头上戴的红，
身系花围腰，
像堵黑云彩，
陪郎一百二，
你亲妹阿诗玛，
是不是倒不知道，
过是过去一蓬人。"

扬鞭打在马脸上，
过了四山又五巅，
不遇的人遇上了：
"阿格放羊人，
在哪个地方？
娶媳妇的一蓬人，
嫁囡的一蓬人，
你看见过去吗？
你听见过去吗？"

"我的眼睛只注意看羊，
我的耳朵只注意听羊叫，
山头过蜜蜂，
过去也认不得，
没有过去也认不得。

"你亲妹阿诗玛，
不知道过去了没有，
刚才的一会，
过去了一蓬人，
头上戴的红，
身上系着花围腰，
像一朵黑云。"

勇敢的阿黑哥，
扬鞭打马脸，
到了孛儿坡，
"哦！"地叫了三声，
静静无回音。

到了热布巴拉家地方，
新郎巴拉家，
画眉上树枝，
上一台看看，
线团簸箕里滚，
线拉在外面。

十二条大路，
十三条小路，
要去大路呢？
要去小路好？

到了巴拉门口，

巴拉说了话：
"十二条大路，
十三条小路，
走大路也好，
走小路也行。"

阿黑开口唱：
"春天到来了，
什么开春天的门？
冬风吹飕飕，
春风刮飕飕，
春天鸟雀喳，
布谷叫声声，
布谷开春天的门，
春天就来到。

"犁地忙又忙，
点种忙又忙，
犁地的牛来来往往，
种的都种完了，
一季就完了。"

巴拉唱一句：
"夏天又来到了，
什么开夏天的门？
黑云盖满天，
夏天雷响雨下来。

"野鸡啄沙子，
沙沙下大雨，
洪水淹山洼，
山洼水最浑。

"山洼里青蛙叫，
青蛙开夏天的门。
喜欢得叫嚷嚷，
高兴得叫嚷嚷。

"把牛赶进水，
赶牛去搅水，
困难的活计又来了，
要做困难的活计了。

"篾帽配蓑衣，
天亮在水中。
脚在水中过，
双手忙拔秧。
拔秧栽洼中，
栽到天黑月亮出，
困难的活计才做完。"

阿黑又开口唱：
"秋天到来了，
天上白蜂叫，
地上黄蜂叫，

黄蜂嗡嗡叫，
黑蜂叫嗡嗡。

"秋天到了吗？
黄蜂开秋天的门，
苍蝇开秋天的门，
苍蝇绕人身。

"是来找吃的，
是来找喝的，
爹的独儿子，
吃的也没有。

"秋日热炎炎，
要找吃的去，
要找喝的去，
不到的地方也到了。

"到了十二林子里，
收回夏种粮，
收回春种粮，
粮堆赛圭山，
吃的也有了，
喝的也有了。"

阿支又把口来夸：
"冬天来到了，
什么开冬天的门？
……"

去砍火烧地，
砍不过阿黑；
去赛种玉麦，
种不过阿黑。

在巴拉院子里，
阿黑松拉开弓，
射出第一箭，
射中东角墙。

射出第二箭，
正中南角墙，
最后的一箭，
射中西角墙。

又射出一箭，
射中北面墙，①
射出第五箭，
正中堂屋心。

---

① 撒尼人结了婚、怀孕后要举行"祭舅家"，称"及都涅赛当"，即在地上支起四块木牌，纪念阿黑射的东、南、西、北四箭。

巴拉全家人，
用力把箭拔，
动箭箭不动，
拔箭箭不摇。

诗玛拔一下，
完全拔下来，
热布巴拉家，
一样也做不赢。

一家就商量，
养着的三只虎，
放出咬阿黑，
阿诗玛听见了，
忙吹起口弦：
"哥哥阿黑啊，
他家在商量，
三只毒老虎，
放来咬哥哥。"

"哥的好妹子，
不怕啊，不怕，
哥哥阿黑我，
背上有大弓，
利箭握在手，
你不要担心。"

哥哥阿黑啊，
看看院子心，
看见三只虎，
拉弓射出箭。

三只猛老虎，
射死在那里。
一夜剥虎皮，
套在虎身上，
睡在虎中间，
虎尾脚趾夹。

到了第二天早上，
巴拉来偷看：
虎尾摇晃晃，
巴拉说一句：
"阿黑被虎吃。"

"没有吃我啊！"
阿黑站起来，
三只毒老虎，
死在他脚前。

热布巴拉家，
忙说客气话：
"生时舅舅大，
舅舅剥大虎的皮。"

哥哥阿黑啊，
拉住虎尾巴，
喊声出老虎，
虎皮剥下来。

热布巴拉家，
剥两只小虎，
整整一早上，
还没剥下虎皮来。

热布巴拉家，
气得没办法：
"哥哥阿黑啊，
样样都能干，
热布巴拉家，
不敢要阿诗玛。"

哥哥阿黑啊，
同着妹妹阿诗玛，
高兴转回家，
不到的地方到了。

到了十二岩子脚，
见个大蜂子：
"就在我家睡。"

领过岩子脚，

岩脚滑溜溜，
可爱的阿诗玛，
用手摩岩壁，
粘在岩子上，
不会回来了。

"哥哥阿黑啊！
你若挂着我，
用一只白猪，
用一只白羊，
用一只白鸡，
三样都买来。"

哥哥阿黑啊，
邀约着伙伴，
不到的地方到了，
到了十二岩子脚。

可爱的阿诗玛，
露出一只耳环，
忽然一阵雨，
那只白毛猪，
忽地变白泥，
被雨冲洗掉，
没有赎回来。

"哥哥阿黑啊，

你若挂着妹，
到了每座山，
对山喊一声。

我这阿诗玛，
岩脚有回声，
是我在答应。"

《阿诗玛》民间调演述文本

演述者：毕姜清
翻译者：张仁保
记录者：吕晴
时间：1963 年 12 月
搜集地点：云南省昆明市石林彝族自治县西街口镇（原属宜良县西街区）
材料来源：口头演唱

妈生下囡来，
生囡在地上。
娘不捡囡，
别的来捡生。

捡给妈来抱，
妈心一天喜。
生囡两天时，
甜蜜的蜂蜜，
不能当囡粮。

囡粮妈身带，
一天喂三回。
囡儿时时长，
娘心两次喜，

两次欢喜着。

生囡三天时，
娘来洗囡脸。
脸儿白如雪，
洗手手如筷。
身白如白菜，
洗脚如竹节。
娘心三次喜，
三次喜着的。

生囡四天时，
一天抱三次。
生囡五天时，
一天抱三回。

娘心一天喜。

生囡六天时，
一天亲三回，
囡儿长大了。

生囡七天时，
七天给囡名。
妈来给囡名，
叫囡阿诗玛。
爹来给囡名，
叫囡叫施仰。

娘来说一句，
一句说出来。
囡的衣裳还没有，
父亲来买衣，
忙着忙着走。

走到昆明市，
昆明市六里。
衫头买来处，
囡衣不见卖。

乡头走到乡中，
乡中卖银处，
囡衣没买得。

行走到异乡，
异乡卖酒处，
囡衣没买得。
行走到乡尾，
乡尾卖菜处，
囡衣没买得。

行走到乡内，
布匹如山堆，
大红衣买一件。
价钱要多少给多少，
青布买一件。
行走到乡中，
乡中卖线处，
买线买大支。

转回家中来，
妈心喜一场，
爷心一场喜。

生囡有八天，
用衣来量衣。
囡生下九天，
九天就缝衣。
囡生下十天，
十天穿新衣。
囡生下十一天，

一切置齐了。

妈背着囡儿，
日中搞生产，
广种薄收。
遍种难满盆，
满盆遍种苦。

一天在山上盘，
春天到来了。
春风日日大，
囡脸避风躲，
不给春风吹。

娘心一天喜，
一天喜着的，
囡生两个月，
夏季到眼前。

到了夏天时，
夏雨连日下。
左手抱雨伞，
右手打开伞，
打伞给囡遮，
下雨不夺① 囡。

妈心两次喜，
两次喜着的，
秋天一来到，
太阳如火烫。

左手把枝捡，
右手把叶抓。
抓叶遮太阳，
女儿不受晒。

娘心三次喜，
冬季一来到，
冬雪九寸厚，
冬霜八寸厚。

妈抱着女儿，
左手抱女儿，
右手拉襟遮，
霜雪不冻囡。

囡长到五月，
笑开双嘴唇。
娘心四次喜，
四次心喜欢。

---

① 夺：云南汉语方言，意为"淋雨"。——编者注

囡长六个月，
双眼望娘脸。
认娘知母面，
妈心五次喜，
五次喜着的。

囡长七个月，
七月堆堆坐。
囡长八个月，
四肢爬着坐。
囡长九个月，
直立站得稳。
囡长十个月，
双脚会前移。
囡长十一月，
笑声如弹琴。
囡长十二月，
讲话如蜂飞，
妈心一天喜。

囡满一周岁，
娘心共同餐。
两岁的囡儿，
会添饭给娘吃，
娘心一天喜。

长着长着大，

三岁妈的女儿，
跟妈去游玩，
妈喜跟妈喜。

生下四岁时，
同娘去找菜，
妈心喜得很。
女长有五岁，
同娘共牧羊，
娘心大大喜。

生来六岁时，
拿镰去割草，
娘心整日喜。
生来七岁时，
小手会齐麻。
生来八岁时，
绕线会补衣。
生来九岁时，
跟父去积肥，
爷娘双双乐。

生来十岁时，
扛苦锄长生产。
长到十一岁，
会上乡去买东西，
娘心时时喜。

长到十二岁，
会挑水供妈用。

池边一片花，
蜜蜂来采蜜。
声声嗡嗡问出嫁，
左问右问三声问，
不觉不意答一声。

哥哥阿萨说，
富说不给富，
贵说不给贵，
官说更不给。

妹妹眼珠花，
舍不得出嫁。
在了三年久，
法子学会了。
做梦不吉祥，
一趟跑回家。
走到院子时，
锅儿排排支。

心急问妈妈，
妈妈不给答。

说办给种田的吃，
不信问爹爹。
爹爹不肯答，
连接追三声。

"你妹给人抢去了！"
智勇的阿萨呀，
明知妹妹，
是一朵的鲜花，
怎样舍得嫁？

拉出檐下马，
抓住屋角矢。
背弓在背上，
插矢在腰间。

拉出厩里马，
骑上龙马身。
向前追出去，
追出百里路。

遇到星司怕①，
见了做客人。
见了红冠戴顶的，
阿萨问能否追着。

---

① 星司怕：人名。——编者注

客人回答说，
马脚快可追着。

阿萨再提问，
见到客人马，
见到了披毡的。
"追得到吗？"
"马身不出汗就可追到。"

追到十字路口，
问迎面走来的人：
"见客人走过吗？"
"刚刚过去了。"
智勇的阿萨，
说出一句话：
"黑梦梅无彩神，
把尖做神长。①"

那里追找去，
遍地奔着找。
追到深林内，
遇到一猎人。
阿萨勒马问：
"遇见过客人吗？"

猎人回答说：
"看见了穿红鞋的。"
好哥哥阿萨，
大叫了三声。

阿诗玛听见，
这是哥哥的叫声。
抡手说不是，
山间蜂子飞，
不是你哥哥的声。

小朋友真多，
多问一句不会慌。
山头知了叫，
知了叫声不是阿哥声。

异村坝子里，
遍地开葵花。

抡手说：
"不是葵花是扁叶草花。
坝子村里，
有一池塘，
是我家洗衣用的，
不是淘荞塘。"

---

① 原文如此。——编者注

到晚上阿诗玛吹口弦：
"哥哥呀，哥哥，
睡时注意，
黑心人起狼心。
深夜放猛虎，
要把你伤害。"

阿萨吹笛答：
"弓箭在身上。"
头箭射大虎，
再箭死小虎。
剥下虎皮当褥垫，
鲜肉当早餐。

第二天早上叫阿萨，
起床洗面。
头叫阿萨不应声，
再叫阿萨还不理。

三叫应一声，
双手提虎尾，
左脚踩虎腰，
一扯撕下了虎。

热布见这阵，
天上雷公大，
地下阿舅能，

不敢得罪呀。

阿萨用千两金子来赎，
热布家不准。
阿萨怒砍四棵柱，
在院里直起。
牛拔不掉，
人摇不了。

热布无法请阿诗玛来拔，
左手拔两棵，
右手两棵拔。
阿萨要领妹回家，
再不敢不给，
不逗热布了。

开出三石细米种的荒，
收回三石细米种的粮，
才能放回家，
阿萨种下收回来，
欠了三粒细米。

上山一箭射三鸟，
杀鸟从肚里取出三粒米，
还给热布，
热布只好放阿诗玛回。

早上起来眯着眼，
妹站在崖上下不来，
要一对白羊才放下来。
阿萨找遍天下没有白羊，①
白泥染身不顶用，
拉来途中遇春雨。
假白羊变成真黑羊，
妹妹崖上下不来，
阿萨单人回来。

---

① 石林地区彝族一般养的是黑山羊。——编者注

六、彝族撒尼人谚语四十则

1. 飞奔的骏马不会有九只蹄。
2. 猛追的撵山狗不会有个鼻孔。
3. 两个人一起讲话是讲不明的。
4. 真正美丽的姑娘是不怕别人说的。
5. 蝉越叫肚子越痛。
6. 地上的麻雀是飞不高的。
7. 只有老狗才会撵麂子。
8. 小鸡怕盘旋在天空的雄鹰。
9. 听到布谷鸟叫应立刻播种。
10. 小羊儿总是要脱毛的。
11. 豺狼总是要吃小羊的。
12. 家窄了鸡要拴着养,菜园近了猪要拴着养,田地近了牛要拴着鼻子养。
13. 冤家打多了见不着爷爷。
14. 父母不好不要吵她,她会老掉;姐妹不好不要吵她,她会嫁掉;媳妇不好就是一辈子的了。
15. 大人不能随便打骂娃娃,因为大人和娃娃的心是一样的。
16. 不能把土司看得太高,不能把百姓看得太低,因为土司和百姓都是人;不能把有花纹的木盒、木勺看得太好,不能把没有花纹的木盆、木勺看得太坏，因为它们都是木制的。

17. 山羊养护得好，一年会生三窝；绵羊养护得好，一年可以剪三道毛。

18. 山上的杉树和竹子生在一处，如果杉树对竹子好，下大雨的时候杉树会用自己的叶子抵住雨水不使竹子受到一滴雨水淋；如果竹子对杉树好，大风刮来的时候竹子会用自己的叶子挡住雨，不使杉树的根被风刮倒。

19. 如果母鸡对小鸡是慈爱的，只要母鸡展开翅膀一叫，小鸡就会来到它的翅膀下睡觉。

20. 父母善于教育自己的儿女，那么儿女一定会听话。

21. 父亲说的话像钉子钉在木板上；母亲说的话像墨水染在纸张上。

22. 没有做过事情的经验，就不能知道新的事情。

23. 房子经常打扫便干净。

24. 扫谷的时候用力太猛粮食会飞跑，婆婆对待媳妇太凶狠媳妇会跑掉。

25. 大雁起飞要成群，绵羊走路跟羊头，山中一群小雀鸟，起飞落地相倚依，好比众口同说一句话，众人同走路一条。

26. 天天待客不穷，夜夜做贼不富。

27. 火不烧山地不肥，人不出门身不贵。

28. 大米好吃田难种，梨子好吃树难栽，羊血好吃羊膻臭，猴相难看肉好吃。

29. 春来一日不劳动，秋来十天没饭吃。

30. 米里面不会找不出一粒谷子，人不会不犯一点错误。

31. 树有大有小，同样的事情有人办得好，有人办不好。

32. 摆龙门阵当不得家常，瘦狗当不得肥羊。

33. 绸缎当不得麻布衣，土司当不得亲戚。

34. 不上高山不晓得平地，不吃荞麦不晓得粗细。

35. 看人要看后，别看嘴会讲。

36. 老鹰高飞见过的事物千千万，也还有房内菩萨没见过；豺狗吃过很多肉，也还有腌腊肉没吃过。

  37. 不要看不起"小鸠罗"①，不要推崇老鹰。

  38. 不要看不起破木槽，不要推崇漂亮的箱箱。

  39. 不要看不起猪圈，不要推崇衙门。

  40. 不要看不起穷苦人民，不要推崇土司黑彝。

---

① 小鸠罗：一种小型鸟类。——编者注

七、彝族撒尼人谜语三十八则

1. 两姐妹隔一山，永远不相见。（眼睛）

2. 一面是森林，一面是岩子。（羊皮）

3. 吃的肉在外边，皮子里面挂。（鸡胃）

4. 有气没有血。（风箱）

5. 有血没有气。（樱桃）

6. 一个跳蚤跳进土里，出来变成一个荞粑粑。（园根，即蔓菁）

7. 一个年轻人爬到树上，回来变成老人。（干园根）

8. 三只兔子，围着火塘烤火。（锅庄）

9. 一百只羊共一根肠子。（串珠）

10. 三百兵共一根皮带。（木栅）

11. 三个人共戴一顶帽子。（锅庄）

12. 三个人穿一条裤子。（松毛）

13. 一座高山上生有万棵竹子。（头发）

14. 一只黄母鸡下一个黑鸡蛋。（皮哨子）

15. 一张黑纸上有数不清的白羊。（星星）

16. 一个老头，身在家，胡子在外。（苞谷）

17. 我家有匹小骡马，你也骑来我也骑。（门槛）

18. 生得美丽，却是无情。（火）

19. 我家一条狗自己的尾巴拴自己的脖子。（口袋）

20. 我家有只羊儿拉起它的耳朵问它的年岁。（秤）

21. 一根黑棒棒手不能拿。（蛇）

22. 两兄弟只隔一座山彼此看不见。（耳朵）

23. 一堆白石头能够看来拿不起。（牙齿）

24. 吃是头上吃，屙是头上屙。（火枪）

25. 雪花飘飘天不冷。（磨面）

26. 雷声隆隆不下雨。（磨）

27. 对门有块白石头，丢在海里头，只听海水响，石甩白石头。（猪油）

28. 金镶镶，银镶镶，里头有个花姑娘。（眼睛）

29. 天上绣字（星星）地生包。（喷）

30. 水生骨头（冰）黄杉腰。（桥）

31. 桶底向下但水漏不出。（鼻子）

32. 一道门白天锁起夜晚开开。（衣服扣）

33. 一个山洼洼鸦莲①叫喳喳。（炒燕麦）

34. 儿子长大有脚无尾。（青蛙）

35. 白马跑在前，红马中，黑马在后边。（火烧山）

36. 妈妈是条绳，儿子胖又胖，姑娘红又红。（南瓜藤、南瓜、南瓜花）

37. 远看一条牛，近看光骨头。（碾风箱）

38. 花开在下面，根根往上套。（彝族妇女的裙子）

---

① 鸦莲：鸦雀。——编者注

第二编 哈尼族民间文学

哈尼族民间文学文本，系云南大学少数民族民间文学调查队于 1963 年在普洱市墨江哈尼族自治县一带采录，具体信息已无法考证。

一、民间故事

什么最宝贵

很远很远,远得我们记不清年代的时候,有一个吝啬的财主生了三个女儿,有一天财主叫了他的三个女儿到跟前说:"你们说,世界上最宝贵的是什么?"大女儿还没等父亲说完就抢着说:"那自然要算黄金了。"二女儿也接着说:"不必说,除了黄金还有什么呢?"只有小女儿阿三慢吞吞地说:"我想黄金是没有什么可贵的,世界上最宝贵的东西,还是算谷子吧!"父亲说:"哼,阿三真是一个傻子,连这个人人都知道的问题都答不出来,不觉得羞愧吗?"阿三说:"爸爸,我一点也不觉得羞愧,实在的,谷子比黄金宝贵得多,我哪里是答错了呢?""好,那你既然认定黄金是没有用的,那么你赶紧把你头上的金钗,手上的金戒指等都一起摘下来,让我给你一把谷子,立刻离开我,自己去生活吧!"

真的,财主便亲自动手,把阿三身上所有的一切金器都摘下来,接着又叫仆人拉了一匹毛驴,撵她出门去了,从此不准她再回来,阿三虽然很悲切地离开了家,却一点也不懊悔,她只是很坚决地相信自己的观察是正确的。她从来没有出过门，也不知道东西南北，只好骑在毛驴背上，凭它转弯抹角一阵乱跑，也不知道跑了多么远，直到夕阳西下，天已渐渐地黑下来了，她却还是找不到一个歇脚的地方，不免也有点害怕起来。她想不出什么法子来，只得跨下驴子坐在路旁的一块大石头上，正在这时，来了一个少年农民上山砍柴回来，背了一捆柴往家里走，见小姑娘后便说道："小姑娘，天这样晚啦，你还不赶快回家去，坐在这里干什么？你要留心呀，这一带有豺狼。"小姑娘说："唉，我已被我那狠心的爸爸赶出门来了，哪里还可以回去呢？"

"他为什么赶出你来呢？你做错了事吗？"

"不是，不是，我没有做错事。我和狠心的爸爸争辩了几句，他恼了，所以……"

"争些什么呢？"

"因为我爸爸和两个姐姐都认定世界上黄金最宝贵，我却一口咬定说谷子最宝贵。"

"黄金是什么呢？我也没有见过，你可以说给我听听吗？"

"黄金就像石头般一块一块的，不过它的质地又不像石头那样粗陋，它是灿烂的金黄的！"

"哦，这东西他们都说最可贵吗？要这样的话是真的，那我也要变成一个大富翁了。"

阿三说："告诉你吧，这东西虽然可以拿它去换一些货物，也有用处，但我总不承认它是世界上最宝贵的东西，因为它有时也会害人，所以我要把谷子排在它的上面。你怎么也要成富翁呢？"

青年人说："我天天上山挖地、种田、砍柴，有一天走过一个地方，看见一块很大的石板，我随手把石板掀开，下面却是金黄灿烂的石块，这难道说都是黄金吗？"

"也许是吧。"阿三无精打采地说着。

"那么你今晚先到我家住一晚上，明天我领你一同上山去认认好吗？"

无家可归的阿三自然很高兴，她就和农民一起回家去了。

第二天早晨，农民领着阿三一同到山中去了。果然，他们在石板下面挖出了许多金子，两个便帮着运回家，立刻造房子，买农具。他俩又结了婚，又把阿三带来的一些谷子撒在田里，由于他俩勤恳地劳动，几年后，成了一个美满幸福的家庭。那房子的大门，就是用那块大石板做成的。造好之后，只要把大门一开，便会有许多的金块子像鸟一样地成千上万地飞进来，因此他家的大门平时只有关起来，仅仅从旁边的角门里进出了。

阿三的父亲渐渐地知道了他们夫妻俩过着美满幸福的日子，心里十分羡慕，不知不觉的竟使以前的气愤消失了。他慌忙带了几件礼物，坐了轿子赶到他女儿家去看阿三。阿三听说爸爸要来，自然高兴，便预先告诉丈夫，忙着打扫屋子，并且准备了一桌丰盛的筵席，当时财主又饥又渴，就高兴地坐了首位，谈谈说说自然高兴。开始吃饭了，可是桌子上没有饭菜，只有几块黄澄澄的黄金，财主没法子只好硬着头皮喝了两口水。

"唉！你们既要请我吃饭，为什么又要作弄我呢？"

"怎么爸爸嫌这些不好？你不是说过吗？世界上黄金最宝贵，谷子有什么用呢？"

"哼！你还和我争辩这件事呢，好，我不吃你的，看能把我饿死吗？"

他不觉恼羞成怒，赶快叫他们打轿回去，阿三只得叫轿夫们吃饱了饭菜在角门外等候。

财主说："我们来的时候，你们故意不开大门，叫我从角门里进去，难道就这样羞辱我吗？现在我非走大门不可，把大门打开快让我出去。"

"爸爸，这大门开不得，要是开了大门便有无数的金子飞来，会打着人呢。"

"瞎说，狗也不相信你的话，一定要开大门。"

阿三无法只好叫人开了大门。只听"呀"的一声大门开了。随即就有无数的金块像箭一样地飞进来，立即把财主的头和脚都打伤了，财主倒下去被金子埋起来。等把大门关起来时，财主早已断了气啦。

可惜了一泡屎

很久以前不知道在什么地方，有一家大财主，虽说家有万贯家产，牛羊成群，在这一带周围一百八十里地都是他的田地，家里的粮食堆得都发了霉，如果哪个从他庄前走过，都可以嗅到粮食的霉烂的臭味，可是穷人要想借他一颗粮食呀，那真是夜晚娶媳妇，梦想了。虽然家有那么多的财产、粮食，但是他心里并不满足，终日想法剥削穷人，家里的一只破烂鞋子，都看着是宝贝，如果农民动了他的一草一木，也要安上个偷盗的罪名，不知道在他手下死了多少好人。他做事非常吝啬小气，对他家所有的人宣布说："你们吃了我的一颗粮食，但是一泡屎都不能掉在外边，都要拿回来。"他对他的牧羊的人说："你们去到山上放羊，每人都要背上一个粪筐子，回来要把牛羊的粪都给捡回来，不准丢了一个羊粪蛋，要是我看到或听到你们丢了一泡屎，都要治罪。"

忽然有一天，城里的县官请他去吃饭，他临走的时候忘记了屙屎，因为急着要去饱吃一顿丰盛的酒席，所以他就急忙地带了家人等很排场地出门去了，饭还没有吃完，他就忙着要大便，可是客人那样多又有县太爷在座，要是说回家去屙一泡屎，那真是面子上多难为情呀，后来还是忍着一下吧，继续吃喝。

后来他真的忍不住了，走吧，又舍不得这丰盛的酒席，不走吧，可是眼看忍不住了，真是两头为难，他自己骂自己，真是个混蛋，来时为什么不空肚子，不管怎样想，不管怎样骂，还是不能忍了，就偷偷地一个人往家里跑，跑到半路上，实在不行了，就这样地活憋死了，在临断气的时候，还说了一句话："真是可惜了一泡屎。"

七仙妹

离摩天岭不远的地方，沙浦存有一座大山，从山脚下流出了一股清水，直冲泗南江中，这股水是从山肚子内流出来的，山是空的，山里边有个大海，海水清得像镜子一样。海边上长满了水仙花，人走到海边，香得扑鼻。海面上的岩石上有一窝窝燕窝（至今农民都还到里边去拿燕窝到骂尼街上来卖），这个海绿得多么醉人，天上经常飞来七位仙女到这个海里洗澡。

摩天岭上住着一个猎人，是个年轻漂亮的小伙子。他的箭像神箭一样，百发百中，他的弓就有几百斤，谁也拉不动，他的身体魁梧，真像天神下界，为人忠厚老实，在摩天岭一带的人们都很称赞他。有一天，一个年轻的小姑娘从摩天岭上经过，走到深山老林里，遇见了一只老熊，眼看就要伤害小姑娘的性命，恰巧遇见了年轻的猎人，打死了老熊，救了小姑娘的性命。小姑娘对年轻的猎人非常感谢。又有一次，一个老妇人上山砍柴，遇到了一条毒蛇。看毒蛇要伤害老妇人的性命，恰巧又遇上了他，在这千钧一发之际，猎人用神箭射死了毒蛇救出了老妇人。老妇人感动得流了眼泪。诸如此类的事很多，因此摩天岭一带的人都非常感谢他，夸奖他是一个大好人。

有一天，年轻的猎人背了他的弓箭，到沙浦去打猎。在一座大山上遇见了一个老翁，手里拿着一个龙头拐杖，装出可怜的样子，后边跟着一只大猛虎，好像要伤害老翁的性命，正在这危急的时候，年轻的猎人急忙把猛虎赶走了。老翁上前一手抱住年轻的猎人说："你真是一个勇敢、诚实的猎人，搭救了不少人命。我告诉你一个好消息，离这里不远有一座大山，山内有一个大海，天上经常有七个仙女到大海里洗澡。你去到那里，看到最后的一个就是七仙妹，看准了，等她们脱了衣服到海里洗澡的时候，你就去把她的衣服藏起来，等其他的都走了，你就向七仙妹求婚，她一定会答应你，跟你一块回家去，永远过幸福的日子。

年轻的猎人听了老翁的话，道了谢，他就往沙浦大海赶去了，到那里并不见什么仙女，他就决心在那里等着。整整等了九天九夜，果然从天空飞来了七个仙女。他躲在大树背后，心里在想着哪个是七仙妹呢？由于七个仙女长得都是一样高，脸都是一样漂亮，并没有什么不同的地方，因此年轻的猎人很难下手。七仙女洗了澡，穿了衣服，愉快地一起飞向天去了。于是年轻的猎人又耐心地等了九天九夜，这天，果然天上的七仙女又来洗澡了，他躲起来又仔细地偷看着。他这次看准了最后的那个仙女，两次来，她都在后边，可能就是七仙妹了吧，一面猜想着，一面目不转睛地看着七仙妹脱衣服放在什么地方，等七仙妹进了山洞，进了大海，听见仙女们又笑又闹的欢乐笑声，真是高兴极啦。

乘她们正在欢乐的时候，年轻的猎人就轻手轻脚地赶到她们放衣服的地方，拿走了七仙妹的衣服，很快地去躲在一块大石头后边，偷看动静。等七位仙女洗了澡出来，各人都穿好了自己的衣服，马上就要飞回天上去了，七仙妹却找不到她的衣服，各位姐姐都帮着她找，可是怎么也找不到。这时听得天上的钟声响了，六个仙女都急忙地回天上去了，只有七仙妹一人留下。

年轻的猎人抱着七仙妹的衣服走了出来。七仙妹见了猎人，不由满脸红了，上前说道："年轻的猎人，你怎么把我的衣服藏起来了？快拿给我，六个姐姐都走了，我还要去追她们呢。"年轻的猎人笑嘻嘻地上前说道："你要衣服不难，只是你要答应我一件事：你嫁给我。"七仙妹见年轻的猎人长得结实、漂亮，又忠厚又老实，心里早愿意了，但不好意思说出来，只是低着头半响不出声。年轻的猎人上前催促七仙妹，她点了点头表示愿意了。猎人很高兴地把衣服还给七仙妹，她穿好了衣服，二人欢喜亲切地回到了猎人的家。

两个人结婚后，日子过得又甜又美。猎人每天照常上山打猎，七仙妹在家里纺织。一年过去了，他们有了一个小孩。又一年过去了，他俩又有了一个小孩。家里的生活真是幸福美满。不仅他家里的日子过得好，而且还帮助别人过得很好。谁知好景不能久常，这件事叫天上的玉皇知道了，立刻叫七仙妹回去，两口子真是难舍难分。天上催逼得又紧，眼看七仙妹就要到天上，这时年轻的猎人告诉了老翁，跪下哀求老翁搭救他们。老翁很和蔼地告诉他说："你快点回去，到山上去找一些藤条把七仙妹的腿脚绑起来，她也就飞不起来了。"

这一带的农民们听到七仙妹要回天上去的消息都慌忙起来，一起拥到他家门口、院子里哭哭啼啼，依依不舍。玉皇见她不回去，也没有什么办法。年轻的猎人听了老翁的话也顾不得道谢像飞一样跑回家。在路上找了许多藤条。刚进家门，七仙妹的两眼泪如泉水，流在两个孩子的脸上，正在这个危险的时候，猎人把藤条绑在七仙妹的腿上，像千斤铁链一样，再也飞不起来了。从此他俩又永远过着美好的生活，后来又生了许多孩子。他们的孩子布满了各地。（据说现在的西摩族的妇女们腿上都还捆扎着藤条，传说是七仙妹生下的孩子一代一代地传下来了。）

哥哥和弟弟

在很早以前，云南南诏国有兄弟二人过日子，父母早已亡故。哥哥和嫂子对弟弟很不好，终日叫弟弟上山打柴和做繁重的活，一时不顺心，不是打就是骂，并经常不给弟弟饭吃，把弟弟折磨得不像人样。弟弟经常挨打受气但并没有人疼爱他。

当弟弟长到十岁的时候，狠心的哥哥借口说弟弟只会吃饭不会做活，就这样什么都不给，把可怜的弟弟赶出了门。弟弟没有办法，只好自己去山沟里盖起了一间小草棚过那孤苦的生活。弟弟去和邻居借用锄头挖地，借种子，就这样辛勤地劳动，帮人下苦力，连一个钱也舍不得花，自己又省吃俭用，日子却一天一天地好起来了，田地也逐渐多起来了。黑心的哥哥和嫂嫂看见弟弟有了一些家业，又见弟弟很会过日子，就想尽一切办法吞了家业，并让弟弟回来给自己干活。

有一天，哥哥装出一副善良的样子，把弟弟找来，嫂嫂也很殷勤地端茶做饭，甜言蜜语地兄弟长兄弟短地叫个不停。哥哥就更客气。这么一来，弄得兄弟摸不着头脑，更不知道哥哥和嫂嫂葫芦里藏着什么药。只听哥哥说："兄弟你一个人在外边过日子，不大方便，下田干活，连个做饭的人都没有，还是回来一起过好些。白天咱兄弟两个早去干活，回来也有一顿热饭吃呀，再说你嫂子会给你缝缝补补。"弟弟是个老实人，听了哥哥和嫂嫂的一番话，也就答应了。把几年自己苦下的一点家业全部又给了哥哥。

哥哥有了这一批产业，田地几十亩。钱拿来又去做生意，买骡买马，弟弟在家里苦力做活，他所种出的庄稼长得又好，打的粮食又多，没有过几年，哥哥和嫂嫂就变成大财主了。外边到处有商号，家里四处又有佃户。不久，大门口挂上了万顷田地的大匾。哥哥和嫂嫂又起了不良之心。有一天晚上吃了晚饭，嫂嫂对哥哥说："咱家现在已有了一些产业，我看不如把弟弟赶出去，将来定要分家，这样不就白白地让弟弟分走一份家产吗？"狠心的哥哥听了婆娘的话，就千方百计地陷害弟弟。

有一天，他让弟弟带了一百块大洋出外做生意。弟弟无法，只好赶了马出门去。弟弟刚出门，他却又派了他的亲信和狗腿子去到路上把弟弟带的钱抢回来。他的这群豺狼虎豹，奉了主子的命令，也不分是自己的二主人，都走到半路像群疯狗似的一下扑去把弟弟打昏在地，把一百块大洋抢走了。弟弟醒来，只有满山遍野的牲口，其他的东西抢得空空。

弟弟无法再去做生意，只好牵着马回来。一进门就看见哥哥的脸黑得像锅底，开口就骂，举手就打，把弟弟又赶出了门。弟弟无法，只好自己又重新白手起家，到另外一个山沟里开荒种地，省吃俭用。没过几年，弟弟的日子又好过起来了。

这时，弟弟已有二十余岁，讨了一个媳妇，这个媳妇也是一个种庄稼的能手，两口子也过得挺舒服。有一年腊月二十八，眼看要过年了，他和媳妇商量："今年咱们要过个好年，去割上二斤猪肉回家肥肥地过个年吧。"他媳妇也想到自从过门以来年年辛苦劳动，省吃俭用，从来连一个鸡蛋也舍不得吃，好容易熬到过年，让自己的丈夫高兴地过个年吧。弟弟于是进城割了二斤猪肉，其他的东西一样也舍不得买，就往回走。太阳快落山的时候，他走到半路上想大便一下，可是手里又拿着猪肉，心想近一点又怕臭了，放远一点又怕老鹰给叼去，真是作难。又往前走了一段路，忽然离路旁不远有棵小树，他就把肉挂在小树上。大便还未完，忽然从西北方向飞来了一只老鹰，一下把肉叼起飞走了，弟弟急了，抽起裤子就去追赶老鹰。说也奇怪，他赶快，老鹰飞快，他走慢，老鹰也飞慢，有时还落在地上啄两口。弟弟见了又气又急，一直追去，追到天黑了，只见那老鹰向一座关爷庙内飞去了，他也一直追到关爷庙内。但进庙后不见老鹰，也不见了猪肉，天也黑定了，他跑得又饥又饿又渴又累，回也回不去了。

没有人家，只好在关爷庙内住一晚上再走了。他进庙一看空空的，只有关公、关平和周仓三个的泥塑。天气又冷，又没有避风之处，无法，他只好在关公泥像后躲避一下寒风，因路跑得多，又加上疲倦，不久便迷迷糊糊地睡着了。睡到半夜，忽然西南方一阵狂风，这种怪声把他给惊醒了。他抬头一看，只见从大门口闯进七八个怪物，身高丈二，头有斗大，眼如铜铃，弟弟见了吓得声也不敢出，只是偷听动静，只听一个怪物说："生人气，生人气，一定是有人进来，咱们饱餐一顿。"这下可把弟弟给吓得浑身出冷汗，颤颤巍巍的。

正在紧急关头，另一个说："因为咱们很长时间不来，现在十冬腊月谁来这里找死，先不要管那些闲事，快把摇鼓拿出来，肚子吃饱了再说。"只听七嘴八舌的一阵哄闹。弟弟大着胆子偷看着一切所发生的事情。只见那个怪物从身上拿出一个小摇鼓，大也不过二寸长。怪物朝西南方摇小鼓，嘴里不住地说着："快来一张八仙桌椅、明灯一盏、丰盛的酒菜一桌、十二个美人陪伴弹唱，让我弟兄们痛饮一宵。"话刚说完，庙内立即明灯辉煌，出现八仙桌子、太师椅子、十二美女、丰盛的酒菜，桌子上摆得满满的，一群怪物入座吃喝，直到鸡叫。一个个吃得醉醺醺的，一阵怪声都跑得无影无踪。

弟弟拿了小鼓头也不回地跑回家去了。他媳妇见他回来又是惊，又是喜，说："你到哪里去了？为什么一夜不回家？"弟弟便把发生的事一五一十地说给媳妇听，说完从腰内拿出小鼓来，给媳妇看过后，随即摇了几下，满缸的大米直往外流，从此，他们过着不愁吃不愁穿的幸福生活，并把吃不完的米，借给穷人，但借去的东西，弟弟一律不准还，因此这一带的穷人都很喜欢他们夫妇两个。这个消息又被他那狠心的哥知道了，便客气地把弟弟请到家中，问他是怎样好过起来的，并且还给弟弟摆了一桌丰盛的酒席。但弟弟不是他所想的那样，他一句话不说。哥哥和嫂嫂又说了许多好话，并把听说的得宝的事也说出来了。

弟弟知道拗不过哥哥，只好给他实说了。哥哥听了便手舞足蹈地高兴狂啦。弟弟走后，他便同样去那里割了二斤肉，走到路上他就怕老鹰不来吃，本来他不解便，但为了老鹰来叼肉，就假装去解便，说也奇怪，正在这时，忽然从西北方来了一只老鹰，一下把肉给叼走了。他就紧跟着追去，一直到天黑也到了关爷庙内，老鹰不见了，他就走到庙内，天又冷，肚又饿，也找不到什么东西吃。他找了很久，也找不到什么地方安身，便在大梁上趴着。到了半夜，忽然听到一阵狂风，来了几个怪物，一进庙门，便有一个怪物说："生人气，一定有人，我来饱吃一顿。"另一个说："哪里来的生人，快不要说话，赶快找出你的手摇鼓来。"那怪物从身上去拿，突然找不到了，怎么也翻不到。那怪物说："一定是叫人给偷走了，快找，快找。"接着一群怪物开始寻找，狂风刮起，把哥哥吓得从梁上掉下来，怪物们拿住，你一言我一语地乱叫着。有的怪物提议吃了他，饱餐一顿。怪物们都同意了，就七手八脚地动起手来，把哥哥给撕吃了。

兄弟俩

从前在哈尼族居住的地方，有一家住在哀牢山脚下，一家四口人，由于勤劳生活过得也舒服。光阴似箭，日月如梭，老两口的两个儿子一天天地长大了。大儿子名叫童生，二儿子名叫童勇。有一天父子三人都上山去种地开田，家中只剩老母亲纺花织布，忽然猛闯进来一只猛虎，把母亲一口咬死，往南山去了。等父子三人回来吃饭，看到家里火也没有烧，东西乱糟糟的，母亲也不见了，他们父子三人分头去找，但是仍然找不到，待父亲点上明子火一看发现有血迹，就叫两个儿子来，拿上钢叉，带弓箭，顺路上的血迹向南找去，一直赶到南山，看见猛虎刚走过的血迹，再找，见母亲的骨头和遗体，父亲看见了这样的惨景，不由流出了热泪，两个儿子跪在尸体前抱着大哭，父子三人哭了很久，父亲说："哭也不是办法，我们要为你们母亲报仇。"

三人跪在尸体前，两个儿子向母亲发誓："一定要把哀牢山的豺狼虎豹斩尽杀绝来为你老人家报仇，为哈尼人除害。"他们三人起来就把母亲的尸体埋了，回家把家具修补好了。从此父子三人早出晚归，有时带上干粮几天几夜不回家。有一天，接连打死了两只大老虎，豺狼无数。用了几年的时间把这一带的兽类除尽了，当地的人民都很感谢他们父子。从此哈尼人都过着极欢乐而安逸的日子。他们父子也是勤劳度日，到处芦笙响，处处唱山歌。

又过了几年，童生有二十多岁了，要离开他弟弟童勇，单独去创家立业。他父亲劝说："在一起过活，人多力量大，再也不会受豺狼虎豹的欺负，等成了家，我们也是一家人。"童勇也说："哥哥不要走，一家人过得多么可亲，有好吃好，有丑吃丑，生活多么快乐。"但父亲和弟弟不管怎样说，童生只是不听，非走不可。父亲和弟弟苦劝不听，只好由他。老大告别了父亲和弟弟就走了，无目的地天黑夜宿。有一天，他走到一个深山老林中，也无人家，忽然从老林中跑出一只猛虎挡住了他的路。童生就和老虎搏斗，整整斗了三天，也没有把猛虎斗倒，童生这时已筋疲力尽，就到树上去休息。他想："在家父亲和兄弟怎样劝说我，我只是不听，这次要进虎口了。"

猛虎在树下只是不住地怒吼，童生不停地在树上喘气，准备再和猛虎搏斗。自童生走后，父亲和童勇放心不下，父亲说："虽说我们几年的时间除去了一些猛虎。但深山之中还有猛虎。我们还是去一面看你哥哥，一面去除豺狼虎豹，今后也好来往。"童勇很同意父亲的话，二人带上钢叉顺着童生去的道路走去，父子两人走了月余，忽然听见老虎啸的声音，就急忙往深山里走去。刚到就看见童生正和猛虎搏斗。眼看童生之命要丧在猛虎之口了，在千钧一发之际，父子二人赶到，童勇张弓一箭射去，正中猛虎的脑门。猛虎叫了一声就地而倒。父亲的钢叉往猛虎的脖上一叉，不久猛虎死去了。童生看见父亲和弟弟，加上心情的激动，一下昏过去了。父亲和弟弟不住声地叫着，过了一会，童生醒来叫了"父亲"一声，便跪在父亲的面前，惭愧地说："我不听你们的话，几乎丧了性命。"父子俩把童生找回家去，再也不提分家立门之事了，从此过着欢乐幸福的日子。

二、民间传说

一块金砖

　　记不清在什么朝代，碧湖城内有一个富翁。这个家伙对人非常吝啬，他家里的财产都是剥削穷人得来的，家有万亩田地，南至须立，西至小猛连，北至卧龙村，东至水癸大寨，山上的树木、牛羊哪一棵哪一只不是他家的。虽然说家有万贯财产，穷人要想去借一文铜钱、一粒米，那真是比登天都还困难，因此人们给他一个外号叫"铁公鸡"。

　　"铁公鸡"不管是对家里的长工、临时短工，也不管是他家的佃户，都是刻薄的。古人说：地主的心眼又狠，巧计打算害穷人。他家里的大小雇工，都是起早去劳动，这样还不让他们去休息，到晚上总是要找些零活让他们干。遇到过年过节，也同样不能回去和家里的人团圆，就这样雇工们又给"铁公鸡"编上了一首山歌：

　　"铁公鸡"毛真硬，办法想尽剥削人，

　　逢年过节不让回，父母妻子泪淋淋。

　　离碧湖不远有一个寨子名叫糯会寨子，在这个寨子的下边山坳里有一个龙洞，洞口上长着一棵很大的万年青树，过路人和种田的农夫们都愿意到这里来乘凉。龙洞里淌出了一股又清又凉的泉水，因此这个洞口上也就有来往不断的人。每年二月八是这个龙洞的会期。这一带住的大部分都是哈尼族支系碧约人①。按照民族的习惯，这一天都要到这洞口上来赶会，聚集了成千上万的男女老少，真是热闹。"铁公鸡"家里也是一样都想到龙洞赶会。这"铁公鸡"知道这天不让雇工们去是不行的，可是他早就想好了主意，打好了算盘。他想："家里这些人要是这一天都不去干活，白白浪费了一天的时间，这个损失多大呀！"他眉头一皱计上心来："不如让他们今天连夜去干活，这样不就补上明天的损失了吗？"他打好了坏主意，等雇工们回来就和他们说。"铁公鸡"早早地吃了晚饭，过足了烟瘾，拿了一把椅子坐在堂屋里，手摇着扇子，自由自在地扇着。

　　天已黑下来了，雇工们做了一天活，又累得腰酸背痛，两个腿肚子只转筋，他们回来洗了脸、脚，正准备去吃晚饭，忽听堂屋里发出了一种怪声："大家听着，明天是二月八，龙洞赶会啦。"这时雇工们连饭都还未吃，只得听着掌柜的说话，心里都有一个念头，那就是明天让大家去赶会。这个甜美的想法顷刻给打消了，只听"铁公鸡"说："如果明天要去赶会，那么今天就连夜干活，误一天的工可不是好玩的。古话说'春天早栽一天秧，秋收多打一石粮'，咱们栽秧不能误了节令呀。"雇工们听了他的话都很气愤，累了一整天，谁还想连夜再去干活呢？心里都在咒骂"铁公鸡"，大部分都去休息了。里边有一个年轻力壮的小伙子，碧约人，心想："明天啊，尤其是自己民族的节日，无论如何也不能把它放过去。"他想："明天别人一家老少赶会回来团聚在一起愉快地度过这节日，我们都还在地主家干活，心里真是说不出来的愤恨。"他想了一下，决定当晚连夜去干活，第二天一定要去赶会，再加上还和一个姑娘约好第二天在龙洞口上等着她呢，这个

---

① 哈尼族碧约人属于哈尼族碧卡方言的支系，主要分布在以墨江县为中心的哀牢山、无量山区域。——编者注

约会的机会不能错过。一定要去！他下了决心不怕劳累，为了心上人，再苦也不怕。他忙和地主说："晚上干活天黑看不见怎么办呢？"地主一听他的计划实现了，立刻就说："你今晚去到那丘大田，可以把明子绑在牛角上，你今晚把那丘大田耙完了，明天就可以去赶会了。"年轻人听了"铁公鸡"的吩咐，二话不说，吃了晚饭，就赶上那条大黑牛去耙田去了。

明子绑在牛角上，说也奇怪，平时去耙那丘田需要一天的时间，可是那晚才有一锅草烟的工夫就耙完了，并且地耙得非常平。雇工很高兴，马上就准备回家去。忽然牛会说话了，牛说："大哥，明天你去赶会，在午时三刻有两条牛打架，需要大哥帮助。"雇工听了很奇怪，忙问："你叫我怎样帮忙呢？"牛又道："地头上有一块砖，你把它拿上，今晚回到你的家，明天早点去，一定要诚实，砖不能换。到那里的万年青树下等着，龙洞内跑出来两条牛，一条白牛，一条黑牛，两个打起架来，你就对准白牛打，千万别打黑牛，等白牛打败了，你就照样把你拿的砖拿回来，拿到你自己家里去。"雇工点头说："我都记住了。"牛说："你回去吧，我也要走了。"话刚落音，牛已不见了。雇工拿起砖也就回到了自己的家里。

第二天即是二月初八，雇工早早地起来，吃了饭，极早赶到了龙洞的万年青树下。太阳已出来了，太阳的光是那么温和，春天的太阳照在人们的身上是多么的舒畅，树上的百鸟都在尽情地欢唱。赶会的人们三五成群地来了。有的身背三弦、四弦，也有的吹着芦笙，口吹叶子是那么动听。姑娘们身上穿着她们心爱的衣服，戴着银首饰，各种民族都有各种特色。他们唱着山歌，真是说不尽的欢乐。人们都到了龙洞，各种买卖也已到齐。有的卖家货，有的卖药材，也有的背着各种山上的土特产，会场是那么热闹。和往年一样，忽然从龙洞内冲出了一股白气，直升上天空，顷刻天地大变，狂风四起，把赶会的人们刮得都很快跑回家去了。接着从龙洞内冲出了两条大水牛，一白一黑互相争斗，正斗得激烈的时候，"铁公鸡"往回跑正跑在两条水牛之间，说时迟那时快，只见两条大牛往一处一碰，正把"铁公鸡"给撞成了两截。雇工心中非常高兴，拿起大砖往白牛身上一击，那白牛跌了一跤，雇工连击三下，眼看着白牛往后一退，黑牛用尽全力一下子把白牛打败了。白牛跑进洞内，黑牛也追进洞内。雇工又等了很久，两条牛再也没有出来。这时候天也晴了，赶会的人都走散了。雇工拿上他那块砖也往家里赶去。他走着走着觉得这块砖忽然重了起来，一步比一步更重，等雇工走到大门口，刚一进门，这块砖却变成了一块黄澄澄的金子了。

第三编

壮族
沙人民间文学

一、神话

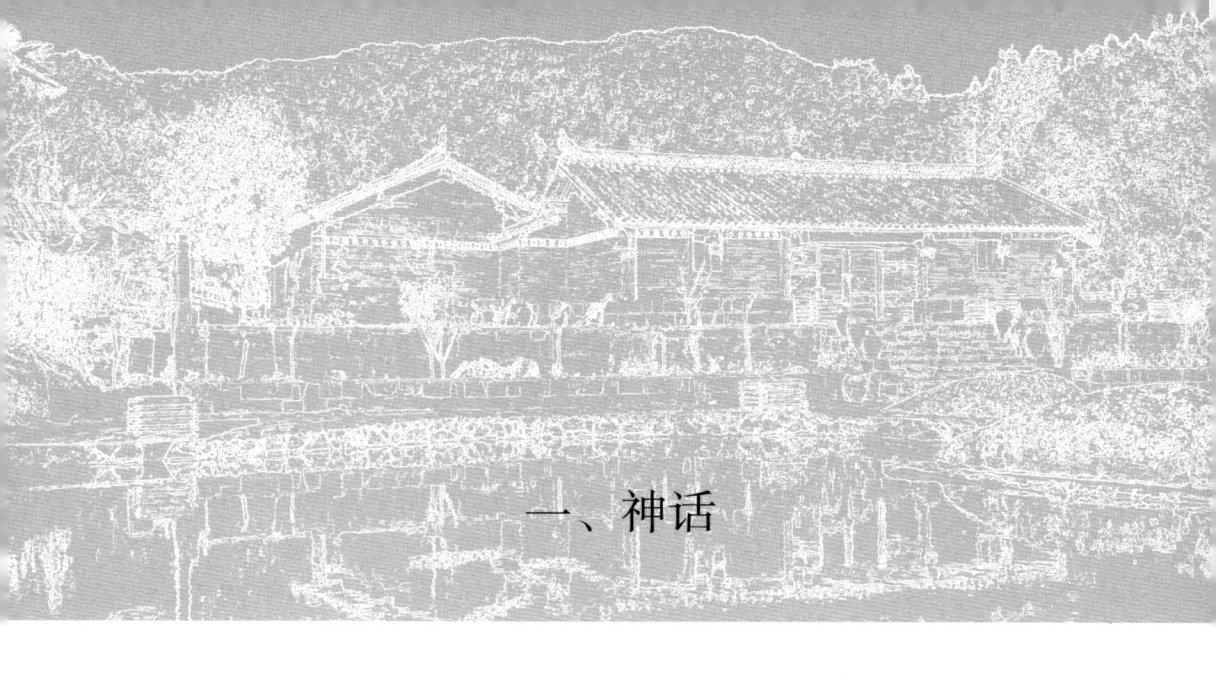

关于开天辟地的事

搜集地点：云南省红河哈尼族彝族自治州金平苗族瑶族傣族自治县

　　从前天和地挨得很近，竹子长大也要触到天，因此现在的竹子是弯头的。天底下有十二个柱子撑着，天上有十二个太阳，太阳太多照得万物都死了。地上的人，那时只有两个，就是从中（或从宗）爷爷和他的老婆。从中爷爷用弩箭把十一个太阳全射掉了，只剩下一个被马服草（很茂）遮住，才留了下来，但从中爷爷还在找寻，有个仙女对他说："你留下一个来晒谷子，长庄稼吧。"他听从了，才留下了一个太阳。

　　这以后庄稼长得很好，谷根有甘蔗根那么粗，穗子有高粱那么大，谷秆像小树，从中爷爷的老婆气力不够，用镰刀、用斧头割谷子都很费力。她希望谷子长得小些，像草一样，好用镰刀割，因此，后来谷子也就小了，像现在的这个样子。

　　由于天低，太阳又多，从中爷爷就去砍天柱，砍了十一根，只剩下一根，越砍，天就越高了。

开天辟地的神话

搜集地点：云南省红河哈尼族彝族自治州金平苗族瑶族傣族自治县

1 射太阳

从宗爷爷两夫妇射太阳、治洪水、分天地、造人。

很古很古的时候，天上有十二个太阳，天和地又是挨着的，十二个太阳一起逼近地上晒，晒得呀地上像火炉。岩石也熔成浆，比最热的开水还更烫人。什么树木、庄稼都不能生长，人自然也生不出来，地面上只有一片由石块、泥巴熔化成的洪水，这洪水呀一眼望不到边，把整个世界都包围了，不但看不到一个生物，而且连一寸陆地也看不见。

地上有个神人从宗爷爷，他看到世界上太荒凉了，除了老婆以外连说话的人也找不到一个，太寂寞了，他说："这样的生活有什么意思呢？世界上应该有人，还应该有各种各样的鸟兽虫鱼和花草树木，让这个世界热热闹闹才好。"为了这些，首先得把能晒死一切的太阳射死。于是他张弓搭箭把十二个太阳通通射掉了，太阳射完以后，地上便开始冷起来了，原先像开水般沸腾吼哮着的洪水，也开始冷缩了，地上现出高山来，大部分洪水流进大海里去了。一部分冷得最凶的，流得最慢的，就冷凝成了雪和冰，留在雪山上，洪水虽然退了，但地上太冷，人仍然生不出，从宗爷爷想了一想，这还是不行呀，怎么办呢？他妻子说："当初该留下个太阳就好了。"一句话提醒了他，他说："我俩去找射掉的太阳看看。"事情偏不凑巧，射落的太阳都无影无踪，一个也寻不见，原来多已掉进深海中去了。寻来寻去，在东海对岸的山坡后面，极深的山谷里，找到了一个。他就立即把它仍安到天上，于是，直到如今，世界上便只有了一个太阳。

有了太阳以后,地上暖和了,但那时天和地还是挨着的,地上仍很热,虽然比原先好得多了,不过还不适合人居住,地上只长了些不怕热的草木,其中高山上有些竹子,长得最高,头被天顶住,伸不上去,便弯下头又长,因此,现在的竹子都是垂下头的。从宗爷爷和妻子想法要把天撑上去,他发现天边底下有十二个柱头是活的,让它沾着了水和屎尿,便会生长,愈长愈高,他们就天天用这些去浇泼。于是随着柱头的长高,天也就渐渐升高,远离地面了。这时,从宗爷爷老夫妇就高兴地说:"这时我们该生人了,生下的孩子该是个什么样子呢?"他们用泥巴调水,按照他们自己的样子塑了几个泥人,妻子说:"男的像你,女的像我。"从此她就怀了孕,世界上也就开始有了人,生活变得热热闹闹了。但是人长大后,要吃的穿的,从宗爷爷说:"老伴呀,我们准备人生长的事情,还没有准备得齐全。"于是他们又用泥沙做成了五谷、棉花和供人用的飞禽走兽,这时人才活下去了,有了孩子也不再叫他们去操心了。

孩子们长大了,撒下的谷子也成熟了,谷子长得极好,像森林里的大树那么高,那么大,那么硬,那么密。谷子虽然长得好,但孩子们不知道该怎么办才能吃得上口,从宗爷爷的妻子教孩子们割谷子,由于谷子太粗太硬,就用斧头砍,她的力量不如从宗爷爷大,没砍多久就砍累了,于是她咒骂谷子,叫它们长小些、矮些,因此,后来的谷子再也不像树那么高了,就只是现在这么大了。孩子们学会了种庄稼,生活就好过了,以后一代传一代,人愈来愈多,直到第二次涨洪水以前,都过着太平日子。

2 关于第二次洪水的故事

古时候,河口有个落水洞,是个大海眼,全世界的水,都流向这个洞,落入海里。洞口常被冲来的树木塞住,有两只凤凰把树木含起走,使洞子畅通无阻,因此,那时没有洪水为灾——洪水都流到海里去了。

有一次,凤凰飞到别处玩去了,忘了回来含树木,洞口被堵住,遍地都积起洪水,洪水越积越高,淹过房屋,淹过树林,淹过高山,全世界都变成汪洋大海。

在这以前,曾经有个天神,叫人们准备逃灾,人们不相信,未认真准备,只有两个好心的兄妹相信了,得到天神的照顾,备下了水船和大量口粮,洪水来时,许多人慌忙坐上木盆、木箱、木柜逃命,经不起风浪,都翻落在水里淹死了。也有些人,临时找到了木船,没有被淹死,但船上没有口粮,在洪水中漂荡的日子一久,都饿死了。只有这两兄妹,活了下来。

这时全世界的人种都绝了,就剩下他们两人,为了传宗接代,他们只得结为夫妇,这才保住了人类。

3　第二次造人

从前有个时候,洪水泛滥成灾,铺天盖地的洪水把人类淹死完了,只剩下两兄妹。洪水来之前,有个天神给了他们一颗葫芦种。他们把种子种下,三天就长大了。等到洪水来时,他们钻进葫芦,用松香粘住葫芦口,葫芦随水漂浮,洪水退后,他们为了传宗接代,结为夫妇。

婚后不久,生下个怪胎,像个磨刀石。他们气了,把石头压得粉碎。把石粉撒在大路上,就变成沙人①,撒在大路上边高处的石粉,就变成汉族,由于汉族生在高处,因此汉族就有当皇帝做官的,他们欺负人,沙人生的地方低,都当老百姓,没有做官的,和汉族的老百姓一样,老受汉族官家的欺负。石粉撒在桃树下的就姓陶,撒在李树下的姓李,撒在石榴树下的姓刘,当初人们的姓,就是这样来的。

石粉变成的人,后来有了各式各样的职业,有的种田,有的捉鱼,有

---

① 沙人:滇南壮族支系,壮语自称为"布沙"或"布雅衣",主要分布于云南富宁县、广南县、丘北县、麻栗坡县、西畴县、砚山县、金平县一带。金平县的沙人主要是其中的"布越"族群。——编者注

的当铁匠、石匠。其中有一个木匠，名叫张四方，聪明灵巧，有神仙般的手艺。他在山上砍树，砍下的木屑，落在河中成了鱼。树桩变成布拉族①，又用木匠的笔，把芭蕉根画成了傣族，又把钝刀木画成哈尼族……从此各族人民都有了。

---

① 此处"布拉族"疑为壮族沙人（自称布沙，又细分为布越、布侬两个族群）。——编者注

二、民间故事

祭山龙的故事

记录者：李之和
翻译者：刘朝东
搜集地点：云南省红河哈尼族彝族自治州金平苗族瑶族傣族自治县猛拉乡小铜厂村

从前，小铜厂地方的沙人，每年二月二、三月三、六月廿四，都要祭龙，祭的山龙，不像水傣①祭水龙。祭山龙的来历是这样的：

早先，大山上有只老熊，又要蹭踏庄稼，又要吃人，它逼人们每年献出三个人。小铜厂是个小寨子，年年要交三次粮，年年要死人，这份灾难，把人坑得可苦呀！

有一年供神的人轮到一个寡母的独生子，他们知道消息以后，两母子抱头痛哭。急得没法可想，母亲说儿子死后，她一个人也活不下去，要去代儿子祭神。儿子死也不肯答应，说母亲苦了一辈子，不该再这样惨死，但想到他死后母亲的生活无着，他也无法可想，只有趁未死之前，多做点活，使母亲多收一点庄稼。那一夜，儿子犁田直犁到天明还不肯休息。照往常的

---

① 水傣：云南各民族对傣族傣泐支系的他称。——编者注

惯例，老熊本来该在鸡叫之前吃人的。这晚上老熊到献贡之处久等不见送人来，它饿急了就跑出来找人，到田里碰着寡妇的儿子了，便要吃他，他央告再多犁一会，老熊不答应。正危险之际，来了一只野猫，背着把绿壳刀来取熊胆。老熊先看见，很害怕，向儿子说："你别说我在这里，如果你救了我，我以后就不吃你了。"儿子答应之后，老熊便钻到旁边的树林中去躲着。野猫来问儿子，他便替老熊隐瞒，野猫说："我明明看见它刚才还在这里，你别上它的当，待我一转背，它仍然要吃你的。"这时他才把老熊藏身的地点告诉给野猫，两个一起去把老熊抓出来要取它的熊胆，它连忙告饶，野猫责备它不该吃，尤其不该吃寡妇的独生子，老熊低头认错，答应不再吃人了，但又为以后生活发愁，它问野猫："我以后吃什么呀？"野猫说："这好办，叫人们每年照样祭三次，不过不用供人，用猪和鸡来代替人。"又向它说："你不能白吃人们供献的祭肉，你要好好地保护人种的庄稼，不让别的野兽来蹧踏庄稼。"

从此以后，祭山就不用人来祭了。

三、民间传说

汉族帮助壮族的传说

记录者：李之和
翻译者：刘朝东
搜集地点：云南省红河哈尼族彝族自治州金平苗族瑶族傣族自治县猛拉乡小铜厂村

很早很早以前，沙人和汉族就很要好，住地很接近，沙人少，又爱和平，不善于打仗，有时就受到外族的欺负，幸亏汉族常常来帮助我们。王玉连就是个这样的见义勇为的英雄。

王玉连是汉人，有个哥哥叫王金连。他哥哥心不好，常想谋害他。有一次，有个身穿穿山甲的民族，来侵略沙人，附近的汉人派王玉连来帮助我们。临行时，哥哥给他准备的干粮（粑粑）都放了毒，他晚上住在一个庙子里，拿出粑粑正要吃，庙里的老和尚对他说粑粑有毒，他不信，拿去喂狗，果然把狗毒死了。这老和尚有些神通，有心帮助他打退侵略的民族，叫他找到一匹飞龙马、一把宝刀，于是长跑到了沙人地区。

那时穿穿山甲的那个民族，正像湖水般涌进沙人的寨子。他们周身刀枪不入，厉害得很，沙人都打不过他们。正在万分危急的时候，王玉连赶到了，他有宝刀龙马，哪个族也打不赢他，就把公主嫁给他。那公主倒很爱他，和他无话不谈，有次把王的秘密也给他讲了——国王一身都杀不进去，只是洗脸伸脖子时，脖子上会露出一簇白毛，从这里可以杀死他——他把国王杀死之后，那个民族才全部认输撤退。王玉连立了这样的大功，就成了那族和汉族的首领，和公主一道，随那个族远走了。从此，那里的沙人才跟汉族分开了，以致后来缺乏帮助，又受别族欺负。

关于壮族沙人迁徙的传说

记录者：李之和
翻译者：刘朝东
搜集地点：云南省红河哈尼族彝族自治州金平苗族瑶族傣族自治县猛拉乡小铜厂村

据老辈说，最初沙人住在东边有海的地方，后来往西南方大迁移，在那里建立了沙人国。参加那次大迁移的人很多，把三片苦竹林砍光了，每人还做不到一双筷子，过山梁子时，每人扯了三把草垫坐，结果把三座山上的草都拔光了。

在路上，他们听说猛拉坝好，想留在那儿，走拢后才发现猛拉坝太小，只够做秧田用，于是大队又继续前进。据说后来绕过了一个大海，叫"尤尤河"①，这个海很深很大，鸟毛掉在海里也要坠底。海那边还有许多老虎、白雀吃人，海这边也有些长着狗脸的人拦住去路，不知他们是怎样闯过去的。听说其中有一小部分人未闯得过去，就流落在途中安下了家，这些人后来变得很像汉族了，特别是女人的衣服更是相像。这部分人大约就是越南的沙人。

由于是大队人马先先后后地走，先头的人便沿路砍芭蕉做记号，给后面的人指路。最后面的一批人，在途中碰到许多很好的海虾，都去捞来煎

---

① 尤尤河：壮语，此处指大海的名字，不是河流。——编者注

着吃，煎时虾子老是红红的，他们以为没有煎熟，就老煮老煎，以致耽误了时间，到前面看见砍下的芭蕉迹印已很旧了，才知道赶不上大队了，而前面所说的那个大海，又出现了巨虾，弄坏船只，没法继续前进，只得折到猛拉坝来安家——他们人数不多，在猛拉坝住，倒挺合适。

在猛拉坝住的沙人，此后一直没有和前面去的大队人马联络上，只是后来辗转听说他们在很远的地方建立了一个沙人国，那里地方十分富庶，沙人国非常兴旺，日子过得很好。

后来，不知什么年代，越南的法国鬼子，曾把越南的一个沙人抽去当兵打沙人国。他们到沙人国时，碰见一群小娃娃。小娃娃对他们说："你们是来走亲戚的吗？人又太多了；是来打仗的吗？这么点人又太少了，不够我们打呵，现在你们别说打仗吧，只要把我们小娃娃吃的饭吃得完，就算好的，吃完了再来谈打仗的事吧。"结果他们硬是没有吃得完，而这还只是一个地方小娃娃所吃的饭，还不是全沙人国的呢！便不敢再提打仗的事了，只要求在那里暂住一下，即撤退。那个同行的沙人士兵，见到了亲人，十分高兴，很想去亲近一下，但法军监视很严，只通了一点点消息，说越南和中国云南等地还有许多沙人，他们住在那里，很受洋鬼子和土司、国民党的压迫，他也打听到沙人国很兴旺，人又多，别人不敢欺负他们，他们也从不欺负邻近的别的民族，过的是和和平平、快快活活的日子，不像越南、中国云南地方的沙人，人少势弱，老是受别人欺压（指解放前）。

那个沙人士兵，名叫危志金，他去的那个地方叫"砰赛奥赛簸"，意思是"公公猛，叔叔猛"。他回到越南后，这故事便在越南北部小桥一带流传开了，那里的人都很想念沙人国的同族兄弟，也很想到那边去看看那边的好日子。猛拉坝的沙人，有些是从越南迁来或到过越南，因此，也有些人知道这个故事。

图书在版编目(CIP)数据

云南大学1962—1964年彝族、哈尼族、壮族民间文学调查资料集 / 云南大学文学院编. — 北京：商务印书馆，2023
（云南大学少数民族民间文学调查资料丛刊）
ISBN 978-7-100-22045-3

Ⅰ.①云… Ⅱ.①云… Ⅲ.①彝族—民间文学—文学研究—史料—云南　②哈尼族—民间文学—文学研究—史料—云南　③壮族—民间文学—文学研究—史料—云南　Ⅳ.①I207.9

中国国家版本馆CIP数据核字（2023）第033843号

权利保留，侵权必究。

云南大学少数民族民间文学调查资料丛刊
云南大学1962—1964年彝族、哈尼族、壮族民间文学调查资料集
云南大学文学院　编

商　务　印　书　馆　出　版
（北京王府井大街36号　邮政编码100710）
商　务　印　书　馆　发　行
北京顶佳世纪印刷有限公司印刷
ISBN 978-7-100-22045-3

2023年5月第1版　　　　开本710×1000　1/16
2023年5月北京第1次印刷　印张19½

定价：108.00元